HINTER DICKEN MAUERN

SCHWEDEN-KRIMI

ELIN SVENSSON

ANA DEE

ANMERKUNG

Fiktive Geschichte nach einer wahren Begebenheit.

Auf das in Schweden übliche Duzen wurde zugunsten der Lesbarkeit verzichtet.

Die Geschichte sowie sämtliche Protagonisten, Institutionen und Handlungen sind in diesem Roman frei erfunden. Ähnlichkeiten mit realen Personen sind rein zufällig und nicht beabsichtigt. Wo tatsächlich existierende Orte erwähnt werden, geschieht das im Rahmen fiktiver Ereignisse.

PROTAGONISTEN

- Maya Lund – vermisster Teenager
- Jonna Skarsgård – Hausbesitzerin
- Markus Skarsgård – Jonnas Ehemann
- Ava Jensen – Jonnas Freundin
- Lisa Jensen – Avas Tochter
- Ida Mattsson – Nachbarin
- Thord Mattsson – Idas Sohn
- Ingmar – Gärtner
- Lasse – Gehilfe
- Sven Berggren – ehemaliger Hausbesitzer
- Olof Tomasson – Ermittler im Ruhestand
- Klara Tomasson – Ehefrau von Olof
- Lilly Norström – Opfer

KAPITEL EINS

Zehn Jahre zuvor

Maya verabschiedete sich von Lotta und Emma mit einem Blick auf die Uhr.

„Mädels, ich muss los. Ihr wisst ja, wenn ich nur zehn Minuten zu spät komme, gibt es Ärger im Hause Lund."

„Deine Eltern sind wirklich anstrengend, meine lassen zum Glück die Leine locker", lachte Emma.

„Man kann es sich halt nicht aussuchen", erwiderte Maya schulterzuckend.

„Seid froh, dass sich jemand um euch kümmert", seufzte

Lotta. „Meine Mutter ist ständig auf Achse, um neue Typen anzuschleppen."

„Wir können nur hoffen, dass wir es später einmal besser machen", sagte Maya und die Freundinnen prusteten los.

„Ich habe da so meine Zweifel", kicherte Emma.

„Ich auch. Aber jetzt muss ich wirklich los."

Maya umarmte ihre Freundinnen zum Abschied und trat den Heimweg an.

„Wir sehen uns morgen", sagte Lotta.

„Ja, bis morgen."

Maya hob zum Abschied noch einmal die Hand und eilte den Feldweg entlang. Sie musste pünktlich zu Hause sein, obwohl es in den Sommernächten nie richtig dunkel wurde. Sie hatte auf mehr Freiheiten nach ihrem sechzehnten Geburtstag gehofft, aber ihre Eltern waren hart geblieben. Sie malten sich stets in düsteren Szenarien aus, was ihrer Tochter alles zustoßen könnte, und schienen dabei zu vergessen, was Leben eigentlich bedeutete.

Erneut warf Maya einen flüchtigen Blick auf die Uhr, sie würde zu spät kommen. Wenn sie den Weg quer über die Felder nahm, könnte sie es noch rechtzeitig schaffen, denn auf eine Standpauke konnte sie getrost verzichten. Allerdings musste sie auch ein Stück durch den Gruselwald, aus dem nachts immer die unheimlichsten Geräusche drangen. Früher war es eine Mutprobe gewesen, wer es von ihnen allein am längsten im dichten Unterholz ausgehalten hatte. Heute lachten alle über diese Zeit, doch das Unwohlsein aus Kindertagen war geblieben.

Ein unangenehmer Schauer durchfuhr Maya und sie beschleunigte ihre Schritte. Sollte sie abbiegen oder nicht?

Was soll's, dachte sie schulterzuckend und bog ab. Sobald sie zu Hause wäre, würde sie über ihre Ängste lachen. Mit Sicherheit waren ihre Eltern daran schuld, weil sie sie keine Sekunde aus den Augen ließen. Genau aus diesem Grund hatte Maya das Smartphone zu Hause liegen lassen, weil sie wusste, dass ihre Eltern eine Tracking-App ohne ihr Wissen und ihre Zustimmung installiert hatten. Doch sie war ihnen auf die Schliche gekommen und hatte sich über den Vertrauensbruch geärgert.

Die Grashalme streiften ihre nackten Waden, als sie über die Wiese lief und der blumig schwere Duft des Sommers kitzelte ihre Nase. Die Grillen zirpten, als würde es kein Morgen geben. Aber der Schein trog, denn der Wald baute sich wie eine unheimliche Mauer vor ihr auf.

Sie atmete noch einmal tief durch, dann lief sie unter dem dichten Blätterdach hindurch. Nach dem heftigen Gewitter vor drei Tagen roch es nach feuchtem Erdreich, Pilzen und Moos. Das Laub vom Vorjahr raschelte unter ihren Füßen und ein Specht klopfte sein rasantes Stakkato. Hätte er sich nicht schon längst zur Ruhe begeben müssen?

Zweige kratzten über Mayas Haut, als sie sich in Eile durchs Dickicht kämpfte, und hinterließen dunkelrote Striemen. Das nächste Mal würde sie eher den Heimweg antreten, das schwor sie sich. Doch jedes Mal aufs Neue vergaß sie die Zeit, wenn sie sich mit ihren Freundinnen traf. Jungen war momentan das Thema Nummer eins, weil die Hormone in diesem Alter besonders verrücktspielten. Scheue Blicke, das erste Mal Händchen halten und anschließend vor Liebeskummer in die Kissen weinen. Eine wahnsinnig aufregende Zeit, in der man alles um sich herum vergessen konnte.

Maya stolperte über eine Wurzel und fluchte leise, weil es ihr erst in letzter Sekunde gelang, den Sturz abzufangen. Zum Glück war es nicht mehr weit und sie konnte schon das hellere Licht zwischen den Bäumen schimmern sehen. Das beruhigte sie auf angenehme Weise. Nur wenige Meter später wandte sie sich nach links und folgte einem Trampelpfad, der sich durch das Unterholz schlängelte und sie aus dem Wald hinausführen würde.

Als in der Nähe ein vertrockneter Ast knackte, zuckte sie erschrocken zusammen. Mit klopfendem Herzen drehte sie sich um und entdeckte einen Elch, der seinen massigen Körper durchs Dickicht schob. Ja, dieser Wald hatte nicht umsonst seinen Namen und war immer für eine Überraschung gut.

Maya setzte ihren Weg fort und stieß einen Jubelschrei aus, als sie den Waldrand erreicht hatte. Nichts wie weg von hier. Sie rannte über das abgeerntete Feld und vor ihr tauchten die ersten Häuser von Svärdsjö auf, einer idyllischen Gemeinde, die direkt am See lag. Der weiße Kirchturm ragte hoch hinaus und war schon aus der Ferne zu erkennen.

Maya freute sich über seinen Anblick, denn er versprach Zuflucht und Sicherheit. Kurz darauf hatte sie das Elternhaus erreicht, schloss die Tür auf und huschte ins Innere. Lucky, der zweijährige Golden Retriever, kam schwanzwedelnd auf sie zu, um sie zu begrüßen. Liebevoll fuhren Mayas Finger durch das weiche samtige Fell, während Lucky seine Nase feucht in ihre Kniekehle stupste.

„Pünktlich auf die Minute", merkte ihr Vater an und sie atmete erleichtert auf. Das war gerade noch einmal gut gegangen.

„Gute Nacht, ich werde gleich ins Bett gehen", sagte sie und verschwand in ihrem Zimmer.

Nachdem sie sich geduscht hatte, legte sie sich ins Bett und starrte an die Decke. Dieses ungute Gefühl, das sie nicht nur im Wald empfunden hatte, begleitete sie schon seit Wochen. Als hätte sich eine unsichtbare Person an ihre Fersen geheftet, um sie aus der Ferne zu beobachten. Manchmal war es richtig unheimlich, wenn sie spürte, wie sich ein Augenpaar in ihren Nacken bohrte. Doch sobald sie sich umdrehte, war keine Menschenseele zu sehen. Seufzend kroch sie unter die Decke und schloss die Augen. Wenn ihre Eltern endlich damit aufhören würden, sie mit ihren eigenen Ängsten zu belasten, wäre es um einiges leichter.

KAPITEL ZWEI

Gegenwart

Jonna drehte nachdenklich die Kaffeetasse zwischen ihren Händen und schaute zum Fenster hinaus. Schon seit einer Woche bedrängte Markus sie, endlich einen Termin mit dem Makler zu vereinbaren, um das Haus zu besichtigen. Sie hatte sich gesträubt, um Aufschub gebeten und gehofft, dass das Haus bis dahin schon verkauft worden wäre. Aber das Universum hatte sie nicht erhört.

„Jonna, möchtest du dich nicht langsam fertig machen?"

Markus lehnte am Türrahmen und musterte sie fragend.

„Einen Moment noch, ich will nur in Ruhe meinen Kaffee trinken."

„Okay", erwiderte er knapp, drehte sich um und verschwand wieder im Arbeitszimmer.

Ihre Beziehung hatte sich auf eine gewisse Weise festgefahren und Markus steuerte mit aller Macht dagegen an. Er war felsenfest davon überzeugt, dass ein Ortswechsel ihnen den Weg in die richtige Richtung weisen würde. Frische Landluft, Gartenarbeit und Spaziergänge im Grünen sollten dazu dienen, ihrem Liebesleben wieder neuen Schwung zu verleihen.

Doch Jonna hatte nie aus Stockholm weggewollt. Sie liebte die Altbauwohnung mit den stuckverzierten Decken und den antiken Kachelöfen, die von der einstigen Pracht dieser Wohngegend erzählten. Außerdem fühlte sie sich vom pulsierenden Leben der Stadt mitgerissen und inspiriert. Nur ihrer Liebe zu Markus war es geschuldet, dass sie schließlich klein beigegeben hatte.

Mit einem Seufzen stellte sie die Kaffeetasse in die Spüle und setzte sich vor den Schminkspiegel, um ihre Blässe mit ein wenig Make-up zu überdecken. Schon seit über einem Jahr versuchten sie, ein Kind zu zeugen, und scheiterten kläglich. Der Druck war enorm und weder Markus noch sie konnten sich erklären, warum es einfach nicht klappen wollte. Sämtliche Untersuchungen hatten grünes Licht gegeben, doch der lang ersehnte Nachwuchs war ausgeblieben.

Jonna streifte sich ein geblümtes Sommerkleid und Sandalen über und griff nach ihrer Tasche, die sie sich locker über die Schulter hängte.

„Schatz, ich bin dann so weit."

Markus kam mit einem Strahlen aus dem Arbeitszimmer.

„Toll siehst du aus", sagte er anerkennend. „Du wirst sehen, diesmal haben wir den richtigen Fisch am Haken", schwärmte er.

Jonna konnte seinen Enthusiasmus nicht teilen und

schwieg, um seine Vorfreude nicht zu dämpfen. Mit gemischten Gefühlen folgte sie ihm zum Wagen.

„Das Wetter ist perfekt und wenn der strahlend blaue Himmel kein gutes Omen ist, was dann?“

„Mhm.“

Sie konnte sich zu einem Lächeln durchringen, obwohl sich ihre Begeisterung in Grenzen hielt. Markus legte seine warme Hand auf ihr Knie, eine Geste, die er schon seit Urzeiten nicht mehr gemacht hatte.

„Es fühlt sich wie eine Befreiung an, nicht mehr der Hektik der Stadt ausgesetzt zu sein. Du kannst dir gar nicht vorstellen, wie ausgepowert ich mich fühle.“

„Wir werden ganz sicher das passende Haus finden“, sagte sie. „Wenn nicht heute, dann an einem anderen Tag.“

Markus warf ihr einen irritierten Seitenblick zu.

„Warum sollte es nicht klappen, wo doch alle Zeichen auf Go stehen?“

„Du musst nicht gleich jedes Wort auf die Goldwaage legen“, antwortete sie. „Trotzdem bin ich der Meinung, dass wir uns nicht auf dieses Haus versteifen sollten.“

„Aber es wäre perfekt. Ich könnte sofort einen neuen Job antreten, bei dem ich ein Drittel mehr verdiene. Du müsstest nicht mehr arbeiten und könntest dich voll und ganz auf die Familienplanung konzentrieren.“

Ob das wohl erstrebenswert wäre?, dachte sie skeptisch und schwieg.

Natürlich wäre dieses Objekt für eine Familie mit Kind geradezu optimal. Aber sie waren nun einmal ungewollt kinderlos und der Druck könnte sich mit einem Umzug sogar noch verstärken. Nur noch selten herrschte eitel Sonnenschein zwischen Markus und ihr. Immer öfter kam eine Seite in ihnen zum Vorschein, die auf das Ende ihrer Ehe hindeutete.

„Worüber denkst du so angestrengt nach?“, fragte er.

Jonna biss auf ihre Unterlippe. Wäre es gut, ihm ihre Bedenken und Zweifel mitzuteilen?

„Das Haus wird unweigerlich den Druck auf unsere Ehe erhöhen. Es ist noch zu früh, um sich in dieses Abenteuer zu stürzen."

Markus stieß wütend die Luft aus.

„Ich habe wirklich gedacht, dass wir diese endlosen Diskussionen bereits hinter uns hätten. Die Bank würde einen möglichen Kredit bewilligen. Warum also willst du unser Vorhaben unbedingt ausbremsen?"

„Das will ich doch gar nicht. Aber es fühlt sich falsch an."

„Jonna, jedes dieser Häuser hat sich deiner Meinung nach falsch angefühlt. Wir können nicht ewig so weitermachen."

Markus war aufgebracht und konzentrierte sich verbissen auf die Straße. Jonna hatte ihn nicht verärgern und ihm seine gute Laune verderben wollen, aber sie konnte die Worte nun einmal nicht zurücknehmen.

„Wahrscheinlich bin ich für diesen Schritt noch nicht bereit, aber ich lasse mich gern vom Gegenteil überzeugen. Wenn uns das Haus gefällt, dann schlagen wir zu", lenkte sie ein.

Markus stieß nur einen tiefen Seufzer aus. Er kannte sie nur zu gut und wusste, dass es nur halbherzige Zugeständnisse waren, denen auch noch die Überzeugungskraft fehlte.

„Du weißt doch, dass ich mit einigen Dingen überfordert bin. Der Kaufpreis des Hauses hat nicht nur bei mir Schnappatmung verursacht, und dann willst du auch noch, dass ich meinen Job kündige."

„Das macht man nun einmal, wenn man ein Kind aufziehen möchte. Man bleibt zu Hause."

„Aber wir haben kein Kind, Markus."

„Du musst den Stachel immer noch tiefer ins Fleisch jagen, nicht wahr?"

„Der Kauf des Hauses wird schwer auf uns lasten. Warum willst du das nicht einsehen?"

Markus trat abrupt auf das Bremspedal, wendete und fuhr in die entgegengesetzte Richtung.

„Bist du verrückt geworden?“, rief Jonna aufgebracht.

„Du hast mir gerade deutlich zu verstehen gegeben, dass du dieses Haus nicht kaufen willst. Also fahren wir unverrichteter Dinge nach Stockholm zurück, Ende der Diskussion.“

„Bitte, es tut mir leid, kehr wieder um“, sagte sie entschuldigend.

Markus setzte den Blinker und hielt auf dem Seitenstreifen.

„Wir werden sowieso zu spät kommen.“

Sie sah ihm an, wie enttäuscht er war. Er wollte dieses Haus so sehr und sie ahnte, dass ihre Gegenwehr das Ende ihrer Ehe bedeuten könnte.

„Ich bin bereit“, behauptete sie, obwohl sie wusste, dass es eine Lüge war.

„Bist du dir sicher?“

Sie nickte. „Ganz sicher.“

Markus zögerte nicht lange und sie setzten ihre Fahrt fort. Nach einer Stunde hatten sie ihr Ziel erreicht und er stellte den Wagen vor dem Grundstück ab.

„Wow“, entfuhr es Jonna. „Das Haus sieht größer aus als auf dem Prospekt.“

„Stimmt, auch ich bin positiv überrascht.“

Der Makler, ein junger Mann, eilte auf sie zu, um sie zu begrüßen.

„Ich habe schon befürchtet, dass Sie an diesem Objekt kein Interesse mehr hätten“, sagte er.

„Entschuldigen Sie die Verspätung, aber wir haben uns verfahren“, log Markus.

„Schön. Dann können wir jetzt mit der Besichtigung beginnen.“

Bevor sie eintraten, ratterte der Makler noch einmal sämtliche Eckdaten herunter. Jonna hörte nur mit einem halben Ohr zu und bestaunte das Haus. Die weiße Holzfassade mit geschnitzten Verzierungen, zwei Etagen und der Hauch von Exklusivität vergangener Zeiten. Die Fenster waren aus Holz und der Zahn der Zeit hatte an ihnen genagt. Sie würden mit Sicherheit ausgetauscht werden müssen, zum Glück hatte Markus die Renovierungsarbeiten großzügig kalkuliert. Der Vorgarten war verwildert, weil das Haus einige Jahre leer gestanden hatte. Dennoch konnte Jonna Stauden und Sträucher erkennen, die bei guter Pflege wieder ihre ganze Pracht entfalten würden.

Die Eingangstür schwang leise knarrend auf und gab den Blick in den länglichen Flur frei. Die Luft roch abgestanden und der Staub tanzte im einfallenden Sonnenlicht. Markus und Jonna durchschritten nacheinander die Räume.

„Die Zimmer sind sehr klein, wie das früher eben so üblich war", erklärte der Makler. „Aber wenn Sie die nichttragenden Wände entfernen, können Sie die Räume vergrößern."

„Genau das hatten wir geplant", kommentierte Markus.

„Eine gute Entscheidung, das Haus hat unglaublich viel Potenzial", schwärmte der Makler, der das Geschäft witterte.

Jonna schwieg und ließ die Innenräume auf sich wirken. Ähnlich wie in ihrer Stockholmer Altbauwohnung gab es auch hier Stuck an den Decken und Öfen, die mit ihren weißen Kacheln einen Hauch von Eleganz verströmten. Insgeheim musste sie Markus zustimmen, dass dieses Haus perfekt für sie war. Und dennoch …

„Na, Schatz, wie findest du es?"

Sie sah in sein strahlendes Gesicht und spürte seine Begeisterung. Der Kauf war entschieden und im Grunde zählte nicht mehr, was sie empfand.

„Es ist wunderschön", sagte sie.

„Siehst du, ich hatte recht."

Markus schien in Gedanken bereits die Räume einzurichten. Er diskutierte mit dem Makler, schaute aus jedem Fenster und wandelte über den Flur.

„Hast du schon einen Blick in den Garten geworfen?"

„Nein."

„Keine Sorge", sagte der Makler. „Die Gartenbegehung folgt zum Schluss."

Sie stiegen die knarzende Treppe in die obere Etage. Das Haus war um die Jahrhundertwende erbaut worden und dementsprechend winkelig und unübersichtlich. Markus hatte bereits über den Grundrissplänen vom Exposé gehockt, um die Räume offener und freundlicher zu gestalten.

Die obere Etage war im Großen und Ganzen mit der unteren identisch und der riesige Dachboden bot ebenfalls viel Platz für einen möglichen Ausbau. Die zwei Badezimmer waren winzig und es bestand dringender Renovierungsbedarf. Insgesamt war es ein schönes Anwesen, das nur noch aus seinem Dornröschenschlaf geweckt werden musste.

„Und? Was sagst du?" Markus drehte sich mit einem fragenden Blick zu ihr um.

„Ein tolles Haus", raunte sie ihm zu, aber der Makler hatte bereits bemerkt, wie angetan Markus war. Das könnte den Verhandlungsspielraum eingrenzen. „Bitte halte dich mit deinem Enthusiasmus zurück."

Markus begriff sofort.

„Tut mir leid, ich habe mich hinreißen lassen. Schließlich wollen wir den Preis ordentlich nach unten drücken."

Sie nickte ihm lächelnd zu.

Nachdem sie die obere Etage besichtigt hatten, stiegen sie in den Keller hinunter. Die Steinwände schienen Jonna zu erdrücken und sie spürte plötzlich eine Art von Beklemmung, die ihr das Atmen erschwerte. Sie fasste sich an die Brust und rang nach Luft.

„Alles in Ordnung?", fragte Markus besorgt.

„Ja, es liegt nur an der schlechten Luft hier unten", beschwichtigte sie ihn.

„Bei der Besichtigung des Kellers musst du ja nicht dabei sein, du kannst draußen auf uns warten."

Jonna nickte ihm dankbar zu, lief nach draußen und setzte sich auf die sonnengewärmten Stufen im Eingangsbereich. Schwalben schossen pfeilschnell über sie hinweg und ein frei laufender Hund hob sein Bein an der Gartenpforte. Fahrzeuge fuhren so gut wie keine vorbei und es herrschte eine friedliche Stille.

Alles in allem war es ein sehr schönes Haus in einer sehr schönen Gegend, aber irgendetwas in ihr sträubte sich noch immer. Den Grund dafür konnte sie nicht nennen, es war nur so ein diffuses Gefühl.

Der Makler und Markus erschienen hinter ihr in der Tür.

„Bereit für den Garten?"

Sie erhob sich und folgte den Männern zum hinteren Teil des Anwesens. Der Garten lag verwunschen vor ihr und trotz des Unkrauts konnte sie noch die Aufteilung der Beete erkennen. Dahinter erstreckte sich eine Wiese mit Obstbäumen.

„Perfekt, um Kinder großzuziehen. Nicht wahr?", sagte der Makler.

„Da haben Sie recht", pflichtete Markus ihm bei.

„Haben Sie sich bereits entschieden?"

Jonna tauschte mit Markus einen Blick und schüttelte unauffällig ihren Kopf.

„Wir möchten noch eine Nacht darüber schlafen", antwortete er.

„Das kann ich gut verstehen, aber warten Sie nicht zu lange", riet der Makler.

„Wir werden uns in Kürze bei Ihnen melden", versprach Markus.

„Gibt es Informationen über die Vorbesitzer? Warum

verkaufen sie das Haus?", fragte Jonna und erntete von Markus einen verärgerten Blick.

„Nach dem Tod des Eigentümers ist dessen Frau in eine Pflegeeinrichtung gewechselt, und der Sohn hatte kein Interesse an diesem Objekt."

„Vielen Dank für die Auskunft. Immerhin erklärt das den Zustand des Hauses", sagte sie.

„Ja, es muss eine Menge daran gemacht werden", stimmte der Makler ihr zu. „Aber das Haus ist ein Juwel, das aus dem Schlaf geweckt werden will", erwiderte er. „Haben Sie noch weitere Fragen?"

Sie verneinten.

„Dann würde ich jetzt einen weiteren Termin wahrnehmen und mich von Ihnen verabschieden", sagte den Makler.

Jonna und Markus warteten, bis er davongefahren war.

„Komm", sagte Markus, umfasste ihr Handgelenk und zog sie mit sich.

„Wir können doch nicht so einfach ...", protestierte sie.

„Und ob wir das können", erwiderte Markus lachend. „Das ist unser zukünftiges Heim, das lasse ich mir von niemandem streitig machen."

Sie umrundeten das Haus und liefen den schmalen Pfad entlang, der zur Obstwiese führte. Margeriten und Lupinen blühten hier und das kniehohe Gras streifte ihre Beine.

„Ich glaube, ich habe dort hinten einen Erdkeller gesehen", sagte Markus und lief voraus. Er war nicht zu bremsen, der Hauskauf schien für ihn beschlossene Sache und ein riesengroßes Abenteuer zu sein.

Die Tür zum Erdkeller war nicht gesichert und Markus öffnete sie.

„Schön groß, hier könnte man Partys feiern", sagte er und Jonna musste lachen.

„Weil du der Partylöwe schlechthin bist."

Markus liebte es, nach dem Feierabend gemütlich in

seiner Jogginghose auf der Couch zu liegen. Die wilden Zeiten waren definitiv vorbei.

„Was nicht ist, kann ja noch werden", antwortete er.

„Dann streng dich mal an."

Jonna warf einen Blick zum Haus, das mit seinen dunklen Fensterhöhlen ein wenig unheimlich wirkte. Ob sie sich hier tatsächlich wohlfühlen könnte?

„Wie stehst du wirklich zu diesem Haus?", fragte Markus unvermittelt.

„Ich bin irgendwie zwiegespalten. Haus und Grundstück sind toll, gar keine Frage, aber ich bin mir nicht sicher, ob wir die richtigen Besitzer sind", antwortete sie.

„Ich kann deine Zweifel leider nicht nachvollziehen", antwortete er.

„Wir sollten, wie abgesprochen, eine Nacht darüber schlafen. Und morgen legen wir die Karten auf den Tisch."

„Wie du meinst", erwiderte Markus enttäuscht, der mit einer positiven Antwort gerechnet hatte.

„Gib mir bitte die Zeit, um alles zu überdenken. Ich werde dich sicher nicht enttäuschen", sagte sie.

„In Ordnung", erwiderte er knapp und kehrte mit hängenden Schultern zum Wagen zurück.

Jonna ahnte, dass Markus ein Nein nicht akzeptieren würde. Dieses Haus hatte etwas an sich, das es ihr schwer machte, sich wohlzufühlen. Ob es am langen Leerstand lag oder weil es noch nicht renoviert worden war, konnte sie nicht sagen. Allein die Erinnerung an die Beklemmungen im Keller jagten ihr einen Schauer über den Rücken.

Sie warf einen letzten Blick zurück und folgte Markus, der bereits den Motor angelassen hatte.

KAPITEL DREI

Gegenwart

Olof saß am Frühstückstisch und hatte sich hinter der Zeitung versteckt.

„Es wäre nett, zur Abwechslung auch einmal dein Gesicht zu sehen“, sagte Klara vorwurfsvoll.

„Entschuldige“, murmelte Olof abwesend, faltete die Zeitung zusammen und legte sie zur Seite.

„Jeden Morgen dasselbe Prozedere. Warum nur quälst du dich so?“

„Ich studiere doch nur die Todesanzeigen“, erwiderte er.

„Wem willst du das weismachen?" Sie taxierte ihn.

„Es interessiert mich halt, was so in der Welt geschieht."

„Ich hatte gehofft, dass du den Ruhestand auch wortwörtlich nehmen würdest. Aber da habe ich mich wohl getäuscht."

„Wieso? Was stimmt denn nicht mit mir?"

„Das fragst du noch?" Klara bedachte ihn mit einem missbilligenden Blick. „Du bist mit deinen Gedanken ständig woanders, hörst nie zu, wenn ich etwas sage und ..."

„Ach Klara, Liebling", unterbrach er sie und tätschelte mit einem verschmitzten Lächeln liebevoll ihren Handrücken. „Ist das nicht eher so ein Frauen-Männer-Ding, weil meine Spezies sowieso nie richtig zuhören kann?"

„Olof, du redest dich nur wieder heraus", antwortete sie verärgert und entzog ihm ihre Hand. Doch er sah ihr an, dass sie es nicht ernst meinte.

Seit neununddreißig Jahren waren sie ein Paar, hatten eine Tochter und zwei Enkelkinder. Trotz seines anstrengenden Berufes als Kriminalkommissar hatte Klara stets zu ihm gehalten, die Entbehrungen klaglos in Kauf genommen und die gemeinsame Tochter beinahe allein großgezogen. Ihre Ehe war so weit harmonisch verlaufen und es hatte ihn nie in die Arme anderer Frauen getrieben.

Seine Obsession war die Verbrecherjagd gewesen und der Ruhestand hatte ihn quasi mittendrin ausgebremst. Olof war es so vorgekommen, als ob man ihm ein wichtiges Körperteil amputiert hätte, und bei diesem Gedanken schüttelte er sich. Er hatte gelitten wie ein Hund, nicht mehr zur Arbeit gehen zu können, und verzichtete nur Klara zuliebe auf eine Privatdetektei.

Jeden Morgen zuckte es ihm in den Fingern, das Böse dieser Welt auszumerzen, um das Gleichgewicht wiederherzustellen. Aber er musste sich nun einmal mit diesem vermaledeiten Ruhestand abfinden. Dabei war er noch rüstig, fuhr so gut wie jeden Morgen einige Kilometer mit seinem Rad und fühlte sich fitter als je zuvor. Auch sein Geist war hellwach und wollte noch immer mit Wissen gefüttert werden. Olof war schlichtweg unterfordert und selbst die zahlreichen Reisen, die er mit Klara bereits unternommen hatte, konnten diese innerliche Leere nicht füllen.

„Olof?“

Er zuckte zusammen.

„Tut mir leid, ich war mit meinen Gedanken wieder …“

„… woanders“, vervollständigte Klara seinen Satz. „Genau das meine ich, du bist nie richtig bei mir, wirklich nie.“

Er stieß einen tiefen Seufzer aus.

„Ich will ja, aber ich kann einfach nicht über meinen Schatten springen“, antwortete er mit Bedauern.

„Warum kannst du nach all den Jahren nicht loslassen? Ich sehe dir doch an, wie sehr dich das zermürbt.“

„Mein Team und ich hatten eine Aufklärungsquote von fast einhundert Prozent und dann versage ich so jämmerlich. Zwei jungen Frauen hat es das Leben gekostet.“

„Vielleicht würde es helfen, wenn du dir einen guten Therapeuten suchst, der dich von dieser Schuld befreit.“

Er schluckte schwer. Das war keine gute Richtung, in die Klara ihn da drängte. Ja, er hatte versagt und er würde keine Ruhe finden, bis er diesen Fehler wieder behoben hätte. Aber jetzt waren ihm die Hände gebunden, er konnte nicht zurück an seinen Schreibtisch und weiterermitteln. Die Schuld, versagt zu haben, lastete schwer auf seiner Brust und manchmal schreckte er nachts aus dem Schlaf und hatte das Gefühl, daran zu ersticken.

„Olof, was hältst du davon, wenn wir für eine Woche verreisen, um auf andere Gedanken zu kommen“, schlug Klara vor.

Er wusste, dass es das Beste wäre, allerdings nicht für ihn. In ihrer Gegenwart würde er sich ständig zusammenreißen müssen, damit seine Gedanken nicht um den ungelösten Fall kreisten. Aber das war es ihm wert, weil Klara stets zu ihm gehalten hatte, und er wollte sie glücklich sehen.

„Eine gute Idee", antwortete er. „Und wie ich dich kenne, hast du sicher schon einen Plan, wo es hingehen soll?"

„Oh ja", nickte sie. „Wir können schon heute die Koffer packen."

„Also gut, worauf warten wir noch?"

KAPITEL VIER

Maya fuhr mit dem Fahrrad auf dem kürzesten Weg zu ihren Freundinnen. Ausgerechnet heute war es besonders drückend und schwül und sie geriet arg ins Schwitzen, als sie in die Pedale trat. Die Schwalben flogen tief, was ein sicheres Zeichen dafür war, dass es noch gewittern würde. Maya hatte sich diesmal fest vorgenommen, nicht allzu lange zu bleiben und nur die wichtigsten Neuigkeiten auszutauschen. Lotta und Emma erwarteten sie bereits.

„Hej, hej, Pünktlichkeit ist nicht unbedingt deine Stärke“, witzelte Emma.

„Das musst du gerade sagen“, schoss Maya lachend zurück und lehnte das Fahrrad an den Baum.

„Na, alles klar bei euch?", fragte sie. „Was gibt es Neues?"

„Malte hat Schluss gemacht", seufzte Emma. „Er ist jetzt mit Lisa zusammen."

„Du scheinst nicht gerade traurig darüber zu sein", erwiderte Maya.

„Es hat sich nicht wie die große Liebe angefühlt. Außerdem hat er mich ständig bedrängt, du weißt schon ..."

Maya nahm Emma tröstend in den Arm.

„Dass es die Kerle nicht abwarten können", schimpfte Maya.

„Spricht nicht gerade für ihn", legte Lotta nach.

„Na ja, was soll's", antwortete Emma schulterzuckend.

Die Freundinnen unterhielten sich noch eine Weile, bis in der Ferne der erste Donner grollte und die Mädchen besorgt zum Himmel schauten.

„Wir sollten los, bevor das Gewitter über uns hereinbricht", sagte Maya.

„Schade, aber nicht zu ändern", antwortete Lotta. „Dann treffen wir uns morgen wieder, gleicher Ort, gleiche Zeit."

„Alles klar, bis morgen."

Maya verabschiedete sich von ihren Freundinnen und trat den Rückweg an. Sie war enttäuscht, schon jetzt nach Hause fahren zu müssen, wollte aber auch nicht vom Regen überrascht werden. Der Wind frischte auf und zerzauste ihre langen blonden Haare. Das Gewitter zog rasch näher und sie erhöhte ihr Tempo. Der schmale Feldweg mit seinen vielen Schlaglöchern war nicht ganz ohne und sie musste höllisch aufpassen, um nicht zu stürzen.

Nur wenig später lösten sich die ersten schweren Tropfen vom Himmel und benetzten ihre Haut. Maya zählte die Sekunden zwischen den Abständen von Blitz und Donner und wusste, dass sie es nicht rechtzeitig nach Hause schaffen würde. Leise fluchend trat sie in die Pedale und zu allem Überfluss näherte sich auch noch ein Jeep, der die gesamte Fahrbahnbreite ausfüllte.

Und dann geschah das Unvermeidliche. Direkt vor ihr befand sich ein großes Schlagloch, aber sie konnte nicht ausweichen, weil der Jeep geradewegs auf sie zurollte. Der Hinterreifen ihres Fahrrads driftete zur Seite und Maya wurde zu Boden geschleudert. Sie schrie entsetzt auf, weil die Vorderräder des Geländewagens sie zu zermalmen drohten. Der Fahrer reagierte jedoch geistesgegenwärtig und wich auf das angrenzende Getreidefeld aus.

Zitternd lag Maya im Staub, während der kalte Regen auf sie niederprasselte. Ihre Knie waren blutig vom Sturz, ansonsten hatte sie glücklicherweise keine Blessuren davongetragen. Sie hörte das Klappen einer Autotür.

„Bist du verletzt?", fragte der Fahrer und Maya schaute zu ihm auf.

„Nein, es geht schon", erwiderte sie und warf ihm einen verstohlenen Blick zu. Der Typ sah verdammt gut aus mit seinen breiten Schultern und den kastanienbraunen Haaren, während sie wie ein verstörtes Kaninchen am Boden hockte.

„Deine Knie hat es ziemlich erwischt", sagte er und reichte ihr die Hand, um ihr beim Aufstehen behilflich zu sein. „Komm mit zum Wagen, ich habe einen Verbandskasten und kann dich notdürftig verarzten."

„Ach was, das geht schon", winkte sie ab.

„Jetzt zier dich nicht so, die Wunde könnte sich entzünden." Er warf einen besorgten Blick zum Himmel. „Wir sollten uns beeilen, bevor gleich die Hölle über uns hereinbricht."

Widerstrebend folgte Maya ihm zum Wagen. Der Fremde öffnete den Kofferraum und holte den Verbandskasten hervor. Dann schraubte er ein Fläschchen auf und träufelte ein wenig davon auf eine Kompresse.

„Zur Desinfektion" kommentierte er und lächelte sie an.

Maya wunderte sich, wie gut er ausgerüstet war und was er alles dabeihatte, als er plötzlich einen hastigen Schritt auf sie zumachte. Sie wollte instinktiv zurückweichen, doch er packte sie am Handgelenk und drehte ihr den Arm auf den Rücken. Sie schrie vor Schmerz und Entsetzen, aber das ließ ihn unbeeindruckt. Er drückte ihr die Kompresse auf Nase und Mund und sie atmete die süßliche Substanz ein. Der Boden unter den Füßen schwankte und ihre Beine knickten wie Streichhölzer ein. Dann verschwamm die Umgebung im dichten Nebel und eine undurchdringbare Schwärze hüllte sie ein.

~

Maya verspürte einen starken Würgereiz, als sie allmählich zu sich kam. Leise stöhnend richtete sie sich auf und hielt sich den Kopf. Irgendetwas stimmte nicht mit ihr. Sie fühlte sich, als hätte sie zu viel von dem süßen Wein getrunken, den Lotta einmal zu einem Treffen mitgebracht hatte.

Ein diffuses Dämmerlicht herrschte um sie herum und sie begriff, dass sie sich nicht in ihrem Zimmer befand. Dort, wo die Erinnerung sein sollte, klaffte eine riesengroße Lücke, die sich einfach nicht füllen ließ.

„Hallo?“

Ihre Stimme war kaum mehr als ein hohles Krächzen und sie fühlte sich elend und schwach. Ihre Knie brannten wie Feuer und sie leckte sich über die spröden Lippen.

„Ist hier jemand?“

Die Stille war kaum zu ertragen und ihre Gedanken schossen wie spitze Pfeile kreuz und quer. Sie benötigte einige Minuten, bis es ihr endlich gelang, an einen roten Faden anzuknüpfen.

Lotta, Emma und ein aufziehendes Gewitter.

Der staubige Feldweg, der einsetzende Regen und ein Geländewagen.

Der attraktive Fremde, der ihr hatte helfen wollen, aber stattdessen …

Schluchzend schlug sie die Hände vors Gesicht. Warum

hatte dieser Kerl ihr das nur angetan? Was wollte er? War er ein Vergewaltiger oder gar ein Mörder? Würden ihre Eltern schon nach ihr suchen, um sie zu retten?

Fragen über Fragen prasselten auf sie nieder und sie war nicht imstande, diese zu beantworten. Sie wagte nicht, um Hilfe zu rufen, denn sie wollte den Fremden nicht auf sich aufmerksam machen. Aber sie durfte die kostbare Zeit auch nicht sinnlos verstreichen lassen, sie musste nach einer Lösung suchen. Vielleicht gab es ein Schlupfloch, das sie nutzen könnte, bevor der Kidnapper zurückkehren würde.

Also kroch sie trotz des bohrenden Kopfschmerzes über den Boden und tastete sich mühsam voran. Ihr Lager bestand aus alten Holzpaletten, auf denen eine breite Matratze lag. Maya erschauderte bei dem Gedanken, wozu sie wohl dienen könnte. Sie hatte noch nie mit einem Jungen geschlafen, obwohl sie einmal kurz davor gewesen war. Für manch einen mochte das albern und altmodisch klingen, aber sie wollte sich aufsparen, bis der Richtige kam.

Bittere Tränen brannten in ihren Augenwinkeln, weil sie so naiv gewesen war. Sie hätte sich wieder auf ihr Rad schwingen und in die Pedale treten sollen, dann wäre das alles nie passiert. Ihre Eltern mussten umkommen vor Sorge und sie schämte sich, weil sie deren Befürchtungen nicht ernst genommen hatte. Genau vor diesem Szenario hatten sie Maya wieder und wieder gewarnt, und nun war es tatsächlich eingetreten.

Maya wischte sich mit dem Handrücken die Tränen fort und tastete sich weiter an der Wand entlang. Ihre Fingerspitzen berührten den Siphon eines Waschbeckens und den Fuß einer Toilette. Das war alles.

Mühsam zog sie sich am Waschbecken hoch und drehte den Wasserhahn auf. Kühles Wasser plätscherte aus der Leitung und Maya löschte ihren Durst, bis der pelzige Geschmack auf der Zunge verschwunden war, der noch vom Betäubungsmittel stammen musste. Dann machte sie sich auf die Suche nach einer Tür. Diese war mit merkwürdigen Waben beklebt. Erst einige Augenblicke später sackte die Erkenntnis, dass es sich dabei um Dämmmaterial handeln musste, damit niemand ihre Schreie hören konnte.

Stöhnend sank sie zu Boden. Die Situation, in der sie feststeckte, war wirklich übel, und sie musste das mutterseelenallein durchstehen. Erneut wurde sie von einem Weinkrampf geschüttelt und fühlte sich entsetzlich verloren. Wimmernd kroch sie zurück auf die Matratze, umschlang ihre Knie und wiegte sich so lange, bis der Schlaf sie übermannte.

KAPITEL FÜNF

Jonna setzte den letzten Umzugskarton auf dem Boden ab.

„Schatz, du sollst doch nicht die schweren Sachen tragen“, sagte Markus.

„Hier sind doch nur ein paar Gläser drin“, antwortete sie.

Markus lief wieder nach draußen, um mit seinen Freunden die Möbel aus dem Transporter ins Haus zu tragen. Der Umzug war kräftezehrend gewesen, aber sie hatten es so gut wie geschafft.

Sie ging in die Küche, um für die Umzugshelfer eine Kanne Kaffee zu kochen und einige belegte Brote zuzubereiten. Nach der Besichtigung dieses Hauses hatte Jonna lange wach gelegen und Markus am nächsten Morgen ihre

Entscheidung mitgeteilt. Er war total begeistert gewesen und hatte sie am Abend ganz groß ausgeführt, um den Kauf zu feiern.

Natürlich war ihr überhaupt nicht zum Feiern zumute gewesen und sie hatte heimlich geweint, weil ihr der Abschied aus Stockholm so wahnsinnig schwerfallen würde. Aber sie wollte ihre Ehe nicht einfach so wegwerfen, wollte nicht scheitern. Und nun stand sie in einer halb fertigen Küche, um die Männer zu verköstigen. Die Baumaßnahmen hatte Markus bereits kurz nach dem Kauf in die Wege geleitet und etliche Wände herausreißen und die Bäder erneuern lassen. Sie würden zwar noch auf einer Baustelle wohnen, aber die gröbsten Arbeiten waren getan. Das Schlafzimmer und die Bäder waren als einzige Räume bereits fertiggestellt worden.

Gedankenverloren bestrich Jonna die Brote und schaute immer wieder sehnsüchtig zum Fenster hinaus. Schon jetzt vermisste sie die Geräuschkulisse der Großstadt, das nie verstummende Rauschen des Verkehrs, an das sie sich so sehr gewöhnt hatte. Die Stille tat beinahe schon weh in den Ohren. Eine kleine Blaumeise setzte sich auf den Zaun, um sie zu begrüßen. Jonna beobachtete das zarte Vögelchen, das sich aufplusterte, um anschließend sein Gefieder zu richten. Es hüpfte noch einige Male hin und her und schwang sich wieder in die Lüfte.

Ich sollte ein Vogelhaus bauen, dachte sie, damit sie sich nicht mehr so allein fühlen würde. Sie hatte ihre Freundinnen zurückgelassen und trotz der Versprechen, sich gegenseitig zu besuchen, empfand sie schon jetzt eine große Leere in ihrem Inneren. Sich mal eben auf einen Kaffee treffen oder ins Kino gehen, war nun nicht mehr möglich und Jonna bezweifelte, dass ein Kind diese klaffende Lücke schließen könnte.

„Hey, du bist schon fertig“, rief Markus erfreut. „Die Jungs werden sich über eine Stärkung freuen.“

Innerhalb von Sekunden füllte sich der Raum und die Männer nahmen am Küchentisch Platz. Ihre Stimmen verscheuchten die Stille und für einen kurzen Moment fühlte sich Jonna wieder geborgen. Markus und seine Helfer redeten wild durcheinander und lachten über einen derben Witz. Jonna hätte sich gern von der heiteren Stimmung anstecken lassen, aber eine innere Blockade hinderte sie daran.

Wahrscheinlich lag es daran, dass sie ihre Abwehrhaltung einfach nicht ablegen konnte. Alles in ihr sträubte sich, dieses Haus als ein Zuhause anzusehen. Sie hatte sogar im Internet recherchiert, um einen möglichen Grund für ihre Beklemmungen herauszufinden. Aber ihre Suche war erfolglos geblieben. Vielleicht würde sie sich im Laufe der Zeit damit abfinden, hoffte sie zumindest.

„Jonna, alles in Ordnung mit dir?“ Markus stand neben ihr und betrachtete sie voller Sorge. „Du siehst blass aus.“

„So ein Umzug ist wahnsinnig anstrengend und ich bin froh, wenn die Möbel im Haus sind“, antwortete sie.

„Es wird nicht mehr lange dauern, maximal zwei Stunden, dann haben wir es geschafft. Mach eine Pause und ruh dich aus.“

„Ja, das wird wohl das Beste sein.“

Die Männer hinterließen ein Schlachtfeld und Jonna machte sich an die Arbeit, um es zu beseitigen. Zum Glück war die Spülmaschine schon funktionstüchtig und Jonna musste nur noch das schmutzige Geschirr einräumen. Die Umzugshelfer waren in Eile, weil sie wieder nach Stockholm zurückwollten, und Jonna beneidete sie darum. Eigentlich hatte sie von einem idyllischen Landleben geträumt und verstand nicht, warum sie sich jetzt so dagegen sträubte. Nicht der richtige Ort? Nicht das richtige Haus?

Schluss jetzt, fegte sie energisch die Zweifel beiseite. Wenn sie weiterhin so haderte, würde sie nie heimisch werden. Aber das war leichter gesagt als getan. Freunde und

Arbeitskollegen hatte sie zurücklassen müssen, um eine Ehe zu retten, die auf wackeligen Beinen stand. Mit einem Seufzen wandte sie sich ab und machte sich daran, die Kartons in die jeweiligen Zimmer zu räumen. Irgendwann würde auch der anstrengendste Umzugstag sich dem Ende neigen.

~

Jonna schreckte aus dem Schlaf. Ihr Herz klopfte in einem schnellen Rhythmus und sie lauschte der Stille der Nacht. Was hatte sie geweckt? Das Gebälk des alten Hauses knackte und sie zuckte erneut zusammen. An diese Geräusche würde sie sich erst noch gewöhnen müssen.

Sie warf einen Blick auf den Wecker, es war kurz nach vier. Obwohl sie noch erschöpft vom Umzug war, wälzte sie sich von einer Seite auf die andere, ohne zurück in den Schlaf zu finden. Die gleichmäßigen Atemzüge von Markus verrieten, dass er tief und fest schlief. Behutsam schlug sie die Bettdecke zurück und huschte zur Tür, um ihn nicht zu wecken. Im Flur stolperte sie über einen Karton und fluchte leise. Es würden noch Wochen oder gar Monate vergehen, bis das Haus wohnlich eingerichtet wäre.

Das Badezimmer roch nach frischem Mörtel und das grelle Licht blendete sie. Stylishe Armaturen ragten aus den gefliesten Wänden und verliehen dem Raum einen beinahe futuristischen Look. Jonna hatte es von Anfang an für übertrieben befunden, aber Markus schließlich seinen Willen gelassen. Wie so oft.

Nachdem sie sich frisch gemacht und umgezogen hatte, geisterte sie durchs Haus. Aus zehn winzigen Zimmern waren sechs große lichtdurchflutete Räume geworden, die sich sehen lassen konnten. Obwohl überall noch nackte Gipskartonplatten zu sehen waren, hatten sie das leer stehende Haus bereits aus seinem Dornröschenschlaf geweckt.

Die Treppe, die ins Obergeschoss führte, knarrte leise unter ihren Sohlen. Das Holz war geschliffen und neu gestrichen worden, sodass der gesamte Flurbereich streng nach Farbe roch. Trotz der neuen Größe wirkten die Räume mit den Dachschrägen behaglich und Jonna malte sich aus, wie sie diese einrichten könnte. Ihr Budget war so gut wie ausgereizt und hatte alles verschlungen, was Markus und sie angespart hatten.

Jonna trat an eines der Fenster und schaute hinunter in den verwilderten Garten. Ein Gärtner wollte am Nachmittag vorbeischauen, um einen Kostenvoranschlag abzugeben. Es würde also weiter vorangehen. Plötzlich bemerkte sie, wie sich ein Schatten vom Stamm eines Obstbaumes löste und in der Ferne verschwand. Jonna rieb sich über die Augen, aber sie war fest davon überzeugt, eine menschliche Gestalt gesehen zu haben. Wurden die Nachbarn so von der Neugier geplagt, dass sie das Haus während der frühen Morgenstunden beobachten mussten?

Das behagte ihr ganz und gar nicht und sie hob fröstelnd die Schultern. Sie blieb noch eine Weile am Fenster stehen und als sich nichts rührte, kehrte sie in das Untergeschoss zurück, um das Frühstück für Markus zuzubereiten. Er würde schon heute seinen neuen Job antreten und Jonna graute davon, allein in diesem großen Haus zurückzubleiben.

Nachdem sie alles vorbereitet hatte, öffnete sie die Schlafzimmertür und setzte sich auf die Bettkante.

„Guten Morgen, gut geschlafen?"

Markus streckte sich und gähnte hinter vorgehaltener Hand.

„Ja, ich bin noch vom Umzug total erledigt", sagte er.

„Das glaube ich dir aufs Wort."

„Warum bist du schon wach?", fragte er.

„Wird an der ungewohnten Umgebung liegen", antwortete sie.

Er setzte sich auf und drückte Jonna einen Kuss auf die Stirn.

„Du wirst schon sehen, in ein paar Tagen hast du dich an alles gewöhnt."

Sie nickte stumm, obwohl ihr ein bissiger Kommentar auf der Zunge gelegen hatte. Aber sie wollte keinesfalls schon am ersten Morgen einen Streit provozieren.

„Ich wollte dir nur Bescheid geben, dass das Frühstück fertig ist."

„Danke, mein Schatz. Ich verschwinde nur kurz im Badezimmer."

Sie hörten sich fast schon wie ein altes Ehepaar an und Jonna war skeptisch, ob das ein gutes oder eher ein schlechtes Zeichen war.

Nur wenige Minuten später saßen sie gemeinsam am Küchentisch.

„Die Nachbarn scheinen ziemlich neugierig zu sein", sagte sie.

„Warum?" Er zog fragend die Brauen zusammen.

„Jemand hat im Garten gestanden und das Haus beobachtet."

„Wann hast du das bemerkt?"

„Ich bin kurz nach vier aufgestanden, weil ich nicht mehr einschlafen konnte."

„Und das könntest du dir nicht eingebildet haben?"

„Nein", widersprach sie. „Die Person hat am Stamm eines Baumes gelehnt und in Richtung Haus geschaut."

„Ich gebe ja zu, dass einige Nachbarn manchmal recht penetrant sein können. Aber das hört sicher auf, sobald sie wissen, wer wir sind. Vielleicht sollten wir eine Einweihungsparty geben?"

„Ich weiß nicht so recht …", erwiderte sie. „Im Haus herrscht das totale Chaos."

„Es muss ja nicht sofort sein."

„Dafür wäre ich dankbar", antwortete sie. „Lass uns erst einmal ankommen."

„Dein Wunsch ist mir Befehl." Markus strahlte sie an und sein Blick wanderte dann zur Uhr. „Schade, ich muss jetzt los. Hab einen schönen Tag."

„Danke, du auch. Ich hoffe, dass dir dein neues Team gefällt."

„Das wird schon, die Kollegen scheinen nett zu sein."

Markus griff nach seiner Aktentasche, warf sich das Jackett locker über die Schulter und verabschiedete sich von ihr. Jonna begleitete ihn zur Tür.

„Mach's gut."

„Bye."

Sie sah, wie der metallicfarbene Volvo aus der Einfahrt glitt und auf die Straße bog. Dann war sie allein und hatte sich selten so einsam gefühlt. Sie wandte sich ab und wollte gerade die Eingangstür schließen, als eine ältere Dame ihr zuwinkte.

„Hallo, willkommen in Svärdsjö", rief sie. „Sie müssen die neue Nachbarin sein."

Jonna war nicht nach Small Talk zumute, aber sie machte gute Miene zum bösen Spiel.

„Ja, die bin ich", erwiderte sie.

„Das ist wirklich toll, dass Sie die neuen Besitzer sind. Wir haben schon gedacht, dass sich kein Käufer mehr finden würde."

„Warum?", fragte Jonna, die hellhörig geworden war.

„Das kann ich Ihnen auch nicht so genau sagen. Die meisten Interessenten haben abgesagt und sich für ein anderes Objekt entschieden."

„Gibt es dafür einen Grund?", fragte sie, doch die Nachbarin winkte ab.

„Nein, nein, lassen Sie sich davon nicht abschrecken. Das Haus hatte bereits einige Besitzer, wie das nun einmal so üblich ist. Aber Sie haben es in ein Schmuckstück verwandelt, von außen ist es kaum wiederzuerkennen."

„Ja, das stimmt. Möchten Sie vielleicht einen Kaffee?", bot Jonna an.

„Da sage ich nicht nein."

„Im Haus herrscht aber noch das pure Chaos", fügte Jonna entschuldigend hinzu.

„Mich stört das nicht."

„Dann kommen Sie herein."

Jonna führte die Frau in die Küche.

„Meine Güte, Sie haben das Haus in ein Schloss verwandelt", staunte sie. „Alles so hell und freundlich und die Küche ist ein Traum. Da könnte man glatt neidisch werden."

„Das müssen Sie nicht", antwortete Jonna und stellte die Kaffeemaschine an.

„Ach herrje, ich habe mich noch gar nicht vorgestellt. Ich bin Ida."

„Angenehm, Jonna. Möchten Sie vielleicht einen Rundgang machen und sich anschauen, was sich verändert hat?"

„Nur zu gern", erwiderte Ida.

„Gut, dann gibt es eine Gratisführung", scherzte Jonna und zeigte Ida die einzelnen Räume.

„Für so ein modernes Badezimmer würde ich alles geben", schwärmte Ida. „Leider haben die letzten Besitzer das Haus mehr und mehr verfallen lassen."

„Warum eigentlich?"

„Am Geld kann es jedenfalls nicht gelegen haben, die Leute waren gut situiert."

„Woran dann?"

„Schwer zu sagen. Der Mann war selten zu Hause und seine Frau mit der Erziehung des gemeinsamen Sohnes völlig überfordert. Aber ich will nicht schlecht über diese Leute reden."

Das stört mich keinesfalls, ganz im Gegenteil, wären Jonna die Worte beinahe herausgerutscht, weil sie erpicht darauf war, mehr über die Vorbesitzer zu erfahren. „Ja, so etwas hört man hin und wieder“, sagte sie stattdessen. „Aber ich hoffe, es hat sich alles zum Guten gewendet.“

Ida zögerte und trank einen Schluck Kaffee. Sie schien darüber nachzudenken, wie viel sie preisgeben konnte.

„Nun ja, ein wenig seltsam war der Junge schon“, fuhr sie fort. „Ich hatte früher mehrere Katzen auf unserem Hof, aber eines Tages ist unsere Kitty nicht zum Füttern ins Haus gekommen.“ Sie drehte die Tasse gedankenverloren zwischen ihren Händen.

Jonna schenkte Kaffee nach, um die peinliche Pause zu überbrücken.

„Der Streit, den ich wegen einer Kleinigkeit mit dem Jungen hatte, liegt schon Ewigkeiten zurück. Im Laufe des darauffolgenden Tages haben wir unsere Kitty dann mit einem gebrochenen Genick auf dem Hof gefunden.“ Ida stieß einen tiefen Seufzer aus. „Ich kann nicht beweisen, dass er es gewesen ist, aber meine Intuition lässt mich selten im Stich.“

„Keine schöne Geschichte“, erwiderte Jonna bedauernd.

„Tut mir leid, dass ich Sie damit belastet habe.“

„Nein, nein, schon gut.“

Jonna dachte über die Beklemmungen nach, die sie im Keller des Hauses empfunden hatte. Ob das damit zusammenhing?

„Ist der Sohn der Familie nochmals auffällig geworden?“, hakte Jonna nach.

„Ich hätte das nicht erzählen dürfen, tut mir leid“, entschuldigte sich Ida.

„Nein, das muss es nicht“, hielt Jonna dagegen.

„Wahrscheinlich bin ich jetzt dafür verantwortlich, dass Sie sich in dem Haus nicht mehr wohl fühlen“, sagte Ida schuldbewusst.

„Keinesfalls“, entgegnete Jonna rasch. „Schon bei der Besichtigung hatte ich ein komisches Gefühl im Bauch.“

Ida schaute überrascht zu ihr auf.

„Warum haben Sie das Haus dann überhaupt gekauft?"

„Weil mein Mann so begeistert war. Er hat das Potenzial des Hauses erkannt und wollte seine Träume verwirklichen."

„Und Ihre Träume?" Ida sah sie fragend an.

Das Gespräch hatte eine sehr emotionale Wendung genommen und Jonna war sich nicht sicher, ob sie es auf dieser Ebene fortführen wollte. Sie wusste ja nicht einmal, was Ida für ein Mensch war. Würde sie Dinge für sich behalten können oder würde schon morgen ganz Svärdsjö über Jonnas Eheleben Bescheid wissen?

„Sie müssen mir nicht darauf antworten, ich will Sie auf keinen Fall bedrängen."

„So habe ich das auch nicht aufgefasst", antwortete Jonna. „Momentan bin ich nicht ganz bei mir, der Umzug zehrt an meinen Kräften."

„Verständlich, ich will Sie auch nicht länger aufhalten", sagte Ida und erhob sich. „Vielen Dank für den Kaffee und das Gespräch."

„Kein Problem, Sie können gern wieder einmal vorbeischauen", bot Jonna an und begleitete Ida zur Tür. „Es war nett, Sie kennenzulernen. Ihnen noch einen schönen Tag."

„Den wünsche ich Ihnen auch."

Die plötzliche Stille im Haus empfand Jonna als bedrückend. Sie nahm das Telefon in die Hand, um Markus anzurufen, und legte es wieder zur Seite. Sie wollte ihn nicht an seinem ersten Arbeitstag behelligen, er würde genug zu tun haben. Also zog sie sich ins Wohnzimmer zurück, um weitere Kartons auszupacken. Der Architekt hatte eine große Fensterfront einbauen lassen, die den Blick auf den verwilderten Garten freigab. Ein Großteil der Möbel war bereits aufgebaut und bis auf eine Wand, die noch mit einer speziellen Tapete in Goldtönen verschönert werden sollte, war der Raum so gut wie eingerichtet.

Jonna bückte sich, um die Bücher in das Regal zu stellen.

Es würde ein langer, langer Tag werden und wenn sie ehrlich war, dann graute ihr davor.

~

Endlich, endlich erhellten Scheinwerfer die Einfahrt und Markus stieg aus dem Wagen. Seine Krawatte hing schief und sein Haar war zerzaust, als er eintrat.

„Schön, dass du wieder da bist", begrüßte Jonna ihn.

„Hallo, mein Schatz." Markus hauchte ihr einen flüchtigen Kuss auf die Wange und stellte seine Tasche neben der Flurgarderobe ab. „Ich bin total erledigt."

„Das glaube ich dir aufs Wort", erwiderte Jonna und schob ihn in die Küche. „Das Gemüse ist ein wenig verkocht, weil ich so lange auf dich warten musste. Aber ich hoffe, dass es dir trotzdem schmeckt."

Sie setzten sich an den Küchentisch und Jonna schenkte Markus ein Glas Rotwein ein.

„Nun erzähl schon, wie war dein Tag?", forderte sie ihn auf.

„Wahnsinnig anstrengend und ich weiß wirklich nicht, wie ich mir das alles merken soll", antwortete er.

„Aber insgesamt du bist zufrieden?", fragte sie nach.

„Ich denke schon, dass es die richtige Entscheidung gewesen ist. Irgendwann verfalle ich sicher dem Alltagstrott und dann wird es reibungslos klappen. Und du? Hast du fleißig gewerkelt?"

„Ich habe im Wohnzimmer die Schränke eingeräumt und davor ist eine Nachbarin vorbeigekommen, um sich das Haus anzusehen."

„Na siehst du, die ersten Kontakte sind geknüpft", freute sich Markus. „Es ist alles nur eine Frage der Zeit."

„Ich habe sie ein wenig über die Vorbesitzer ausgefragt", wechselte sie vorsichtig das Thema. „Der Sohn muss ein schwieriger Charakter sein."

„Das kommt in den besten Familien vor", erwiderte Markus zwischen zwei Bissen.

„Die Nachbarin hat ihn in Verdacht, ihre Katze getötet zu haben."

„Ach nein, hat sie dich etwa mit Schauergeschichten belästigt?"

„Nicht direkt, aber ich habe schon bei der Besichtigung negative Schwingungen im Haus wahrgenommen."

„Jonna, jetzt hör mit diesem esoterischen Blödsinn auf", brummte Markus verstimmt.

„Esoterischer Blödsinn?"

„Bitte, keinen Streit. Ich will nur noch unter die Dusche und ins Bett."

„Schon gut, tut mir leid."

Jonna räumte enttäuscht den Tisch ab, während Markus im Badezimmer verschwand. Kurz darauf hörte sie das Wasser rauschen. Sie wusste, dass sie dieses Thema in seiner Gegenwart nicht mehr zur Sprache bringen würde, beschloss aber, weitere Nachforschungen bezüglich der Vorbesitzer anzustellen.

Frustriert zog sie sich ins Schlafzimmer zurück und ihr graute vor dem morgigen Tag, der genauso eintönig wie der heutige verlaufen würde. Auf Dauer konnte das kein Zustand sein, sie musste unbedingt etwas daran ändern.

KAPITEL SECHS

Olof ließ sich auf dem Deck den Wind um die Nase wehen und schaute auf die beeindruckenden Berge, die sich rechts und links des Fjords majestätisch erhoben. Klara kleidete sich für das Abendessen an und würde gleich bei ihm sein. Er genoss die wenigen Minuten der Stille und holte sein Smartphone hervor.

Er hatte sich heimlich im Keller ein Eckchen eingerichtet und Fotos an eine Pinnwand geheftet, um den unaufgeklärten Fall weiterhin verfolgen und neue Schlüsse ziehen zu können. Ein Foto davon diente ihm als Inspiration, damit er jeden neuen Gedanken sofort notieren konnte. Mayas Verschwinden ließ ihm keine Ruhe, dieser Fall war seine

Obsession. Erst als er spürte, dass Klaras Blick auf ihm ruhte, schaute er auf.

Klara stand direkt vor ihm und sah einfach atemberaubend aus. Die silbernen Ohrringe funkelten in der untergehenden Abendsonne und der Wind spielte mit dem luftigen Kleid, das Klaras schlanke Figur umschmeichelte. Das Make-up brachte ihr Gesicht zum Strahlen und wenn er sich nicht schon längst in diese Frau verliebt hätte, dann wäre es spätestens jetzt um ihn geschehen.

„Meine Güte, du siehst hinreißend aus“, entfuhr es ihm.

„Danke, mein Lieber“, antwortete sie und hauchte ihm einen Kuss auf die Wange. Dann hakte sie sich bei ihm unter. „Bereit für das Abendessen mit dem Kapitän?“

„Selbstverständlich, gnädige Frau. Mein Magen knurrt wie ein Rudel streunender Hunde“, lachte er.

„Na dann, worauf warten Sie, junger Mann“, scherzte sie.

Es wurde ein wunderbarer Abend und Olof vergaß tatsächlich für ein paar Stunden seinen Fall. Er genoss das Dinner, tauschte mit dem Kapitän Anekdoten aus und schwebte mit Klara über das Parkett. Der Duft ihres schweren Parfums betörte ihn und trotz ihres Alters stellten sie anschließend in der Kabine allerlei Dummheiten an.

Am nächsten Morgen erwachte er mit einem mittelschweren Kater und bat Klara um eine Kopfschmerztablette.

„Na, mein Lieber, das war wohl doch ein Glas zu viel“, lächelte sie milde und reichte ihm das Wasserglas.

„Danke, du bist ein Schatz“, erwiderte er und spülte die Tablette hinunter.

Dann quälte er sich aus dem Bett und stieg unter die Dusche, um seine verschollen geglaubten Lebensgeister zu wecken. Er hatte noch nicht einmal den Wasserhahn aufgedreht, da prasselten die Bilder wieder auf ihn nieder. Ein junges bildhübsches Mädchen mit blassem Teint auf dem Waldboden, der Morgentau, der sich in ihrem langen Haar verfangen hatte und die feingliedrige Hand, die sich zwischen den Preiselbeersträuchern krümmte. Missbraucht und weggeworfen wie einen alten Schuh.

Nein, diesen Anblick würde er nie vergessen, und er hatte es sich zur Lebensaufgabe gemacht, den Täter zu stellen. Doch er hatte versagt, ausgerechnet er, und das wurmte ihn noch immer. Er würde noch drei Tage mit Klara auf diesem Schiff verbringen und durch die Fjorde Norwegens schippern, bevor sie wieder nach Hause zurückkehren würden.

Natürlich war die Landschaft atemberaubend und er konnte sich nicht sattsehen. Aber so lange Mayas Eltern nicht wussten, was mit ihrer Tochter geschehen war, würde er nicht ruhen. Das war er ihnen schuldig, weil er vor zehn Jahren ein Versprechen abgegeben hatte, das ihn jetzt von innen heraus aushöhlte wie steter Tropfen den Stein.

„Olof?“ Klara klopfte ungeduldig an die Tür. „Wie lange willst du noch das Badezimmer in Beschlag nehmen?“

Hastig drehte er das Wasser ab, tastete blind nach dem Handtuch und rubbelte seine Haut trocken. Mit einem Schwall feuchtwarmer Luft verließ er das beengte Badezimmer, das die Größe eines Schuhkartons besaß.

„Bitteschön, die Dame.“ Er verbeugte sich vor Klara.

„Du bist ein alberner Clown“, lachte sie und zog die Tür hinter sich zu.

In Sekundenschnelle streifte er sich Jeans und Hemd über und griff zum Smartphone. Es hatte damals drei Tatverdächtige gegeben, zwei junge Männer, darunter auch Sven Berggren, der als Eigenbrötler und Querulant bekannt gewesen war. Anfangs hatte sein Team sogar die Eltern des Mädchens von der Täterschaft nicht ausgeschlossen, weil es zu einigen Ungereimtheiten bei ihren Aussagen gekommen war. Am Ende hatten die Beweise jedoch nicht ausgereicht, um einen der Verdächtigen die Tat nachzuweisen, und kurz darauf war Maya verschwunden.

Unzählige Überstunden und Befragungen hatten nicht zu dem gewünschten Ergebnis geführt. Das Verschwinden von

Maya Lund warf weitere Fragen auf, weil weder ihr Fahrrad noch eines ihrer Kleidungsstücke gefunden werden konnten, so als hätte sich der Boden aufgetan und sie mit Haut und Haaren verschlungen. Handelte es sich um den gleichen Täter, der auch Lilly Norström, getötet hatte?

„Olof, muss das wirklich sein?“ Klaras warme Hand legte sich auf seine Schulter. „Kannst du nicht einmal im Urlaub abschalten?“

„Entschuldige bitte.“

Beschämt schob er das Smartphone zurück in seine Hosentasche.

„Lass es gut sein“, seufzte Klara enttäuscht. „Egal wie sehr ich mich auch anstrenge, meine Bemühungen, dich aufzuheitern, laufen ins Leere. Das kann ziemlich zermürbend sein.“

„Klara, es tut mir ausgesprochen leid. Aber ich habe Mayas Eltern versprochen, den Täter zu finden.“

„Bereust du nicht hin und wieder, dieses Versprechen überhaupt gegeben zu haben?“

Er schüttelte den Kopf.

„Sie leiden Tag für Tag, hoffen und beten, ohne ein Lebenszeichen von ihrer Tochter zu erhalten. Das muss schrecklich für sie sein.“

„Wir drehen uns im Kreis, wird dir das nicht bewusst?“, erwiderte Klara vorwurfsvoll. „Deine Arbeit erledigen jetzt andere, und du musst endlich lernen, loszulassen.“

„Das weiß ich doch auch“, antwortete er.

„Dann suche dir einen geeigneten Therapeuten. Ich habe all die Jahre geschwiegen und stumm ertragen, wenn du durch Abwesenheit geglänzt hast. Ich hatte gehofft, dass wir jetzt alles aufholen können, was wir versäumt haben, aber du machst mit deiner Eigenwilligkeit alles zunichte.“

Klara war ausgesprochen wütend, als sie die Kabine verließ, um zum Frühstücksbuffet zu gehen. Wie ein begossener Pudel folgte er ihr, setzte sich neben sie und schenkte sich den Kaffee ein. Was für eine Wohltat, dachte er, als er am bitteren Gebräu nippte.

„Ich gebe dir mein Wort, Klara, nach unserer Rückkehr einen Therapeuten aufzusuchen“, raunte er ihr zu.

Ihre Lippen waren zu einem schmalen Strich gepresst, als sie kaum merklich nickte, und es tat ihm ausgesprochen leid, sie verärgert zu haben. Zaghaft griff er nach ihrer Hand und drückte sie sacht.

„Verzeih einem alten Brummbären wie mir, ja?“

„Aber nur, weil du es bist“, antwortete sie.

Ein Lächeln umspielte ihre Lippen, aber ihre Augen blickten ernst. Er würde sich ganz schön anstrengen müssen, um seine Unaufmerksamkeit ihr gegenüber wiedergutzumachen.

KAPITEL SIEBEN

Maya presste sich mit dem Rücken ängstlich an die Wand, als sie Schritte hörte, wie der Schlüssel im Schloss herumgedreht wurde. Niemand hatte bisher nach ihr gesehen, sie hatte Hunger und fror trotz der Wärme des Sommers. Was würde der Fremde von ihr wollen? Sie umbringen?

Die Tür schwang leise knarrend auf und sie kniff vom Tageslicht geblendet die Augen zusammen. Der Fremde trat ein und das erste, was sie wahrnahm, war sein Aftershave. Unter anderen Umständen ein sicher angenehmer und wahrscheinlich sehr teurer Duft. Jetzt aber verursachte er ihr Übelkeit.

Der Mann stellte ihr eine Schüssel neben die Matratze.

„Iss“, forderte er sie auf.

Doch Maya rührte sich nicht, viel zu groß war die Angst. Sie zitterte und machte sich so klein wie möglich. Um keinen Preis auffallen, damit er sie nicht sofort töten würde.

„Nun mach schon, sonst wird deine Mahlzeit kalt. Mehr wirst du nicht bekommen“, drängte er.

Sie streckte vorsichtig ihre Hand aus, um nach dem Löffel und der Schale zu greifen. Hastig schob sie sich das Essen in den Mund und würgte es hinunter, ohne irgendetwas zu schmecken. Ihr Bauch rumorte, weil sie viel zu hastig gegessen hatte.

„Na also, geht doch.“

Er nahm die leere Schüssel und wandte sich zur Tür.

„Warum bin ich hier?“

Erschrocken hielt sie sich die Hände vor den Mund und bereute sofort, dass ihr die Worte einfach so herausgerutscht waren.

„Kannst du dir das nicht denken?“, lautete seine Antwort.

„Ich will nicht sterben“, hauchte sie.

„Davon hat niemand etwas gesagt.“

Die Tür fiel ins Schloss und Maya war wieder mutterseelenallein. Sie rollte sich wie ein junges Kätzchen zusammen und umschlang ihre Knie. Es war so dunkel hier – keine wärmenden Sonnenstrahlen, die ihre Haut streichelten, kein Trost und keine Hoffnung. Ob ihre Eltern schon die Polizei verständigt hatten? Wenn sie doch nur wüsste, wo sie sich befand. Aber der Fremde konnte meilenweit gefahren sein, ohne dass sie es bemerkt hätte. Schließlich war sie bewusstlos gewesen.

Maya suhlte sich im Selbstmitleid, bis sie sich energisch aufsetzte. Schluss jetzt, sie durfte sich von diesem Typen nicht einschüchtern lassen. Es gab immer einen Weg, sie musste nur nach ihm suchen.

Nachdem die Bauchschmerzen ein wenig nachgelassen hatten, untersuchte sie den Raum erneut. Das wenige Licht, das durch die Ritzen ins Innere drang, reichte kaum aus, um sich zurechtzufinden. Alles, was ihre Fingerspitzen berührten, hatte sie schon einmal angefasst. Enttäuscht startete sie einen weiteren Versuch mit demselben ernüchternden Ergebnis – Tür, Waschbecken, Toilette, Matratze. Als ein Spinnennetz ihr Gesicht berührte, schrie sie auf und fuchtelte hektisch mit den Armen. Sie ekelte sich vor Spinnen, obwohl diese Tierchen hier wahrscheinlich das harmloseste Übel von allem waren.

Resigniert setzte sie sich wieder auf die Matratze und dachte angestrengt über eine mögliche Lösung nach. Aber ihr fiel nichts ein. Erst als sie ihren Blick hob und dieser die kaum erkennbare Zimmerdecke streifte, blitzte ein Gedanke auf. Maya stand auf und tastete sich an der Wand entlang, bis sie die Toilette erreicht hatte. Sie kletterte auf den Sitz und streckte sich, aber es fehlten einige Zentimeter bis zur Decke.

Bevor sie es sich anders überlegen konnte, war sie auch schon mit einem Fuß auf den Rand des Waschbeckens gestiegen und ertastete mit ihrer freien Hand die rostige Halterung eines Spiegels, um sich daran hochzuziehen. Jetzt stand sie mit beiden Füßen auf dem Waschbeckenrand und ihre Fingerspitzen berührten verspundetes Holz und Spinnweben. Wenn es ihr gelingen würde, die Holzverkleidung zu lösen, dann könnte sie vielleicht fliehen.

Plötzlich hörte sie ein knirschendes Geräusch und spürte, wie sich das Waschbecken zur Seite neigte. Bevor sie realisierte, dass die Halterung dem zusätzlichen Gewicht nachgegeben hatte, war es bereits zu spät. Das Keramikbecken zerschellte auf dem Boden und Maya landete mittendrin. Sie hatte sich an der Wade einen ziemlich großen Schnitt zugezogen und das warme Blut sickerte über ihre Hand, die sie erschrocken auf die Wunde presste.

Panik durchflutete ihr Inneres, weil sie eine drakonische Strafe befürchtete. Der defekte Siphon verbreitete den Geruch von Fäulnis und Mayas Hose wurde vom Blut und dem Schmutzwasser durchtränkt. Zu allem Überfluss würgte sie auch noch das Essen hervor. Schluchzend krümmte sie sich und ihre Gedanken waren blockiert, weil sie befürchtete, in diesem Drecksloch zu verbluten. Was sollte sie nur tun?

Abbinden, du musst die Wunde abbinden, rief eine Stimme, die real nicht existierte. Maya klemmte das Shirt zwischen ihre Zähne, um einen Streifen herauszureißen, mit dem sie die Blutung stoppen konnte. Es war gar nicht so einfach, mit den zitternden Händen einen Knoten zu binden, aber dann hatte sie es doch geschafft. Sie kroch zurück zur Matratze und machte sich ganz klein.

„Ich will sterben, einfach nur sterben", weinte sie und konnte nicht verstehen, warum ausgerechnet sie in dieser Hölle gelandet war.

Der Gestank im Raum ließ sie erneut würgen und sie hätte alles gegeben, um wenigstens für ein paar Minuten die Augen schließen zu können. Der Schmerz in ihrer Wade pochte und wahrscheinlich würde eine hässliche Narbe zurückbleiben. Falls sie diesen Irrsinn hier überhaupt überlebte. Außerdem könnte sich bei all dem Schmutz die Wunde entzünden.

Maya ärgerte sich im Nachhinein, dass sie nicht eine der Paletten schräg an die Wand gelehnt hatte, um daraufzuklettern. Aber hinterher war man immer schlauer. Jetzt musste sie nur noch eine Erklärung finden, die sie ihrem Kidnapper auftischen könnte, und während sie darüber nachdachte, schlief sie vor Erschöpfung ein.

Als die Tür aufgerissen wurde, fuhr Maya aus dem Schlaf. Benommen rieb sie sich die Augen, als sie auch schon an den Haaren gepackt und hochgerissen wurde.

„Bist du total verrückt geworden?“ Er schüttelte sie, sein Griff war hart und schmerzte. „Warum hast du das getan? Willst du wie ein Hund aus der Toilette trinken?“

„Mein Bein, mein Bein …“, wimmerte Maya leise.

„Du Miststück“, zischte er und schleuderte sie zurück auf die Matratze. „Zieh das Hosenbein hoch.“

Maya biss die Zähne fest zusammen und kam seiner Aufforderung nach. Vorsichtig entfernte sie das blutdurchtränkte Stück Stoff. Der Fremde stieß einen zornigen Fluch aus, als er die Wunde betrachtete.

„Na wunderbar, die Wunde muss genäht werden“, stöhnte er.

„Ich darf zu einem Arzt?“, fragte sie hoffnungsvoll.

Statt einer Antwort holte er aus und verpasste ihr eine schallende Ohrfeige. Seine Hand brannte auf ihrer Wange.

„Reiß dich zusammen, wenn dir dein Leben lieb ist.“

Sein Blick war eiskalt und jagte Maya ein Schauer über den Rücken. Der Fremde erhob sich und lief zur Tür, wo er sich noch einmal zu ihr umdrehte.

„Wage es nicht, dich vom Fleck zu rühren. Ich bin gleich wieder da.“

Wie ein Häufchen Elend blieb sie in der Ecke hocken und war völlig ahnungslos, was als Nächstes geschehen würde. Als der Fremde wieder den Raum betrat, wich sie verstört zurück.

„Streck dein Bein aus“, forderte er und hockte sich neben sie.

Er richtete den Strahl der Taschenlampe auf ihre Wunde, riss ein steriles Päckchen auf und nahm eine gebogene Nadel samt Faden heraus. Maya stöhnte leise beim Anblick.

„Halt gefälligst still, damit ich dich verarzten kann.“

Er träufelte Desinfektionsmittel auf die Wunde und Maya

presste die Lippen fest zusammen, damit ihr kein Laut entwich. Sie wollte nicht nochmals geschlagen werden. Während die Nadel durch ihre Haut stach, ballte Maya die Hände zu Fäusten. Ihre Nägel bohrten sich ins Fleisch der Handfläche und dieser Schmerz lenkte sie ab. Ihr war übel und alles drehte sich und kurz darauf kippte sie zur Seite. Sie hatte das Bewusstsein verloren.

KAPITEL ACHT

Seit zwei Tagen herrschte eine aufgeheizte Stimmung zwischen Markus und Jonna. Nachdem sie ihm mitgeteilt hatte, dass sie sich um eine Stelle bewerben wollte, war es zu einem heftigen Streit gekommen. Danach hatte keiner von ihnen das Thema wieder angesprochen und der Konflikt schwelte vor sich hin.

Jonna war über seine aufbrausende Reaktion erschrocken gewesen. Sie solle erst einmal zu sich selbst finden, hatte er gesagt, damit es endlich mit dem langersehnten Nachwuchs klappte. Der Stress im Berufsleben würde ihr nur weiter zusetzen. Seine Worte hatten sie tief getroffen, aber wahrscheinlich stand er nur unter großem Druck.

Ein Kastenwagen bog in die Einfahrt und hupte kurz. Der Gärtner.

Jonna eilte nach draußen, um ihn zu begrüßen. Der Gärtner hatte seinen Gehilfen dabei, einen jungen schlaksigen Mann, dem er eine Heckenschere in die Hand drückte.

„Hej, hej, ich bin Ingmar", stellte er sich vor. „Und das ist mein Kompagnon Lasse." Er zwinkerte dem jungen Mann fröhlich zu und ließ seinen Blick über das Grundstück schweifen. „Ich sehe schon, hier werden fleißige Hände gebraucht."

„Stimmt, allein ist das nicht zu schaffen, solange es im Haus noch jede Menge Arbeit gibt."

„Das glaube ich Ihnen aufs Wort. Ich weise schon einmal Lasse ein, dann können wir über alles Weitere sprechen."

Ingmar erklärte dem jungen Mann, wie die Hecke gekürzt werden musste, dann wandte er sich wieder Jonna zu.

„So, jetzt bin ich ganz für Sie da", lächelte er.

„Schön." Jonna deutete auf den Vorgarten. „Die Stauden und Sträucher, die schon vorhanden sind, müssten freigeschnitten und in Form gebracht werden."

„Sie wollen demnach keine Neubepflanzung?"

„Nein, dazu kann ich mich nicht durchringen. Die Pflanzen sind schon seit Jahren im Boden verwurzelt und ich möchte sie dort belassen. Sobald das Unkraut entfernt wurde, kann sich der Vorgarten sicher wieder sehen lassen."

„Gute Einstellung, dann werde ich mich einmal an die Arbeit machen."

„Wunderbar. Falls Sie noch Fragen haben, ich bin im Haus", erwiderte Jonna.

„Alles klar."

Sie sah, wie Ingmar eine Motorsense aus dem Kastenwagen holte und damit zur Obstwiese lief. Nur wenige Augenblicke später dröhnte das laute Geräusch in ihren Ohren. Routiniert mähte Ingmar das Gras, während sich

Lasse an der Hecke zum Nachbargrundstück zu schaffen machte.

Jonna lief in den Flur und trug die Kartons mit den Kleidungsstücken ins Schlafzimmer. Markus hatte gestern noch den Schrank aufgebaut und sie wollte sich gleich an die Arbeit machen, um die einzelnen Fächer einzuräumen. Je weniger Kartons herumstanden, desto besser. Sie hatte die Hälfte des Schrankes bereits bestückt, als Lasse plötzlich einen Schrei ausstieß. Jonna rechnete schon mit dem Schlimmsten und befürchtete, dass sich der junge Mann ernsthaft verletzt haben könnte. Aber als sie atemlos neben ihm stand, befand sich kein einziger Blutfleck auf seiner Kleidung.

„Was ist passiert?", fragte sie besorgt.

„Die Katze, die Katze", rief Lasse entsetzt.

Ingmar bückte sich und zog einen getigerten Kadaver hervor.

„Schon gut, Lasse, du hast sie nicht umgebracht. Ich werde mich darum kümmern."

Er stapfte zum Wagen und ließ den steifen Tierkörper in eine Plastiktüte gleiten. Dann winkte er Jonna zu sich heran.

„Können wir das arme Tierchen vielleicht auf Ihrem Grundstück begraben? Oder soll ich es woanders entsorgen?"

Jonna öffnete den Mund, brachte aber kein einziges Wort hervor. Immerzu musste sie an Ida denken.

„Haben Sie mich verstanden?"

Sie schluckte schwer.

„Entschuldigung. Selbstverständlich können Sie die Katze unter einem der Obstbäume beerdigen."

„Gut, dann werde ich das tun."

„Vielen Dank."

„Eine Sache noch." Ingmar suchte ihren Blick. „Lasse reagiert nicht immer so, wie wir es erwarten. Er wäre beinahe im Svärdsjön ertrunken und hat bedauerlicherweise eine Schädigung wegen Sauerstoffmangel zurückbehalten, da er nicht rechtzeitig gerettet werden konnte", erklärte er.

„Oh, das tut mir leid."

„Er ist seitdem seelisch ein wenig instabil und sehr schreckhaft, aber durch und durch ein guter Mensch."

„Danke für Ihr Vertrauen, ich werde Rücksicht auf ihn nehmen."

„Das freut mich."

Ingmar schnappte sich den Spaten, um die Katze im hinteren Teil des Gartens zu begraben, und Jonna kehrte mit einem unguten Gefühl ins Haus zurück. Wie der Bauleiter berichtet hatte, war es schon bei den Umbauarbeiten zu seltsamen Zwischenfällen gekommen, so als ob jemand diese hatte sabotieren wollen. Der Keller war zum Beispiel bis zum heutigen Tag nicht fertig geworden, weil die Baufirma zwischenzeitlich einen anderen Auftrag angenommen hatte. Jetzt hieß es warten oder selbst aktiv werden, eines von beiden. Das Haus hatte zehn lange Jahre leer gestanden und es gab noch eine Menge zu tun.

Ingmar klopfte an die Küchentür.

„Ich habe das Kätzchen zur letzten Ruhe gebettet", sagte er.

Jonna nickte ihm dankbar zu.

„Das ist nett von Ihnen. Möchten Sie und Lasse vielleicht einen Kaffee? Damit sich der junge Mann ein wenig beruhigt."

„Ein guter Vorschlag, den ich liebend gern annehme", erwiderte Ingmar und rief Lasse zu sich.

Jonna belegte noch ein paar Brote für die zwei Männer, damit sie sich gut aufgehoben fühlten. Wenn Ingmar gute Arbeit leistete, dann wollte sie ihm regelmäßig Aufträge erteilen. Das Grundstück war viel zu groß und Markus viel zu beschäftigt, um es allein auf Vordermann zu bringen.

Ingmar und Lasse setzten sich an den Tisch. Der junge Mann griff sofort zu und ließ es sich schmecken.

„Sie haben schon eine Menge machen lassen", sagte Ingmar anerkennend. „Wir hätten nie gedacht, dass sich nach dem jahrelangen Leerstand noch jemand für dieses Haus begeistern könnte."

Begeisterung ist das absolut falsche Wort, dachte Jonna. „Mein Mann ist von Anfang an von dieser Immobilie überzeugt gewesen."

Ingmar schaute sie fragend an.

„Und Sie?"

Jonna stieß einen Seufzer aus. „Ich weiß nicht so recht, was ich darauf antworten soll", erwiderte sie.

„Keine Sorge, ich verstehe schon."

„Warum hat sich in all den Jahren kein Käufer gefunden?", hakte sie nach.

„Wahrscheinlich, weil das Haus auf seine richtigen Besitzer gewartet hat", erwiderte Ingmar.

„Tut mir leid, aber daran glaube ich nicht", entgegnete sie. „Etwas muss die Käufer abgeschreckt haben."

„Ich bin bei den Besichtigungen nicht dabei gewesen und kann nur mutmaßen, dass trotz des geringen Verkaufspreises niemand die Mühe auf sich nehmen wollte, um dieses Haus zu sanieren. Aber es kann sich wirklich sehen lassen, Sie haben ein Juwel erschaffen."

„Ich werde es meinem Mann ausrichten", antwortete sie.

„Vielen Dank für den Kaffee und die kleine Stärkung. Lasse und ich werden uns jetzt wieder an die Arbeit machen."

Jonna blieb allein in der Küche zurück und dachte über das Gespräch nach. Sie hatte Ingmar gegenüber behauptet, nicht an derlei Dinge zu glauben, aber die Beklemmungen, die sie im Keller empfunden hatte, sprachen eine andere Sprache. Immerhin verlieh ihr die Anwesenheit der beiden Männer ein wenig mehr Zuversicht und sie nahm den Kellerschlüssel vom Haken. Sie hatte darauf bestanden, diese Tür abzuschließen, weil sie befürchtete, dass sie wie in einem

Horrorfilm unvermittelt aufspringen könnte. Was natürlich völliger Blödsinn war.

Sie atmete noch einmal tief durch und drehte den Schlüssel im Schloss herum, um sich ihren Ängsten zu stellen. Kühle, feuchte Luft strich ihr an den Beinen entlang und sie fröstelte. Die Stufen führten hinunter in einen gähnenden schwarzen Schlund, der sich erst verflüchtigte, als sie auf den Lichtschalter drückte.

„Auf geht's", murmelte sie und stieg hinab. Eine nackte Glühbirne baumelte von der Decke, die durch den Luftzug leicht hin und her pendelte und gespenstische Schatten an die Wand warf. Erneut spürte Jonna die Beklemmungen, die sich sofort in ihrem Inneren einnisteten. Dabei war dieser Keller wie jeder andere auch – dunkel, kühl und mit allerlei Getier, das vor dem Licht davonkrabbelte.

Jonna öffnete nacheinander die Türen und schaute in jeden Raum. Noch immer türmte sich in einigen von ihnen Gerümpel in Form von alten Betten, Stühlen und Tischen. Der Krempel muss auch noch entsorgt werden, dachte sie. Der Boden des Kellers bestand aus Klinkersteinen, gestampftem Lehm oder Beton. In dem Raum mit dem Steinfußboden befanden sich Regale mit Einweckgläsern an der Stirnwand, die schon seit Ewigkeiten hier stehen mussten.

Jonna nahm ein Glas in die Hand und versuchte, den Deckel zu lösen, aber dieser saß fest. Die eingekochten Früchte hatten all die Jahre überdauert, obwohl sie mittlerweile sehr unappetitlich aussahen. Jonna schloss die Tür, um wieder nach oben zu gehen. Bis jetzt war ihr nichts Ungewöhnliches aufgefallen, das für ihre Emotionen eine Erklärung hätte liefern können.

Sie schaute zum Ende des Ganges und ihr fiel eine alte Wasserleitung auf, die in den gegenüberliegenden Raum führte. Nur hatte sie dort kein weiterführendes Rohr gesehen und wunderte sich. Sie war gerade dabei, den Raum zu betreten, als Ingmar auf der Kellertreppe erschien.

„Für heute sind wir fertig", rief er ihr zu.

Jonna schaute auf die Armbanduhr, sie hatte tatsächlich zwei Stunden im Keller vertrödelt.

„Dann wünsche ich Ihnen einen schönen Feierabend", rief sie zurück.

„Vielen Dank, Ihnen auch."

Ingmar hob zum Abschied kurz die Hand und nur wenige Augenblicke später heulte der Motor seines Kastenwagens auf. Jetzt war sie wieder allein und ihr Herz begann wie verrückt zu rasen. Dieser Keller machte etwas mit ihr, das war nicht zu leugnen. Sie drehte sich um und floh die Stufen regelrecht nach oben. Die Kellertür flog mit einem lauten Knall ins Schloss, dann drehte Jonna den Schlüssel herum.

Was zum Teufel löste derartige Reaktionen aus?

Nachdem sie sich einigermaßen beruhigt hatte, beschloss sie, Markus davon zu erzählen, damit er mit ihr gemeinsam den Raum untersuchte. Irgendwohin musste die Leitung schließlich führen, sie konnte doch nicht einfach in der Wand enden. Die Wassertropfen, die sich aus dem Kondenswasser gebildet hatten, verrieten, dass sie noch in Betrieb sein musste. Nicht dass das Wasser in der Wand versickerte und einen Bauschaden verursachte. Nach dem Umbau waren Markus und sie knapp bei Kasse und das würde sich die nächsten Jahre kaum ändern.

Jonna ging in die Küche, um das Abendessen zuzubereiten. Das war es also, ihr neues Leben, zwischen Umzugskartons und Herd. Jonna hatte sich noch nie so verloren und einsam gefühlt wie in diesem Augenblick. Das Essen verkochte auf dem Herd, während Jonna immer wieder einen beunruhigten Blick auf die Uhr warf. Wo blieb Markus nur? Mit einer zweistündigen Verspätung bog sein Wagen endlich in die Einfahrt. Jonna war verärgert und atmete noch einmal tief durch, damit Markus ihr nichts anmerkte.

„Hallo", sagte sie, als er die Küche betrat.

„Hallo."

Er hängte sein Jackett über den Stuhl und setzte sich. Jonna glaubte, einen blumigen Duft wahrzunehmen, war sich aber nicht sicher.

„Konferenz?", fragte sie stattdessen.

Markus nickte müde. Sie servierte das Abendessen und setzte sich zu ihm.

„Wie war dein Tag?"

Er winkte ab. „Frag besser nicht."

Weil er nicht reden wollte, ergriff sie die Gunst der Stunde.

„Mir ist im Keller etwas aufgefallen."

„Du bist allein im Keller gewesen?"

„Ja. Eine der Wasserleitung verschwindet mitten in der Wand und tauchte auf der anderen Seite nicht mehr auf."

„Das ist doch nichts Ungewöhnliches. Sie wird wahrscheinlich im Inneren der Wand verlaufen."

„Wenn du nachher einen Moment Zeit hast, würde ich es dir gern zeigen."

„Können wir das nicht auf morgen verschieben?"

Das war wieder so typisch für Markus, dachte sie verstimmt. Er konnte sie doch nicht ständig mit allem alleinlassen?

„Tut mir leid, dass ich dich mit meinen Problemen belaste", sagte sie stattdessen. „Kommt nicht wieder vor." Sie stand so abrupt auf, dass der Stuhl gegen die Wand prallte.

„Schon gut, schon gut, ich habe verstanden", lenkte Markus ein. „Dann lass uns in den Keller gehen."

„Hat sich erledigt", erwiderte sie knapp.

„Jetzt schmoll nicht, bringen wir es hinter uns."

Er wirkte abwesend und zeigte keinerlei ernsthaftes Interesse. Wann hatte er sich so gewandelt?

Die Stufen knarrten unter ihrem Gewicht, dann schritten sie den schmalen Gang entlang.

„Hier verläuft das Rohr", sagte sie und stieß dann die Tür zum Kellerraum auf. „Und jetzt ist kein Rohr mehr zu sehen."

„Ich habe dir doch bereits gesagt, dass sie wahrscheinlich mitten in der Wand verlaufen", erwiderte er genervt.

„Gut, wie du willst, gehen wir also nach oben." Wütend stapfte Jonna die Stufen hinauf und öffnete die Tür zum Gästezimmer. „Wo bitte sind die Leitungen geblieben?"

„Dann führen sie eben in einen anderen Raum."

„Das ist nicht möglich."

„Jonna verdammt, ich bin erschöpft und will nur noch ins Bett."

Ihre Augen funkelten zornig, als sie sich abwandte und wortlos in der Küche verschwand, um das benutzte Geschirr in die Spülmaschine zu räumen. Markus und sie steuerten auf etwas zu, das momentan noch nicht in Worte zu fassen war. Wenn er nicht bald das Ruder herumreißen würde, könnte es das Aus für ihre Ehe bedeuten.

Am nächsten Morgen stand Jonna erst auf, nachdem Markus das Haus bereits verlassen hatte. Sie war noch immer wütend auf ihn und konnte sein Desinteresse absolut nicht nachvollziehen. Mit einer Tasse Kaffee betrat sie die Terrasse und genoss den friedvollen Morgen. Es versprach ein herrlicher Sommertag zu werden, nicht zu drückend und mit klarer Luft. Jonna beschloss spontan, einen Spaziergang durch Svärdsjö zu machen, um die Gegend ein wenig besser kennenzulernen. Nach dem gestrigen Streit sehnte sie sich nach Abwechslung und hatte es satt, allein im Haus zu versauern.

Nach dem Frühstück streifte sie sich das geblümte Sommerkleid über, das luftig um ihre Beine schwang und die Taille betonte. Sie legte ein wenig Lidschatten auf, zog die Lippen nach und verließ das Haus. Svärdsjö war ein idyllischer Ort mit viel Grün und hübschen Häusern, die sich in vielen Pastelltönen präsentierten – von Hellblau über Ocker, Falunrot und Weiß war alles dabei.

Der Ausblick auf den See war geradezu fantastisch, ein absolutes Paradies für Urlauber und Menschen, die entspannen wollten. Es war schön an diesem Ort, gar keine Frage. Dennoch vermisste Jonna das pulsierende Leben von Stockholm und sie konnte nicht einmal sagen, warum sie so empfand.

Auf der Borgärdesvägen, der Hauptstraße, die durch den Ort führte, gab es ein kleines Geschäft, in welchem sie Blumensamen besorgen wollte. Auf dem Weg dorthin wurde sie freundlich gegrüßt und fühlte sich ausgesprochen wohl. Der Streit mit Markus verblasste und trat in den Hintergrund.

An der Kasse stand eine junge Mutter vor ihr und hielt ein etwa dreijähriges Mädchen an der Hand. Jonna lächelte die Kleine an, die mit ihren Kulleraugen, der Stupsnase und den Sommersprossen wie ein Püppchen aussah. Die Frau drehte sich zu ihr.

„Lassen Sie sich bloß nicht von diesem Blick um den kleinen Finger wickeln", lachte sie. „Lisa weiß genau, was sie will."

„Wer kann da schon widerstehen", erwiderte Jonna.

„Ich", erklärte die Mutter. „Aber es fällt mir ausgesprochen schwer."

Sie lachte erneut und war Jonna auf Anhieb sympathisch.

„Sie haben doch das Haus in der Nähe des Sees gekauft?"

„Ja, das haben wir."

„Schön, dass es nicht mehr leer steht. Ole, mein Nachbar hat mir schon berichtet, dass die Umbauarbeiten so gut wie abgeschlossen sind."

„Wie ich sehen kann, ist halb Svärdsjö bereits bestens informiert", erwiderte Jonna lachend.

„Ja, so funktioniert das hier."

„Sie können gern einmal vorbeikommen, um sich alles anzuschauen. Wie wäre es mit heute Nachmittag?", lud Jonna die junge Frau spontan ein.

„Vielen Dank, das passt wunderbar", antwortete sie und streckte ihr die Hand entgegen. „Ich bin übrigens Ava. Schön, dich kennenzulernen."

„Freut mich, ich bin Jonna."

„Dann sehen wir uns am Nachmittag?"

„Ja, sehr gern."

Jonna kaufte die Blumensamen, machte noch einen Abstecher zum See und kehrte anschließend beschwingt zum Haus zurück. Der kurze Ausflug hatte ihrem Seelenfrieden gutgetan. Dieses Haus war für sie wie eine Gruft, und das durfte sie nicht länger zulassen.

Als sie eintrat, fiel ihr sofort die Unordnung ins Auge und sie putzte mehrere Stunden, bis sie mit dem Endergebnis zufrieden war. Dann kochte sie Kaffee und freute sich auf den Besuch. Kurz darauf kam Ava mit ihrer Tochter die Einfahrt heraufgelaufen.

„Schön, dass ihr gekommen seid", begrüßte Jonna die zwei.

„Wow, hier hat sich eine Menge getan", staunte Ava.

„Dann warte erst einmal ab, bis du das Innere siehst."

„Nicht schlecht", erwiderte Ava, nachdem sie den Flur betreten hatte. Lisa riss sich los, um auf eigene Faust das Haus zu erkunden.

„Wenn wir uns mit einem Kaffee nach draußen setzen, kann Lisa auf der Terrasse spielen", schlug Jonna vor.

„Nein", widersprach Ava energisch, ruderte aber sofort zurück. „Ich will nicht, dass sie einen Sonnenbrand bekommt."

„Kein Problem, dann bleiben wir im Haus."

Jonna zeigte Lisa das Puppenhaus, mit dem sie selbst als Kind gespielt hatte, und die Kleine klatschte vor Begeisterung in die Hände.

„Jetzt ist sie beschäftigt", sagte Ava dankbar und setzte sich.

Sie plauderten über Gott und die Welt, bis Ava unvermittelt aufsprang und nach ihrer Tochter rief.

„Lisa? Wo steckst du?"

Das Mädchen spielte nicht mehr mit dem Puppenhaus und Ava riss besorgt eine Tür nach der anderen auf.

„Lisa, wo bist du?" Avas Stimme hatte einen flehenden Ton angenommen.

„Wir werden sie schon finden, so groß ist das Haus ja nicht", redete Jonna beruhigend auf sie ein.

Doch Ava war völlig aufgelöst und außer sich. Schließlich entdeckten sie Lisa im Gästezimmer, wo sie friedlich schlafend zwischen den Kissen lag.

„Dem Himmel sei Dank", rief Ava und beugte sich zu ihrer Tochter hinunter.

„Ich habe dir doch gesagt, dass sie hier irgendwo stecken muss."

Ava bedachte ihre Worte mit einem vernichtenden Blick. Jonna war verwirrt, weil Ava in ihren Augen total überreagiert hatte.

„Was weißt du denn schon", murmelte Ava, hob ihre Tochter hoch und lief zur Tür, wo sie sich noch einmal umdrehte. „Danke für den Kaffee." Dann war sie auch schon verschwunden.

Jonna blieb irritiert zurück. Sie mochte Ava, gar keine Frage, aber sie fand ihr Verhalten völlig übertrieben. Wahrscheinlich war sie nur eine dieser überbesorgten Mütter. Aber das konnte Jonna auch nicht beurteilen, da sie selbst keine Kinder hatte. Sie hoffte, dass es nicht das Ende einer beginnenden Freundschaft war, denn das wäre wirklich schade gewesen.

KAPITEL NEUN

Olof stand im Keller vor seiner Pinnwand und verfolgte die roten Fäden, die zum jeweiligen Verdächtigen führten. Ihm war bewusst, dass nur jemand aus Svärdsjö infrage kam. Aber wen auch immer er befragt hatte, niemand wollte etwas gesehen haben. Wie konnte es sein, dass der Täter es geschafft hatte, unter dem Radar abzutauchen?

Immerhin konnte er in Ruhe über den Fall nachdenken, weil Klara eine gute Freundin besuchte und für einige Stunden außer Haus sein würde. Er schaute von einem Foto zum anderen und versuchte zu ergründen, was in dem Täter vorgegangen war. Sein Blick blieb an dem Foto von Ida hängen. Sie war damals zu ihm gekommen, um sich über

Sven Berggren – den Nachbarsjungen – zu beschweren, nachdem einige ihrer Katzen verschwunden waren.

Die Berggrens hatten damals ein sehr schwieriges Verhältnis zu ihrem Sohn und nach einem klärenden Gespräch hörte das mysteriöse Verschwinden der Samtpfoten schlagartig auf. Dafür fehlten anderswo Tiere – mal ein Huhn, dann wieder ein Kaninchen oder ein Hund. Viel zu unauffällig, um irgendwelche Schlüsse daraus zu ziehen und der Sache ernsthaft nachzugehen. Sein Chef hatte für diese Ermittlungen die Genehmigung verweigert, obwohl Olof ihm nahegelegt hatte, dass Psychopathen erst an Tieren übten, bevor sie die Jagd auf Menschen ausweiteten.

Im Kreise der Verdächtigen hatte es auch einen Saisonarbeiter gegeben, dessen Vorstrafenregister länger gewesen war als Klaras Einkaufsliste. Er war wegen mehrfacher Vergewaltigung verurteilt worden, hatte aber stets behauptet, in diesem Fall unschuldig zu sein. Natürlich gab es einige Menschen in Svärdsjö, die nicht mit dem Gesetz im Einklang lebten. Aber ihnen traute er die Taten beileibe nicht zu.

Das Verschwinden von Maya Lund war minutiös geplant worden und ebenso der Mord an Lilly Norström. Keine einzige verwertbare Spur zu hinterlassen, zeugte von absoluter Kaltblütigkeit. Das hübsche junge Ding hatte am ganzen Körper unzählige Folterspuren davongetragen, die letztlich auch die Todesursache gewesen waren. Ein grausames Verbrechen, das nach Sühne schrie.

Nur kannte Olof in Svärdsjö niemanden, dem er diesen Mord auch nur ansatzweise zutrauen würde. Sein Team hatte sämtliche Datenbanken nach ähnlichen Fällen durchsucht, aber nichts gefunden. Natürlich hatte es auch Anzeigen von häuslicher Gewalt gegeben, aber nichts passte ins Schema. Immer wieder hatte er sich gefragt, warum keine weiteren Mädchen verschwunden waren, warum die Taten so abrupt aufgehört hatten. War der Mörder weitergezogen?

Olof stieß einen tiefen Seufzer aus, weil ihm bis heute die

Antworten fehlten. Er wusste, dass er etwas übersehen hatte, doch er kam einfach nicht darauf, was es hätte sein können. Und gerade das fuchste ihn so sehr. Er hatte das Gefühl, dass die Lösung des Falles zum Greifen nah war und er es wiederholt vermasselte.

„Olof, wo steckst du?" Klaras Stimme hallte durch den Flur.

Er schaute ertappt auf die Uhr und konnte kaum glauben, wie schnell die Zeit vergangen war. Hastig zog er die Falttür zu und eilte die Stufen nach oben.

„Aha, du bist wieder in deinem Geheimversteck gewesen", sagte sie.

„Woher weißt du …"

„Ich bin nicht blind, mein Lieber." Sie stemmte die Fäuste in die Hüften und funkelte ihn an. „Schon einen Termin beim Therapeuten gemacht?"

„Nein."

Er senkte beschämt seinen Blick und kam sich wie ein Schuljunge vor, der von seinem Lehrer gescholten wurde. Klara konnte sehr unnachgiebig sein und er hasste es, in die Ecke gedrängt zu werden. Alles lief auf einen handfesten Streit hinaus, und er sah sich gezwungen, in die Offensive zu gehen.

„Seit wann schnüffelst du mir hinterher?", fragte er.

„Ich schnüffele dir nicht hinterher. Es ist doch mehr als offensichtlich, was du da tust."

„Klara, ich weiß, wie verletzend das für dich ist, wenn diese Dinge noch immer in meinem Kopf herumgeistern. Aber ich mache nichts Verbotenes, im Gegenteil."

„Deine mentale Abwesenheit belastet aber unsere Ehe", erwiderte sie.

„Ist das wirklich so?" Er taxierte sie mit fragendem Blick.

„Worauf willst du hinaus?"

„Klara, wäre es dir tatsächlich lieber, wenn ich jede freie Minute mit dir verbringen würde?"

Sie tippte sich mit dem Zeigefinger an ihre Nasenspitze und dachte einen Moment lang nach. „Klingt ziemlich anstrengend“, gab sie schließlich zu.

„Ich lasse dir deine Freiräume und bitte dich, auch meine zu respektieren. Ja, ich bekenne mich schuldig, dieser Fall ist zu meiner Obsession geworden. Was sicher auch daran liegen mag, dass es sich um eines der schlimmsten Verbrechen handelt, das sich in Svärdsjö ereignet hat.“

Klara nickte zustimmend und er fuhr fort.

„Ich will den Täter fassen, will ihn unschädlich machen und seiner gerechten Strafe zuführen. Das ist nichts, wofür ich mich schämen müsste. Vielleicht habe ich irgendwann die zündende Idee, die mir die Richtung weist.“

Klara blieb einen Moment lang still, während er mit klopfendem Herzen dastand und die Absolution von ihr erwartete.

„Tut mir leid, vielleicht habe ich zu viel erwartet. Du liebst, was du tust, und ich will dich nicht zwingen, damit aufzuhören. Trotzdem möchte ich dich bitten, dass wir die Zeit, die wir gemeinsam verbringen, auch sinnvoll nutzen und du den Fall aus deinem Kopf verbannst und zu den Akten legst.“

„Ich werde mir Mühe geben“, brummte er.

„Na, ein wenig mehr solltest du dich schon ins Zeug legen“, erwiderte sie.

„Das werde ich“, sagte er eine Spur lauter und Klaras Lippen umspielte ein Lächeln. Er hatte sie milde gestimmt.

KAPITEL ZEHN

Mayas Bewusstsein arbeitete sich wieder an die Oberfläche und sie öffnete blinzelnd die Augen. Das schmerzhafte Pochen im Bein hatte sich verstärkt und ihre Wangen glühten. Sie fuhr sich mit dem Handrücken über die Stirn und spürte den kalten Schweiß auf ihrer Haut. Schüttelfrost und ein quälender Durst plagten sie.

„Ich will zurück nach Hause“, schluchzte sie unter Tränen und ihre Stimme klang rau und fremd.

Mühsam erhob sie sich und taumelte in Richtung Waschbecken. Ihre Hände tasteten nach dem Wasserhahn und erst jetzt bemerkte sie, dass die Scherben nicht mehr auf dem Boden lagen. Der Fremde musste aufgeräumt haben. Ein alter Lappen verstopfte das Loch, an dem vorher der Siphon angebracht war, damit der widerliche Gestank der Kanalisation den Raum nicht mehr verpesten konnte.

Maya drehte den Wasserhahn auf und schöpfte mit beiden Händen das kühle Nass, das ihr wohltuend durch die Kehle rann. Jetzt fühlte sie sich schon ein wenig besser und kroch zurück auf die Matratze. Sie zog die Bettdecke bis zum Kinn und fragte sich, ob sie je das Tageslicht wieder zu sehen bekommen würde. Alles um sie herum verschwamm zu einem grauen Brei, der sich auf ihre Seele legte und ihr die Luft zum Atmen nahm.

Als plötzlich die Tür geöffnet wurde, machte sie sich ganz klein.

„Schön, dass du wieder unter den Lebenden weilst", sagte der Fremde und stellte ihr eine Mahlzeit neben das Bett. Dann sah sie, wie er zwei Tabletten aus einer Packung drückte.

„Das sind Medikamente, die du täglich einnehmen musst. Ein Antibiotikum und Vitamin D. Ich will sehen, wie du sie schluckst."

Er schaute mit kaltem Blick auf sie herab, während sie sich aufsetzte, die Pillen auf ihre Zunge legte und herunterschluckte. Anschließend stocherte sie mit dem Plastiklöffel im Reisgericht herum.

„Auch noch wählerisch", brummte er missbilligend.

Bevor er sie wieder bestrafte, stopfte sie das Essen in sich hinein und unterdrückte ein Stöhnen.

„Ich lasse dir einen Pappbecher da, damit du Leitungswasser trinken kannst. Mach keinen Blödsinn, sonst sind wir fertig miteinander", drohte er und Maya glaubte ihm aufs Wort. „Ich werde am Abend wiederkommen und nach dir sehen."

Dann ließ er sie wieder in der Finsternis zurück. Aber sie war froh, dass er endlich weg war, und entspannte sich zusehends. Für weitere Aktivitäten fehlte ihr die Kraft, die anstehenden Fluchtpläne mussten warten, und die Zeit bis zum

Abend verbrachte sie in einem unruhigen Dämmerschlaf. Das Haar klebte an ihrer verschwitzten Stirn und das Shirt hätte man auswringen können. Maya ahnte, dass sich die Wunde infiziert hatte, und träumte wirres Zeug im Fieberwahn.

Ihre Eltern ließen sie absichtlich hier schmoren, damit sie verstand, was es bedeutete, auf ein unpünktliches Kind warten zu müssen. Mit pikierter Miene standen sie neben der Matratze und erklärten ihr, dass sie dieses Dilemma selbst verschuldet hatte. Maya wollte aufbegehren und sich rechtfertigen, doch ihre Eltern waren plötzlich verschwunden.

Keuchend fuhr sie aus dem Schlaf und schrie leise auf, als sie bemerkte, dass der Fremde direkt neben ihr stand.

„Du bist wach, gut so“, sagte er. „Ich habe dir noch Cracker mitgebracht, die Packung liegt neben deinem Bett.“

„Dürfte ich auch ein Schmerzmittel haben“, bat sie leise. „Ich halte die Schmerzen nicht länger aus.“

„Hättest du das nicht eher sagen können?“, erwiderte er missmutig. „Jetzt muss ich noch einmal los.“

Er verließ den Raum, schloss die Tür hinter sich ab und kehrte nur wenig später mit dem Medikament zurück. Der Fremde musste demnach in der Nähe wohnen.

„Hier, nimm die Tablette.“

Zaghaft streckte sie die Hand aus und schluckte die Tablette, die auf der Zunge einen bitteren Nachgeschmack hinterließ.

„Braves Mädchen“, sagte er, ging in die Hocke und hob ihr Kinn. „Das war ein ziemlich schlechter Start für uns und ich will, dass du dich in Zukunft etwas mehr anstrengst, um unser Verhältnis zu verbessern. Haben wir uns verstanden?“

„Mhm.“

Er strich ihr eine verschwitzte Strähne aus der Stirn, dann wanderte seine warme Hand an ihrem Hals entlang zu den zarten Rundungen ihrer Brüste. Maya wagte nicht zu atmen und ließ es über sich ergehen. Nun wusste sie, warum er sie an diesem Ort gefangen hielt. ‚Ich will das nicht, du elender Mistkerl', schrie sie stumm und eine Träne löste sich aus ihrem Augenwinkel.

„Wir werden noch sehr viel Spaß miteinander haben", raunte er heiser und Maya konnte seine Erregung wahrnehmen. „Du musst schnell gesund werden, weil ich es kaum erwarten kann, dir deine Unschuld zu nehmen."

Wie zynisch seine Worte doch klangen, der Fremde war ein Monster in Menschengestalt. Schließlich erhob er sich und lief zur Tür, die hinter ihm hart ins Schloss fiel. Maya rang keuchend nach Luft, weil sie das Gefühl hatte, zu ersticken. Allein die Vorstellung, was er alles mit ihr anstellen könnte, war so widerlich, dass ihr übel wurde.

„Mama, Papa, holt mich hier weg, ich habe genug gelitten", weinte sie. Doch es kam niemand, um sie aus diesem Elend zu befreien.

Zumindest wirkte das Schmerzmittel nach einiger Zeit und das Fieber war nicht mehr ganz so hoch, dass es ihr die Sinne vernebelte. Vielleicht lag es aber auch nur am Adrenalin, das ihren Körper durchflutete und Kraft vortäuschte, wo keine mehr vorhanden war. Irgendwann schloss Maya erschöpft die Lider und wünschte sich, nie mehr aufzuwachen.

~

Der Fremde rüttelte Maya derb an der Schulter und sie schlug benommen die Augen auf.

„Verdammt, ich dachte schon, du würdest nicht mehr zu dir kommen", sagte er.

Warum bin ich nicht gestorben?, waren die einzigen Gedanken, die in ihrem Kopf Platz hatten. „Ich bin so müde", nuschelte sie und ihr Kopf fiel wieder zur Seite.

„Hey, du musst wach bleiben."

Abermals wurde sie ordentlich durchgeschüttelt. Aber sie wollte nicht mehr, sie konnte nicht mehr, sie hatte alles so satt. Er tätschelte ihre Wange – und das nicht gerade sanft – doch sie tat so, als wäre sie weggedriftet. Dann nahm er ihre Hand, um den Puls zu fühlen.

„Erhöht, aber nicht besorgniserregend. Das wird schon wieder", murmelte er. „Ich werde dich jetzt wieder allein lassen."

Die Tür fiel hinter ihm ins Schloss und Maya atmete auf. Er war endlich weg und würde sie nicht mehr berühren. Sie ekelte sich vor seinen Händen, die gierig unter ihr Shirt gefahren waren. Aber sie konnte ihm nicht entkommen, noch nicht. Kraftlos schleppte sie sich zur Toilette und wieder zum Bett zurück. Anschließend fühlte sie sich, als hätte sie am New Yorker Marathon teilgenommen. Zuerst musste sie wieder gesund werden, das hatte oberste Priorität. Dann würde sie es ihm schon noch zeigen.

KAPITEL ELF

Jonna entfernte mit dem Spachtel die vergilbte Blümchentapete im Gästezimmer und kam nur sehr langsam voran.

„Dürfte ich die Toilette benutzen?“

Erschrocken fuhr Jonna herum. Sie hatte Lasse gar nicht kommen hören.

„Selbstverständlich, zweite Tür rechts.“

Sie kratze weiter verbissen die alte Tapete von der Wand, als sie ein Poltern aus dem Keller hörte. Verwundert lief sie in den Flur und klopfte an die Badezimmertür.

„Lasse? Bist du noch im Bad?“

Keine Antwort.

Die Tür zum Keller stand offen und das Licht brannte.

„Lasse?“

Jonna wurde mit einem Mal ganz anders zumute. Hatte Lasse sie etwa missverstanden? Sie legte die Hand auf das Geländer und stieg langsam Stufe für Stufe hinab.

„Lasse? Bist du hier?“

Ihre Stimme vibrierte leicht.

„Hallo?“

Als sie unten angekommen war, sah sie den jungen Mann, wie er an der Tür am Ende des Ganges rüttelte.

„Lasse, was machst du da?“, rief sie verwundert. „Die Toilette ist oben im Flur.“

Er ließ davon ab und drehte sich zu ihr um.

„Was machst du hier?“, fragte sie ihn und er senkte schuldbewusst seinen Blick. Nervös trat er von einem Bein auf das andere.

„Ich ... ich wollte doch nur nach dem Mädchen sehen“, murmelte er. „Vielleicht ist ihr kalt oder sie hat Hunger. Es muss schrecklich sein, ohne ihre Familie.“

„Tut mir leid, aber Lasse, hier gibt es kein Mädchen“, erwiderte sie.

„Doch, ich weiß es, ich habe es selbst gesehen“, behauptete er und schaute sie an.

„Das Haus steht seit zehn Jahren leer und wir haben jeden Winkel erkundet. Hier wohnt definitiv kein Mädchen.“

Lasse griff wieder nach der Klinke.

„Ich will trotzdem nachschauen, ob es ihr gut geht.“

Jonna atmete tief durch. Ingmar hatte sie bereits vorgewarnt und sie wollte unbedingt Ärger vermeiden, weil sie mit der Arbeit der beiden zufrieden war. Also holte sie den Schlüssel und öffnete die Tür, damit Lasse sich wieder beruhigte. Er trat ein und lief wie ein aufgescheuchtes Huhn im Kellerraum auf und ab.

„Das kann nicht sein, das kann nicht sein ...“, wiederholte er in einer Endlosschleife.

„Gibt es ein Problem?“, dröhnte Ingmars Stimme hinunter. Er vermisste seinen Schützling sicher schon.

„Ich bin mir nicht sicher“, erwiderte Jonna.

Nun betrat auch Ingmar den Kellergang.

„Was ist passiert?“, fragte er.

„Er wollte nach einem Mädchen sehen“, antwortete Jonna.

„Tut mir leid für die Unannehmlichkeiten. Normalerweise ist er nicht so“, fügte Ingmar entschuldigend hinzu.

„Er wird wahrscheinlich seine Gründe dafür haben.“

Ingmar machte einen Schritt auf Lasse zu und umfasste seinen Ellenbogen.

„Hier ist niemand und du musst noch die restliche Hecke in Form bringen. Würdest du bitte mit mir kommen?“

Ingmars einfühlsame Art schien auf Lasse zu wirken, er ließ sich widerstandslos nach draußen führen. Oben im Flur drehte sich Lasse noch einmal zu ihr um.

„Sie müssen sich um das Mädchen kümmern, damit ihre Eltern sie abholen können. Sie ist sehr nett und hat niemandem etwas getan …“

Jonna sah seinen flehenden Blick, der junge Mann meinte es todernst.

„Jetzt komm schon, Lasse, beruhige dich. Das Mädchen ist ganz sicher wieder bei seinen Eltern, du hast es doch selbst gesehen“, redete Ingmar beruhigend auf Lasse ein.

„Aber …“

„Nichts aber. Alles ist gut.“

Lasse schien mit sich zu ringen und die Zweifel standen ihm ins Gesicht geschrieben. Jonna empfand die Situation als surreal und hatte das Gefühl, ununterbrochen getriggert zu werden.

„Es wird das Beste sein, wenn wir Feierabend machen und morgen wiederkommen. Lasse ist viel zu aufgewühlt“, schlug Ingmar vor. „Wären Sie damit einverstanden?“

„Aber sicher, kein Problem. Wir sehen uns morgen.“

Die beiden Männer stiegen in den Kastenwagen und fuhren vom Hof, während Jonna ins Haus zurückkehrte. Sie setzte sich auf die Terrasse, um über alles nachzudenken. Es konnte kein Zufall gewesen sein, dass Lasse in diesen Raum gewollt hatte. Eben jener Raum, in dem vorhandene Rohrleitungen nicht zu sehen gewesen waren. Im Nachhinein ärgerte sie sich, nicht genauer nachgefragt zu haben. Zum Beispiel, welches Mädchen Lasse gemeint haben könnte. Ein Name wäre hilfreich gewesen.

Momentan löste ein Problem das nächste ab und Markus hielt ihre Sorgen für Hirngespinste, ging auf ihre Ängste nicht ein. Er schien mit anderen Dingen beschäftigt zu sein, machte Überstunden und war kaum noch erreichbar. Das ärgerte sie. Seine Begeisterung für das Haus schien zu schwinden, warum auch immer.

Ein Ruck ging durch ihren Körper und sie lief in Richtung Schuppen. Ingmar hatte einen Teil seines Werkzeugs hier untergestellt und sie ließ ihren Blick über die Gerätschaften schweifen. Wie fremdgesteuert griff ihre Hand nach dem Vorschlaghammer, mit dem er eine baufällige Natursteinmauer eingerissen hatte.

Du bist verrückt, absolut verrückt, sagte ihre innere Stimme. Trotzdem schleppte sie den schweren Hammer zum Haus und lief geradewegs in den Keller, wo sie vor der Mauer zum Stehen kam. Sollte sie? Oder sollte sie nicht?

Jonna war unschlüssig und untersuchte das Rohr noch einmal genauer. Gar keine Frage, es war intakt. Ein Gedanke blitzte auf und sie flitzte nach oben. Markus hatte am Wochenende sein Arbeitszimmer ausgemessen, dort musste noch der Zollstock liegen. Sie schnappte sich zusätzlich noch Zettel und Stift und eilte in den Keller zurück. Ihr Jagdfieber überdeckte die Beklemmungen und sie begann damit, die Wände auszumessen und sich die Maße zu notieren. Dann rechnete sie und wiederholte den Vorgang, um absolut sicher zu sein. Dem letzten Raum fehlten knapp zweieinhalb Meter, ihre Rechnung war eindeutig und ließ keine anderen Schlüsse zu.

Jetzt gab es für sie kein Halten mehr. Der Hammer lag schwer in ihrer Hand, als sie schwungvoll ausholte und ihn gegen die Mauer prallen ließ. Mörtel bröckelte, aber die Steine saßen fest. Jonna wiederholte das Prozedere so lange, bis sich der erste Stein löste. Schon jetzt taten ihr die Arme weh, aber aufgeben kam nicht infrage. Sie holte erneut Schwung und die Steine fielen klackernd auf die andere Seite.

Neugierig leuchtete sie mit der Taschenlampe in die entstandene Öffnung. Der helle Strahl wanderte über unverputztes Mauerwerk, das zur Außenfassade gehörte. Viel zu entdecken gab es nicht, aber wo sie nun einmal dabei war, wollte sie ihr Werk auch zu Ende bringen.

Dumpf hallten die Schläge wider und die Öffnung vergrößerte sich zusehends. Jonnas Herz klopfte vor Anstrengung und Aufregung in einem schnellen Rhythmus und sie konnte es kaum erwarten, den Raum zu erkunden. Nur wenige Minuten später folgte der finale Schlag und die Öffnung war groß genug, um sich hindurchzuzwängen.

Die Enttäuschung stand Jonna ins Gesicht geschrieben, als sie sich genauer umsah. Wasserhahn, Toilette und Betonboden. Sollte das alles gewesen sein?

Sie musste sich erst einmal sammeln und ließ das Werkzeug achtlos auf dem Boden liegen, als sie wieder nach oben ging. Im Wohnzimmer genehmigte sie sich einen kräftigen Schluck aus der hauseigenen Bar und der Alkohol brannte warm in ihrer Kehle. Wozu hatte dieser Raum gedient? Und warum war er zugemauert worden?

Ein Gedanke blitzte auf, dem sie sofort nachgehen wollte, und sie tippte die Nummer des Maklers in ihr Smartphone.

„Guten Tag, Jonna Skarsgård hier."

„Hallo, Frau Skarsgård. Gibt es Probleme mit dem Haus oder sind noch weitere Fragen aufgetaucht?", erkundigte sich der Makler, der zu ahnen schien, dass der Grund ihres Anrufes kein guter sein konnte.

„Ja, wie man es nimmt", antwortete sie.

„Wo drückte der Schuh?"

„Es geht um den Grundriss im Keller."

„Gut, und wie kann ich Ihnen weiterhelfen?", hakte er nach.

„Ich habe mir vorhin die Mühe gemacht, mit dem Vorschlaghammer eine Wand im Keller einzureißen", erwiderte sie.

„Oh, ist etwa ein Schaden entstanden?"

„Nein, aber dahinter ist ein Raum aufgetaucht."

„Tatsächlich?"

„Ja. Warum haben Sie diesen mit keinem Wort erwähnt?"

„Tut mir leid, aber von diesem Raum habe ich absolut nichts gewusst", erklärte er. „Aber seien Sie doch froh darüber, wenn Ihnen mehr Quadratmeter zur Verfügung stehen, die Sie nutzen können."

„Hm, eigentlich wollte ich von Ihnen wissen, was es mit diesem Raum auf sich hat."

„Einen Moment bitte."

Sie hörte das Klackern der Tastatur und das leise Rascheln von Stoff.

„Ich habe mir noch einmal den Grundriss angesehen und mir ist nichts Ungewöhnliches aufgefallen. Alles hat seine Richtigkeit. Wahrscheinlich ist die Wand nachträglich zugemauert worden, warum auch immer."

„Vielen Dank für Ihre Mühe", entgegnete sie enttäuscht.

„Keine Ursache."

Jonna suchte erneut das Arbeitszimmer von Markus auf und nahm den Ordner mit den Unterlagen vom Hauskauf aus dem Regal. Sie blätterte durch das Exposé und konnte auf dem Grundriss tatsächlich keine Abweichungen feststellen. Als Markus sein Büro betrat, zuckte sie erschrocken zusammen.

„Hallo, ich habe dich gar nicht kommen hören", sagte sie zur Begrüßung.

„Ich habe ausnahmsweise einmal pünktlich Feierabend machen können", sagte er und ließ sich in den Sessel vor dem Fenster fallen. Mit einem Seufzen löste er den Knoten seiner Krawatte. „Was für ein anstrengender Tag."

„Das kannst du laut sagen", erwiderte sie. „Mir schwirrt von den vielen Zahlen der Kopf."

„Hat das etwas mit den Unterlagen zu tun?", fragte er.

„Ja und Nein", antwortete sie.

„Raus damit, was ist los?"

„Komm mit, ich zeige es dir."

Sie sprang auf und eilte leichtfüßig die Treppe hinunter. Markus folgte ihr mit wenig Begeisterung in den Keller. Vor der Mauer stoppten sie ihre Schritte.

„Sieh dir das einmal an." Jonna deutete auf die Öffnung.

Markus schien fassungslos. „Was ist hier passiert?"

„Das hätte ich auch gerne gewusst."

„Ich verstehe nicht ganz?" Er wirkte irritiert. „Wer ist für den Schaden verantwortlich? Ingmar und sein Helfershelfer?"

„Nein, keiner der beiden. Ich habe die Mauer eingerissen", erklärte sie.

„Bist du komplett verrückt geworden?", fuhr er sie an. „Was soll das?"

„Ich hatte dir doch das Rohr gezeigt, das mitten in der Wand endet und nicht mehr auftaucht. Es führt direkt in diesen Raum."

„Jonna, dir ist nicht mehr zu helfen", entgegnete er kopfschüttelnd.

„Du solltest dir lieber die Frage stellen, warum dieser Raum zugemauert worden ist."

Markus umfasste ihre Schultern und suchte ihren Blick.

„Ich habe das Gefühl, dass du komplett übergeschnappt bist. Wir haben jede Menge Schulden, wer soll das hier wieder richten?"

„Ist das etwa meine Schuld?", konterte sie. „Ich wollte nie aus Stockholm weg."

„Ich dachte, das wäre eine gemeinsame Entscheidung gewesen?"

Seine Stimme war eine Spur lauter geworden und sie ballte zornig ihre Hände zu Fäusten.

„Ich bin nur dir zuliebe in dieses Haus gezogen, warum willst du das nicht verstehen? Du hast versucht, mich mit deiner anfänglichen Begeisterung – die übrigens merklich nachgelassen hat –, zu ködern, um mir das Haus schmackhaft zu machen. Ich wollte mich nicht wieder querstellen und habe mich deinen Wünschen untergeordnet."

Oh ja, es tat verdammt gut, ihm diese Worte einmal ins Gesicht zu sagen.

„Aber das ist noch nicht alles, was ich zu sagen habe", fuhr sie fort. „Du kommst immer später nach Hause und glänzt durch Abwesenheit, während ich in diesem großen Kasten vereinsame. Keine Freunde, keinen Job, nichts. Markus, ich bin seit dem Umzug todunglücklich."

Er warf ihr einen undefinierbaren Blick zu, wandte sich ab und ließ sie wie eine dumme Göre einfach stehen.

„Mistkerl", zischte sie aufgebracht und wischte sich mit dem Handrücken die Tränen fort, die ihr über die Wangen perlten.

Sie fühlte sich alleingelassen, missverstanden und ignoriert. Nie ging Markus auf ihre Bedürfnisse ein, so als würde sie gar nicht existieren. Das Gleichgewicht in ihrer Beziehung hatte sich zu seinen Gunsten verschoben, ohne dass sie die Gründe dafür kannte. Ihr fehlte die Kraft, um an dieser Ehe festzuhalten, sie fühlte sich gelähmt und ausgebootet.

Minutenlang stand sie reglos da, bis sie sich endlich aus ihrer Starre löste und schwerfällig die Stufen nach oben stieg. Sie war so müde, ihr fehlten die Energie und die Lebensfreude. Als sie bemerkte, dass Markus sich ins Arbeitszimmer zurückgezogen hatte, brach sie erneut in Tränen aus. Sie fühlte sich so deplatziert, so fremd, so nutzlos und wusste weder ein noch aus.

KAPITEL ZWÖLF

Olof unternahm gezwungenermaßen einen Spaziergang durch Svärdsjö, weil Klara ihn aus dem Haus verbannt hatte. Sie hatte behauptet, dass er beim Großputz sowieso nur im Weg herumstehen und ihr keine große Hilfe sein würde. Nun ja, wenn das ihr Wunsch war, warum nicht.

Er machte einen großen Bogen um die Polizeibehörde und lief hinunter zum See. Sein Nachfolger und er, sie konnten einander nicht ausstehen. Also blieb er dem Gebäude und seinen ehemaligen Kollegen fern, obwohl er liebend gern einmal nach dem Rechten gesehen hätte. Ein nettes Gespräch mit Karsten, der das Archiv verwaltete, oder mit Holger, der mittlerweile zum Kommissar aufgestiegen war.

Auf dem Weg zum See kam er auch am Haus der Berggrens vorbei und staunte nicht schlecht. Er hatte gar nicht mitbekommen, dass das Haus verkauft worden war. Staunend betrachtete er die strahlend weiße Fassade, die neuen Fenster und das rundum erneuerte Dach. Das musste ein Vermögen gekostet haben.

Nur einige Meter entfernt, schuftete Ida in ihrem Garten.

„Hej, hej, wie geht es dir?", begrüßte er sie.

Ida richtete sich leise stöhnend auf und stützte sich auf dem Spaten ab.

„So wie immer. Der Rücken und die Beine wollen nicht mehr so wie in jungen Jahren", erwiderte sie.

„Dann sag deinem Sohn, dass er sich gefälligst öfter blicken lassen soll", riet er mit einem Augenzwinkern und fuhr sich durchs schüttere graue Haar.

Ida winkte ab. „Der hat ganz andere Interessen."

„Ist er endlich verheiratet?"

„Mitnichten, er kann sich einfach nicht festlegen. Heute die und morgen eine andere."

„Aber das Alter hätte er ja, um endlich sesshaft zu werden."

„Das musst du Thord sagen, nicht mir."

„Sag mal, wie sind deine neuen Nachbarn so?", erkundigte er sich.

Ida zuckte mit den Schultern.

„Der Mann ist von morgens bis abends auf Achse und sie ist ein bisschen … nun ja, wie soll ich es ausdrücken …" Ida tippte sich mit dem Finger an die Stirn.

„Durchgeknallt?" Olof runzelte fragend die Stirn.

„Nein, so schlimm ist es Gott sei Dank nicht. Aber sie scheint hinter jedem Strauch Gespenster zu sehen."

„Woher weißt du das?", wollte er wissen.

„Um sie in der Nachbarschaft willkommen zu heißen, habe ich ihr einen Besuch abgestattet“, antwortete sie.

„Aha. Und was hat sie dir erzählt?“

„Dass sie Angst hat und sich unwohl in dem Haus fühlt.“

„Sieht es so schrecklich von innen aus?“

„Nein, ganz im Gegenteil. Der Umbau hat sich gelohnt und es ist ein Kleinod daraus geworden.“

„Wer weiß, was die neue Nachbarin so umtreibt. Wahrscheinlich wird sich ihre seelische Verfassung bessern, sobald sie sich in Svärdsjö heimisch fühlt“, sagte er.

„Sieht nicht danach aus“, erwiderte Ida. „Aber es geht mich auch nichts an.“

„Da stimme ich dir zu. Es ist nicht unsere Aufgabe, über andere zu urteilen und sich einzumischen.“

Er kannte Ida nur zu gut und wusste, dass sie ihre Nase gern in fremde Angelegenheiten steckte. Ansonsten war sie eine hilfsbereite, wenn auch sehr neugierige Nachbarin.

„Wird wohl heute noch ein Gewitter geben“, sagte sie und deutete nach oben. „Hat sich ordentlich was zusammengeballt.“

Olof betrachtete die graue Wolkenfront. Die Luft war drückend und schwül und man wartete regelrecht darauf, dass sich die Spannung über den Köpfen entlud.

„Ja, könnte heftig werden, aber vielleicht zieht es weiter.“

„Hm, ich denke eher nicht. Ist fast windstill.“

„Warten wir es einfach ab, Ida. Man sieht sich.“

Olof hob zum Abschied kurz die Hand und setzte seinen Weg fort. Bevor er um die Ecke bog, schaute er noch einmal zurück und sah eine junge Frau, die das Haus der Berggrens verließ. Hübsches Ding, dachte er, Klara war damals genauso attraktiv. Dann lief er die Straße hinunter zum Svärdsjön, dessen Wasser silbern schimmerte. Die Wellen plätscherten rhythmisch ans seichte Ufer und hatten eine beruhigende Wirkung auf ihn. Er zog seine Schuhe aus, watete durch das kniehohe Wasser und verspürte den Drang, wie ein Zehnjähriger die anderen Badegäste mit Wasser zu bespritzen.

Für einige wenige Minuten vergaß er die Welt um sich herum und genoss den Augenblick. Er hatte ein bewegtes Leben hinter sich mit allen Höhen und Tiefen, die man sich nur vorstellen konnte. Klara war noch immer an seiner Seite und er würde sich ihr zuliebe zusammenreißen. Dennoch würde er den Fall weiterverfolgen, allein schon der Gerechtigkeit wegen.

KAPITEL DREIZEHN

Maya fuhr erschrocken aus dem Schlaf, als sich eine warme Hand auf ihre Stirn legte.

„Guten Morgen", sagte der Fremde. „Wie ich fühlen kann, ist dein Fieber gesunken und deine Wade abgeschwollen. Sieht so aus, als hätten wir zwei bald verdammt viel Spaß miteinander."

Maya ging sofort in Abwehrhaltung und wich panisch vor ihm zurück. Doch ihre Angst löste bei ihm nur ein heiteres Lachen aus.

„Ich stehe auf Zurückhaltung, das gefällt mir."

Maya presste die Lippen fest zusammen.

„Hier, nimm deine Tabletten. Ich habe dir zur Feier des Tages sogar eine Cola mitgebracht."

Er schraubte den Verschluss auf und goss die dunkle Flüssigkeit in einen sauberen Pappbecher. Maya griff nach dem Becher und nahm brav die Medikamente. Dabei ließ sie den Fremden keine Sekunde aus den Augen.

„Warum schaust du mich so an, kleine Maya?"

Als er ihren Namen nannte, zuckte sie zusammen. Er schien alles über sie zu wissen und allmählich dämmerte ihr, woher das Gefühl stammte, ständig und überall beobachtet worden zu sein.

„Wie geht es meinen Eltern?"

Hatte sie die Frage tatsächlich ausgesprochen? Erschrocken schlug sie sich die Hand vor den Mund, doch sie konnte die Worte nicht mehr zurücknehmen.

„Woher soll ich das wissen?", antwortete er mit einem Schulterzucken.

„Sie werden mich suchen …"

„… und nicht finden", vollendete er den Satz.

Maya war zutiefst enttäuscht. Dennoch nahm sie allen Mut zusammen und hob ihre Stimme erneut.

„Wenn du mich schon so gut kennst, dann will ich auch deinen Namen wissen. Ich weiß nicht einmal, wie ich dich ansprechen soll."

Sie rechnete fest damit, dass er wieder zuschlagen würde, aber er schien stattdessen nachzudenken.

„Nenn mich einfach John, wie John Doe." Er lachte schallend über seinen Witz.

„Mhm."

Sie wusste, dass es nur ein Fake-Name war, aber sie wollte so viel wie möglich über ihn herausfinden. Seine Interessen, wo er arbeitete und, und, und … Jeder Mensch hatte Schwachstellen und vielleicht könnte es ihr gelingen, ihn so zu verwirren, dass er einen Fehler machte und sie gehen ließ.

„Jetzt, wo du meinen Namen weißt, darfst du mich auch mit John ansprechen." Er grinste breit und zwirbelte eine von Mayas Haarsträhnen um seinen Finger. „Du hast schönes Haar, weiß du das?"

Bitte nicht, dachte sie gequält.

„Aber du solltest dich dringend waschen. Du riechst ein wenig streng, um es einmal vornehm auszudrücken." Er strich mit seiner Hand an ihrem Rückgrat entlang. „Ich werde am Abend Handtücher, Seife und eine Schüssel mitbringen. Ein paar saubere Kleidungsstücke wären auch nicht schlecht, ich habe nämlich eine sehr feine Nase."

Maya schlug beschämt die Augen nieder, dabei trug sie an der mangelnden Körperpflege keine Schuld. Sie vermisste den Luxus einer warmen Dusche, ihr weiches Bett, das nach Blumen duftete, und Lucky, der nachts am Fußende schlief, um sie zu beschützen. Bittere Tränen stiegen auf, die sie mit Macht zu verdrängen suchte. Doch es wollte ihr einfach nicht gelingen und ihre Schultern bebten.

„Jetzt hör schon auf zu heulen, dann siehst du hässlich aus", fuhr er Maya an und sie riss sich zusammen.

Erst wenn John verschwunden wäre, durfte sie sich wieder ihrem Schmerz hingeben. Er blieb noch einige Minuten, fummelte an ihr herum und ging schließlich. Maya lauschte, ob sie vielleicht den Motor eines Fahrzeuges hören konnte, doch da war kein einziges Geräusch. In diesem Raum war es still wie in einer Gruft. Manchmal hatte sie sogar das Gefühl, tief unter der Erde verborgen zu sein, so feucht und kalt, wie es hier war.

Zum Glück hatte sich ihr gesundheitlicher Zustand verbessert, sodass sie aufstehen und zur gegenüberliegenden Wand laufen konnte. Dort bückte sie sich und hob eine Scherbe auf, die John beim Aufräumen wohl übersehen haben musste. Im Notfall könnte sie sich damit verteidigen, und dieses Wissen beruhigte sie.

An einer Stelle der Mauer bröckelte der Mörtel und sie kratzte diesen heraus, um die Keramikscherbe in dem Spalt zu verbergen. Anschließend zerrte sie die Matratze zur Seite und lehnte eine der Holzpaletten an die Wand, um daran hochzuklettern. Es war eine wackelige Angelegenheit, aber es gelang ihr, mit einer Hand die Holzverkleidung nach einer Schwachstelle abzutasten.

Vielleicht gab es einen Hohlraum, durch den sie in die Freiheit kriechen konnte. Meter für Meter tastete sie sich voran, bis sie irgendwann die Kraft verließ und sie ihre Konstruktion wieder abbaute, um sich auf die Matratze zu legen. Das war instinktiv die richtige Entscheidung gewesen, denn nur wenig später öffnete John die Tür.

„So, da bin ich wieder", sagte er und begann damit, das Duschgel und die Kleidungsstücke aus seinem Rucksack zu räumen. „Na los, worauf wartest du", forderte er sie auf. „Wasch dich endlich."

„Würdest du bitte den Raum verlassen? Ich geniere mich", hauchte Maya.

„Reiz mich nicht", fauchte er. „Ich hatte einen verdammt harten Tag."

Mit fahrigen Bewegungen entkleidete sie sich und wäre vor Scham am liebsten im Boden versunken. Als sie mit dem Schwamm ihre Haut benetzte, fröstelte sie.

„Das geht auch schneller", rief John ungehalten, riss ihr den Schwamm aus der Hand und begann damit, sie mit dem kalten Wasser einzuseifen. Sie zitterte und die Seife brannte in den Augen.

„Jetzt stell dich nicht so an", sagte er und pfefferte ihr das Handtuch mitten ins Gesicht. „Abtrocknen."

Maya fühlte sich elendig, aber sie hatte keine Wahl. John war drahtig und gut trainiert, er könnte sie locker mit einer Hand an die gegenüberliegende Wand schleudern. Er wühlte in seinem Rucksack und hob mit zwei Fingern ein schwarzes Spitzennegligé in die Höhe.

„Anziehen", befahl er knapp.

Sie streifte sich den Fummel über und fühlte sich wie eine, die anschaffen gehen musste. Der durchscheinende

Stoff zeigte mehr, als er verhüllte, und John grinste zufrieden.

„Leg dich hin, mein Kätzchen", schnurrte er.

Doch Maya weigerte sich und blieb stehen. Sein Faustschlag ließ sie nach hinten auf die Matratze kippen, dann war John auch schon über ihr. Sie wehrte sich nach Kräften, schlug wild um sich, doch er lachte nur. Je heftiger sie sich aufbäumte, desto mehr schien ihm das zu gefallen.

Irgendwann drifteten ihre Gedanken ab, ihr Geist hatte sich von ihrem Körper gelöst. Sie erinnerte sich an einen schönen Sommertag, an dem sie mit Lucky am See spazieren gegangen war. Die Sonne hatte von einem wolkenlosen Himmel geschienen und eine sanfte Brise hatte den so typischen Geruch nach Algen zu ihr herübergetragen.

Lucky, typisch Retriever, war mehrmals im Wasser abgetaucht und hatte anschließend sein Fell geschüttelt. Unzählige Tropfen, die in der Sonne wie Diamanten glitzerten, hatten ihre Haut benetzt. Maya konnte es gar nicht erwarten, mit Lucky wieder durch die Gegend zu stromern, und ein warmes Glücksgefühl durchflutete sie.

„Du lächelst. Also hat es dir gefallen?"

Johns Stimme katapultierte sie in die Gegenwart zurück und sie schnappte wie eine Ertrinkende keuchend nach Luft. Zufrieden zog er seinen Reißverschluss zu. Dann packte er seinen Rucksack und verließ ohne ein Wort des Abschieds den Raum. Die Tür fiel hart ins Schloss.

Maya riss sich das Negligé vom Leib und zog sich die sauberen Kleidungsstücke über. Am liebsten hätte sie geduscht, um sich seinen Schmutz von der Haut zu schrubben. Stattdessen rollte sie sich auf der Matratze zusammen und blendete die Schmerzen aus. So war das also, wenn man seine Unschuld verlor, dachte sie und träumte sich erneut in eine andere Welt.

KAPITEL VIERZEHN

Jonna hatte die Nacht im Gästezimmer verbracht und stand auf, als sie hörte, wie Markus in der Küche rumorte. Sie zog sich den Morgenmantel über und öffnete die Tür.

„Guten Morgen“, sagte sie.

„Morgen“, antwortete er knapp und sein mürrischer Gesichtsausdruck sprach Bände.

„Ich bin dir wegen gestern noch eine Erklärung schuldig.“

„Na, da bin ich aber gespannt.“

Er trank einen Schluck aus seiner Tasse und schaute sie nicht einmal an.

„Lasse, Ingmars Gehilfe, ist gestern in den Keller gelaufen, um ausgerechnet in diesen Raum zu gelangen. Er hat behauptet, dass dort ein Mädchen wäre, nach dem er sehen wolle."

Markus drehte sich zu ihr um.

„Und?"

„Das hat mich zutiefst beunruhigt und ich habe mich gefragt, wie er auf so eine Geschichte kommen könnte."

Markus stellte die leere Tasse in die Spüle, bevor er antwortete.

„Du hast mir doch selbst erzählt, dass Lasse nach seinem Unfall nicht mehr derselbe ist."

„Ja, aber ..."

„Nichts aber", unterbrach Markus sie. „Wir wissen doch gar nicht, in welcher geistigen Verfassung dieser junge Mann ist. Ich kann nicht dulden, dass er dich emotional so aufwühlt, dass du anschließend das Haus in Schutt und Asche legst."

Seine Stimme klang kühl und schneidend, so ganz anders als sonst. War sie wirklich zu weit gegangen? Oder lag es an Markus? Wuchs ihm der neue Job über den Kopf und er war zu feige, es einzugestehen?

„Du übertreibst maßlos. Schließlich habe ich schon vorher bemerkt, dass etwas mit der Raumaufteilung nicht stimmen kann."

„Können wir das bitte ein anderes Mal ausdiskutieren? Ich muss jetzt wirklich los."

Er hatte keine Lust, sich mit dem Problem auseinanderzusetzen, und das machte sie wütend. Sie hatte auf mehr Interesse gehofft, aber es schien ihm völlig egal zu sein.

„Wann wirst du heute nach Hause kommen?", fragte sie und bemerkte erst jetzt, dass er nur für sich eine Tasse Kaffee gekocht hatte. Der spitze Stachel der Enttäuschung bohrte sich in ihr Herz.

„Ich muss auf Dienstreise." Mit einem Nicken deutete er auf die Reisetasche im Flur.

„Und das konntest du mir gestern nicht mitteilen?“ Sie war fassungslos über seine distanzierte Art.

„Ich wollte es dir sagen, aber du weißt selbst, wie der Abend verlaufen ist“, erwiderte er kühl.

„Na wunderbar. So weit ist es also schon gekommen, dass du auswärts schlafen musst.“

„Ich bin auf Dienstreise und hatte bereits angekündigt, dass das passieren kann.“

„Natürlich, und dass ausgerechnet nach diesem heftigen Streit. Wer's glaubt ...“

„Deinen Spott kannst du dir sparen. Ich muss jetzt los.“

Ohne sich von ihr zu verabschieden, lief er in den Flur, schnappte sich die Reisetasche und zog die Tür hinter sich zu. Dann sprang sein Wagen an und er fuhr die Einfahrt hinunter. Aufgewühlt schaute Jonna aus dem Fenster und konnte nicht fassen, was soeben geschehen war.

„Gut, dann eben nicht.“

Sie ließ sich auf den Stuhl fallen und blieb minutenlang sitzen, weil ihr die Kraft fehlte. Wenn das auf Dauer so weitergehen würde, dann wären sie innerhalb kürzester Zeit geschieden und würden auf einem Schuldenberg sitzen. Erst jetzt wurde ihr das Ausmaß des Ganzen so richtig bewusst. Es war ein Fehler gewesen, dem Enthusiasmus von Markus so blauäugig nachzugeben. Aber bevor sie sich trennten, wollte sie unbedingt das Geheimnis dieses Raumes lüften.

Nachdem sie sich das Frühstück zubereitet hatte, tauschte sie die Batterien der Taschenlampe aus und öffnete die Kellertür. Sie schaltete das Licht ein und stieg die Stufen hinunter. Der Vorschlaghammer lag noch dort, wo sie ihn hatte fallen lassen, und sie bückte sich, um durch die Öffnung zu klettern. Hinter der Mauer war es dunkel und der helle Strahl der Taschenlampe hatte etwas Gespenstisches an sich, als er zuckend über die Wände huschte. Nein, so wurde das nichts.

Jonna lief wieder nach oben, um den Baustrahler und ein

Verlängerungskabel aus der Garage zu holen, und kehrte in den Keller zurück. Mit beiden Händen umfasste sie den Vorschlaghammer, um die Öffnung zu vergrößern. Dumpf hallten die Schläge wider und es war eine äußerst schweißtreibende Arbeit. Immer wieder musste Jonna innehalten, um ihre Kräfte zu bündeln, und sie kam nur mäßig schnell voran.

Irgendwann im Laufe des Vormittags fiel ihr auf, dass Ingmar und Lasse nicht gekommen waren. Oder hatte sie die beiden durch den Lärm überhört? Im Schnellschritt eilte sie die Treppe nach oben und schaute aus dem Küchenfenster. Nein, sie hatte sich nicht getäuscht, es stand kein Fahrzeug in der Einfahrt. Sie wusch sich die Hände und griff zum Telefon, um Ingmar anzurufen.

„Hej, Hej, Jonna hier", meldete sie sich.

Ingmar schien überrascht. „Gut, dass Sie anrufen", sagte er. „Ich vermisse den Vorschlaghammer."

„Oh, tut mir leid, den habe ich mir ausgeborgt", erwiderte sie.

„Nicht so schlimm, ich könnte den Hammer in einer halben Stunde abholen."

„Schade, ich bin gerade dabei, eine Mauer einzureißen."

„Kein Problem, dann werde ich erst am späten Nachmittag vorbeikommen."

„Danke Ingmar, aber eine Frage hätte ich noch. Warum sind Sie heute nicht zur Arbeit erschienen?"

„Ich verstehe nicht ganz?"

„Sie wollten sich doch um das alte Gewächshaus kümmern", sagte sie.

„Hat Ihr Mann denn nicht mit Ihnen gesprochen?", erkundigte sich Ingmar.

„Was hat mein Mann damit zu tun?"

„Er hat uns gekündigt."

„Markus hat was?"

Jonna fiel aus allen Wolken, der Vertrauensbruch saß tief.

Markus traf alleinige Entscheidungen nach seinem Befinden, ohne mit ihr darüber zu reden.

„Tut mir leid, das habe ich nicht gewusst", antwortete sie leise. „Was für einen Grund hat er angegeben?"

„Dass Lasse zu viel Unruhe in Ihren Alltag bringen würde."

„Auf gar keinen Fall", widersprach sie heftig. „Ich möchte, dass Sie wieder für uns arbeiten, und werde die Sache mit meinem Mann regeln."

„Wissen Sie, es ist mir unangenehm, zwischen die Fronten zu geraten", erklärte Ingmar.

„Aber Sie haben gute Arbeit geleistet. Ich würde mich freuen, wenn Sie morgen wiederkommen könnten."

„Tut mir leid, aber ich habe bereits einen anderen Auftrag angenommen."

„Schade, da kann man wohl nichts machen."

Jonna war zutiefst gekränkt, zumal sie nicht wusste, wer jetzt rund ums Haus für Ordnung sorgen sollte. Warum hatte sich Markus so verändert? Seit sie in dieses Haus gezogen waren, distanzierte er sich von ihr, was die Entfremdung zwischen ihnen vorantrieb. Anstatt wieder zueinanderzufinden, trat das genaue Gegenteil ein.

Widerwillig erhob sie sich und kehrte in den Keller zurück, um ihre Arbeit zu vollenden. Sie wollte mindestens zwei Drittel der Mauer zum Einsturz bringen, um den Raum perfekt ausleuchten zu können. Die losen Steine landeten polternd auf dem Boden und wirbelten jede Menge Staub auf. Jonna schwang den Vorschlaghammer, bis ihre Oberarme schmerzten und sie gezwungen war, eine Pause einzulegen. Sie hockte sich auf den Boden und entdeckte Scharniere, die anscheinend eingemauert worden waren. Es musste früher demnach eine Verbindung zu diesem Raum gegeben haben, wahrscheinlich um ungestört die Toilette zu benutzen.

Das beantwortete allerdings nicht die Frage, warum

dieser Raum letztlich zugemauert worden war? Welche Gründe mochte es dafür gegeben haben?

Bilder formten sich in ihrem Kopf, an die sie lieber nicht denken wollte. Sie schleppte den Vorschlaghammer wieder nach oben und legte ihn in der Einfahrt ab, um Ingmar nicht mehr begegnen zu müssen. Sie schämte sich dafür, dass Markus über ihren Kopf hinweg, den beiden gekündigt hatte.

Nach einer kleinen Stärkung zog es sie wieder in den Keller zurück. Auf Knien kroch sie über den harten Betonboden und untersuchte jede noch so kleine Ritze. Dann tastete sie die Wände ab und entdeckte einen losen Stein. Ihr Herz klopfte wie wild, als sie den Stein aus der Mauer löste und in den dahinterliegenden Hohlraum griff. Nur leider war der Hohlraum leer und die Enttäuschung groß. Nichts deutete darauf hin, dass hier jemand gegen seinen Willen festgehalten worden war.

Frustriert lehnte sie sich mit dem Rücken an die Wand und konnte nur mit Mühe die Tränen zurückhalten. Sollte Markus am Ende recht behalten, dass sie sich das alles nur eingebildet und grundlos überreagiert hatte? Aber bis jetzt hatte sie sich immer auf ihre Intuition verlassen können. Was also hatte sich geändert?

Resigniert wandte sie sich ab und lief nach oben. Sie hörte ein Fahrzeug vorfahren und lief zum Küchenfenster. Ingmar. Er entdeckte den Hammer, stieg aus und packte ihn zu den anderen Werkzeugen. Dann fuhr er wieder davon und das Gefühl, vollkommen allein zu sein, verstärkte sich. Jonna hatte die Anwesenheit von Ingmar und Lasse genossen, es hatte ihr gutgetan. Jetzt saß sie einsam in der Küche, und weder Markus noch eine andere Person würden ihr Gesellschaft leisten.

Vielleicht wäre es das Beste, den Abend mit einem Spaziergang ausklingen zu lassen, dachte sie, um die Einsamkeit zu vertreiben. Sie lief an Idas Haus vorbei und sah, wie ihre Nachbarin den Boden im Gemüsebeet lockerte.

„Guten Abend, Ida."

„Hej, hej, schön dich zu sehen."

Das Du klang vertraut und wie auf Knopfdruck fühlte sich Jonna wohl.

„Wie geht es dir?", fragte Ida. „Wie ich gehört habe, habt ihr Ingmar gekündigt."

„Oh, das hat sich schon herumgesprochen?"

Ida nickte lächelnd. „Ist ein wenig schwierig mit Lasse", sagte sie verständnisvoll. „Aber ich könnte dir Thord, meinen Sohn, vorbeischicken. Als Landschaftsarchitekt versteht er etwas von Gärten."

„Ich weiß nicht so recht", antwortete Jonna.

„Du kannst es dir ja einmal durch den Kopf gehen lassen, wenn du magst."

„Danke Ida, das werde ich. Dir noch einen schönen Abend."

„Ebenso."

Ida widmete sich wieder dem Gemüsebeet, während Jonna ihren Weg fortsetzte. Eine frische Brise wehte vom See herüber und zerzauste ihr Haar. Sie war dankbar, weil der See ein wenig Abkühlung von der Hitze des Sommers versprach, und schaute besorgt zum Himmel. Die graue Wolkenfront zog näher und näher und es würde sicher nicht mehr lange dauern, bis sich ein Gewitter entladen würde.

Jonna spazierte am Ufer entlang und beobachtete die Jugendlichen, die im Wasser badeten. Das Leben könnte so schön sein, wenn sie nicht so einsam wäre. Ab und zu checkte sie ihr Smartphone und wartete auf eine Nachricht von Markus, doch er meldete sich nicht. Enttäuscht schob sie das Handy zurück in die Hosentasche. Dann eben nicht. Auf dem Rückweg plauderte sie noch mit einem Nachbarn, der sich freute, dass Markus und sie dem alten Haus wieder neues Leben einhauchten.

Die Leute waren freundlich und vermittelten Jonna wieder ein wenig Zuversicht, in Svärdsjö doch noch heimisch zu werden. Nachdem sie zurückgekehrt war, setzte sie sich mit einem Buch und einem Glas Wein auf die Terrasse, um den Abend entspannt ausklingen zu lassen. Insgeheim war sie froh, nichts im Keller gefunden zu haben, so konnte sie wenigstens beruhigt schlafen.

„Hallo? Jemand da?"

Jonna zuckte erschrocken zusammen.

„Ja, ich bin auf der Terrasse."

Ein Mann, gut gebaut und in den besten Jahren, bog ums Haus.

„Sorry, ich hatte geklingelt", sagte er entschuldigend.

„Kein Problem", erwiderte sie und schaute ihn fragend an.

„Ich bin Thord, Idas Sohn", stellte er sich vor.

„Stimmt, Ihre Mutter hatte Sie erwähnt. Ich bin übrigens Jonna."

„Schön, Sie kennenzulernen." Er reichte ihr seine Hand und ließ seinen Blick über den Garten schweifen. „Ingmar hat schon eine Menge Vorarbeit geleistet."

„Ja, das hat er", bestätigte sie und ärgerte sich, dass Ida ihren Sohn sofort vorbeigeschickt hatte. Mit dem ruhigen Abend war es jetzt vorbei.

„Dürfte ich mich einmal umsehen?", fragte Thord.

Sie nickte. „Wo Sie nun schon einmal hier sind …"

„Sehr gut."

Thord schritt durch den Garten und inspizierte jede Ecke. Jonna hingegen blieb auf der Terrasse, klappte das Buch zu und leerte das Weinglas. Sie spürte jeden Muskel und wollte nur noch ins Bett.

Thord kehrte zur Terrasse zurück und reichte ihr seine Visitenkarte.

„Wenn Sie Interesse haben, können Sie mich kontaktieren."

„Danke", erwiderte sie knapp und steckte das Kärtchen in die Hosentasche.

„Ich bin dann mal wieder … einen schönen Abend noch."

„Ihnen auch", erwiderte Jonna.

Thord bog wieder ums Haus und Jonna atmete auf. Zeit, schlafen zu gehen.

~

Ein Blitz schlug ganz in der Nähe ein und das ohrenbetäubende Donnergrollen riss Jonna aus dem Schlaf. Erschrocken fuhr sie auf und tastete mit der Hand nach dem Schalter der Nachttischlampe. Nervös drückte sie ihn wieder und wieder, doch es blieb dunkel. Wahrscheinlich war beim Einschlag ein Strommast beschädigt worden und Jonna schlug die Bettdecke zurück, um die Taschenlampe zu holen.

Sie hatte die Tür fast erreicht, als sie das leise Knarren der Dielen vernahm. Jemand musste sich im Haus befinden. Markus vielleicht? Nein, er würde deutlich mehr Lärm veranstalten.

Zaghaft drückte sie die Klinke herunter und öffnete die Tür. Alles war still. Wahrscheinlich knarrte das Holz nur wegen der hohen Luftfeuchtigkeit. Sie huschte in den Flur und verharrte einen Moment bewegungslos, um zu lauschen. Die Blitze erhellten im Sekundentakt den Flur und trugen zu einem gespenstischen Szenario bei. Die darauffolgenden Donner dröhnten mit geballter Kraft und ließen das Haus erzittern.

Jonna fröstelte und lief mit schnellen Schritten zur Garderobe, wo sie die Taschenlampe abgelegt hatte. Doch ihre Hand griff ins Leere. Sie ging in die Hocke und tastete hektisch den Boden ab, aber die Taschenlampe blieb verschwunden. Dabei war sie sich hundertprozentig sicher, diese dort abgelegt zu haben. Oder etwa nicht?

Also lief sie in Richtung Küche, wo sie die Streichhölzer und Kerzen aufbewahrte. Genau in diesem Moment erhellte ein Blitz den Flur und Jonna konnte einen dunklen Schatten neben der Treppe wahrnehmen. Sie stieß einen erstickten Schrei aus und flüchtete zurück ins Schlafzimmer. Hastig schlug sie die Tür zu und drehte den Schlüssel im Schloss herum. Mit klopfendem Herzen lehnte sie sich an die Wand, als ihr Blick auf das geöffnete Fenster fiel. Mit einem Satz war sie dort, schloss die Fensterflügel und zog die Vorhänge zu.

Erst jetzt fiel ihr auf, dass ihr Smartphone nicht mehr auf dem Nachttisch lag. Sie bückte sich, um das Smartphone zu suchen. Doch es hatte sich genau wie die Taschenlampe in Luft aufgelöst. Jemand schien ein böses Spiel mit ihr zu treiben. Oder hatte ihr der Stress der letzten Tage so zugesetzt, dass sie völlig durcheinander war?

Das Gewitter schien weiterzuziehen, während der einsetzende Starkregen gegen die Scheiben trommelte. Trotz der tosenden Geräuschkulisse konnte Jonna ein dumpfes Poltern hören. Anfangs war sie sich nicht sicher, woher es stammen könnte, obwohl sie glaubte, es schon einmal gehört zu haben. Nur Sekunden später setzte die Erkenntnis ein … die Steine im Keller!

Jonna presste die Handfläche auf den Mund, um den Schrei zu unterdrücken. Himmel, sie hatte sich noch nie so gefürchtet wie in diesem Augenblick. Was ging hier eigentlich vor sich? Eine fremde Person geisterte durchs Haus und trieb im Keller ihr Unwesen.

Ängstlich verkroch sie sich im Bett und umschlang die Knie. Sie zählte die Sekunden zwischen Blitz und Donner und sehnte zitternd den Morgen herbei. Das Telefon war tot, das Smartphone samt Taschenlampe verschwunden und sie konnte niemanden um Hilfe bitten.

Markus hatte sie allein gelassen, und dafür hasste sie ihn. Nie war er da, wenn Probleme auftauchten, und sie würde alles dafür geben, um auf der Stelle nach Stockholm zurückkehren zu können. Sie bereute, sich seinen Wünschen untergeordnet zu haben, weil es nun keinen Rückzugsort mehr gab. Alles schien ihr zu entgleiten, obwohl sie sich so angestrengt hatte, es ihm recht zu machen. Aber vielleicht war genau das der Fehler im System.

KAPITEL FÜNFZEHN

Olof verzichtete an diesem Morgen auf die Zeitung, um seine volle Aufmerksamkeit Klara zu widmen, und schenkte den Kaffee in die Tassen.

„Man könnte meinen, dass du ein schlechtes Gewissen hast", sagte sie.

„Wie kommst du denn darauf?" Er schüttelte den Kopf und hoffte, dass Klara ihm nicht ansah, dass er log.

„Was hast du heute vor?"

„Ich will nach dem Frühstück eine Runde mit dem Fahrrad drehen. Möchtest du mitkommen?"

„Nein, da gehe ich lieber in den Garten", antwortete sie.

Genau das hatte er hören wollen, er hatte freie Bahn. Nicht dass er etwas Verbotenes tun würde. Aber jedes Mal, wenn sich der Tod von Lilly Norström jährte, zog es ihn in den Wald. Er musste dann allein sein, um mit sich und der Welt wieder ins Reine zu kommen.

„Soll ich noch etwas besorgen, wenn ich schon einmal unterwegs bin?“, fragte er.

„Nein, wir müssten alles dahaben“, erwiderte Klara.

„Gut.“

Das passte wunderbar, denn er wollte keiner Menschenseele auf seinem Weg begegnen. Hastig stopfte er den Honigtoast in sich hinein – ja, er mochte es morgens süß – und leerte die Kaffeetasse. Dann stand er auf, drückte Klara einen Kuss auf die Wange und verschwand im Schlafzimmer, um sich die frisch gewaschenen Sportsachen überzuziehen.

Kurz darauf saß er auf seinem Rad, für das er ein halbes Vermögen ausgegeben hatte, und radelte die Nebenstraßen entlang. Niemand begegnete ihm und schon bald hatte er den Waldrand erreicht. Die kühle Morgenluft und Vogelgezwitscher empfingen ihn und er atmete tief durch. Der Wald hatte eine beruhigende Wirkung auf ihn und er fragte sich, warum der Täter ausgerechnet an diesem Ort das Opfer abgelegt hatte.

Olof schob sein Rad in die Büsche und setzte seinen Weg zu Fuß fort. Es war ein herrlicher Sommertag und die Sonnenstrahlen malten helle Kringel auf den mit Moos bewachsenen Waldboden. Die weiche Erde dämpfte seine Schritte und das Laub vom Vorjahr raschelte unter seinen Füßen.

Olof liebte die Natur, die dichten Wälder und die silbern schimmernden Seen, die sich wie Perlen an einer Kette aneinanderreihten. Er konnte sich keinen schöneren Ort zum Leben vorstellen. Über ihm hämmerte ein Specht sein Stakkato und aus der Ferne wurde er von einem Rudel Rehe misstrauisch beäugt, das schließlich mit halsbrecherischen Sprüngen im Dickicht verschwand.

Nach einer halben Stunde hatte er die Stelle erreicht.

Dort erinnerte nur noch ein verwittertes Holzkreuz in Schieflage an das grausame Verbrechen. Traurig, aber die Menschen schoben diese Dinge gern weit von sich, um sie nicht ständig vor Augen zu haben. Olof legte eine Rose nieder, die er heimlich von Klaras New Dawn abgeschnitten hatte. Der Rosenstrauch blühte so üppig, dass Klara es kaum bemerken würde.

In Gedanken bat er das Mädchen, das er zu Lebzeiten nicht gekannt hatte, um Hilfe und Beistand. Er wollte ihren Tod sühnen und den Täter endlich überführen. Noch während er das tat, begriff er, wie besessen er davon war. Die Tätersuche war zu seinem Lebensinhalt geworden, sie trieb ihn morgens aus den Federn und ließ ihn des Nachts nicht zur Ruhe kommen.

„Bitte Lilly, schicke mir einen Hinweis", flehte er leise. „Ich will keine weiteren Jahre vergeuden und leiden müssen. Ich will wieder frei atmen können, mit der Gewissheit, dass der Gerechtigkeit Genüge getan wurde."

In all den Jahren hatte er an diesem Ritual festgehalten und befürchtete insgeheim, dass es ihm niemals gelingen würde, den Fall zu lösen. Ein leises Knacken ließ ihn aufhorchen und er schaute sich aufmerksam um. Er war definitiv nicht allein, jemand schien ihn aus der Ferne zu beobachten. Der Täter vielleicht? Wer würde noch am Todestag des Mädchens hierherkommen? Die Eltern? Wohl eher nicht. Ein Bewohner von Svärdsjö?

Olof spürte, wie sein Herz hart gegen die Rippen schlug. Aus welcher Richtung war das Knacken gekommen? Von links? Oder rechts?

Ein Ruck ging durch seinen Körper und er preschte nach vorn. Nein, er gehörte noch lange nicht zum alten Eisen. Abermals vernahm er das Knacken eines vertrockneten Astes, die Person schien vor ihm zu flüchten. Verdammt, er war so nah dran. Der Täter musste aus Svärdsjö stammen, daran hatte Olof nicht den geringsten Zweifel. Wie sonst war es zu erklären, dass diese Person ihn ausgerechnet am Jahrestag aus der Ferne beobachtet hatte und nun davonrannte. Ein reines Gewissen würde denjenigen nicht zur Flucht treiben.

Olof sah eine Gestalt zwischen den Baumstämmen verschwinden und bündelte seine Kräfte, um mithalten zu können. So fit, wie er angenommen hatte, war er dann doch nicht. Zumal sich der Flüchtige, seiner Statur nach zu urteilen, im besten Alter befinden musste.

Los jetzt, gib alles, spornte er sich an und sprintete keuchend zwischen den Blaubeersträuchern entlang. Irgendwann musste er jedoch aufgeben und rang keuchend nach Luft. Das schmerzhafte Seitenstechen hatte ihn aus dem Hinterhalt überfallen und bewegungsunfähig gemacht. Olof stieß einen nicht jugendfreien Fluch aus und suchte den Waldboden nach möglichen Fußspuren ab, die der Flüchtige hinterlassen haben könnte. Doch er wurde nicht fündig und trat enttäuscht den Rückweg an. Er hatte es wiederholt vermasselt.

Resigniert kehrte er zum Fahrrad zurück, schwang sich auf den Sattel und radelte davon. Der Frust saß tief und das Schlimmste war, dass er mit niemandem über diese Sache reden konnte. Seine ehemaligen Kollegen würden ihn für verrückt erklären und Beweise verlangen. Aber Olof war ein Teamplayer, und das nicht ohne Grund. Sämtliche Nachforschungen allein zu stemmen, überforderte ihn und er hasste es, jedes Mal aufs Neue zu scheitern.

KAPITEL SECHZEHN

Maya verkroch sich in der hintersten Ecke, als sie hörte, dass die Tür aufgeschlossen wurde.

„Hey", brummte John und stellte das Essen auf den Boden. Wie jeden Morgen drückte er die Tabletten aus dem Blister, nur heute war es eine mehr.

„Wofür ist die?", fragte Maya leise.

„Die Pille, zur Verhütung."

Maya schluckte schwer.

„Bitte, ich flehe Sie an, lassen Sie mich gehen."

„Warum sollte ich? Die Schäferstündchen mit dir fangen gerade an, mir zu gefallen." Er reichte ihr die Tabletten. „Runterschlucken."

Maya gehorchte wie eine willenlose Marionette. Einerseits war sie froh, dass er an Verhütung dachte, anderseits würde damit ihr Martyrium weitergehen.

„Dürfte ich irgendwann auch einmal vor die Tür, um ein bisschen frische Luft zu schnappen?"

„Aber natürlich, wir können auch zum See fahren", antwortete er.

„Wirklich?", fragte sie hoffnungsvoll.

Er gab ihr eine Kopfnuss.

„Träum weiter."

John schien wenig Zeit zu haben, denn er verließ sofort den Raum. Maya blieb einsam im Dämmerlicht zurück, dabei sehnte sie sich so sehr nach der Wärme des Sommers. Erst jetzt wurde ihr so richtig bewusst, wie glücklich sie gewesen war. Ein liebevolles, wenn auch strenges Zuhause und Lucky, ihr bester Freund, dem sie jedes ihrer Geheimnisse anvertraut hatte. Zum Dank war er ihr mit seiner feuchten Zunge einmal quer übers Gesicht gefahren.

Was ihre Eltern wohl gerade machten? Würden sie wie üblich zur Arbeit fahren oder hatten sie Urlaub genommen, um nach ihr zu suchen? Hatte die Polizei vielleicht schon eine heiße Spur?

Täglich malte sie sich in ihren Gedanken aus, wie es sein würde, endlich gerettet zu werden. Wie die Polizeibeamten die Tür eintraten und sie anschließend nach draußen führten. Aber nichts von alledem geschah. Sie hockte weiterhin stumm in der immerwährenden Dunkelheit und verfluchte ihre eigene Dummheit, auf diesen Typen hereingefallen zu sein. Wieder und wieder konfrontierte sie sich mit dem Vorwurf, warum sie nach dem Sturz nicht einfach weitergefahren war. Sie hasste sich dafür, die Ratschläge ihrer Eltern in den Wind geschlagen zu haben.

Sie griff zum Becher und trank einige Schlucke. Das Essen musste sie sich einteilen, weil John ihr viel zu wenig mitbrachte. Der Hunger war zu einem ständigen Begleiter geworden. Sie fühlte sich schwach und wenn sie nicht schlief, hing sie ihren trüben Gedanken nach. Aber so konnte es auf Dauer nicht weitergehen, sie musste eine Lösung finden.

Also stand sie auf und tastete sich bestimmt zum hundertsten Mal an der Wand entlang. Ihre Fingerspitzen fuhren über jeden Stein und jede Fuge. Sie hatte ihre übliche Runde fast beendet, als sie eine winzige Vertiefung spürte. Irgendetwas befand sich darin und sie schabte mit dem Fingernagel in dem Loch. Nur wenige Sekunden später lag ein Ohrstecker auf ihrer Hand und Maya wurde schmerzlich bewusst, dass sie anscheinend nicht die Erste gewesen war, der John das angetan hatte. Doch wo war ihre Vorgängerin jetzt? Hatte er sie gehen lassen? Oder umgebracht?

Ein eiskalter Schauer jagte über ihren Rücken. Es gab ein weiteres Opfer, das eine Botschaft hinterlassen hatte, damit Johns Gräueltaten eines Tages ans Licht kommen würden. Maya brauchte also ein ebenso sicheres Versteck für den Ohrstecker wie für die Keramikscherbe.

Sie zerrte die Matratze von den Paletten und kippte eine von ihnen an die Wand, um wieder daraufsteigen zu können. Sie begann damit, mühsam mit der Scherbe ihren Namen in das Holz der Deckenvertäfelung zu ritzen. Mit den Fingerspitzen befühlte sie immer wieder die einzelnen Buchstaben, ob diese auch leserlich wären. Es war anstrengend, über Kopf zu arbeiten, und sie musste immer wieder eine Pause einlegen.

Irgendwann gab sie dem Hungergefühl nach und stopfte die beiden Sandwiches in sich hinein. Sie bekam ihre Heißhungerattacken nicht in den Griff und es gelang ihr selten, sich die mageren Mahlzeiten einzuteilen. Anschließend kletterte sie wieder auf die wackelige Palette und musste höllisch aufpassen, dass sie nicht umkippte. Irgendwann riet ihr die innere Uhr, die Arbeiten einzustellen. Bald würde John kommen, um nach ihr zu sehen, und er durfte sie auf gar keinen Fall erwischen. Sie wusste, wie brutal er sein konnte, er schlug ohne Vorwarnung bei dem geringsten Vergehen zu.

Den Ohrstecker verbarg sie in einem Spalt in der Deckenverkleidung und hoffte, dass die Schriftzeichen für John nicht auf den ersten Blick zu erkennen waren. Es war gar nicht so leicht, sich im diffusen Dämmerlicht zu orientieren, und manchmal wurde ihr ganz schwindelig davon. Sie sah Blitze und Schlieren vor ihren Augen und wenn sie es gar nicht mehr aushielt, schrie sie sich die Seele aus dem Leib.

Doch niemand schien sie zu hören und sie fragte sich, wo er sie überhaupt hingebracht hatte. Es musste sich um ein leer stehendes Haus handeln, das wahrscheinlich außerhalb einer Ortschaft lag. Wahrscheinlich stellte er seinen Wagen etwas abseits ab, da sie nie die Vibrationen eines Motorengeräusches vernahm.

Plötzlich hörte sie, wie der Schlüssel im Schloss herumgedreht wurde. Hastig zerrte sie die Matratze auf die Paletten zurück und drückte sich verängstigt in die hinterste Ecke. Dann stand John auch schon vor ihr. Ihr Blick wanderte zu seinem Rucksack, sie hatte auf eine zusätzliche Ration gehofft.

„Ich habe Hunger", murmelte sie enttäuscht.

„Das Essen musst du dir erst verdienen", antwortete er und näherte sich ihr.

Ein starkes Zittern durchfuhr ihren Körper, weil sie ahnte, was nun folgen würde. Beim ersten Mal hatte sie sich ausgeklinkt, aber die Schmerzen danach waren höllisch gewesen. Noch immer brannte es beim Wasserlassen zwischen den Beinen.

Er umfasste ihre Knöchel und zog sie zu sich heran. Das war erneut der Moment, in dem ihr Geist auf Reisen ging. Wie John sie entkleidete, bekam sie schon nicht mehr mit. Stattdessen lief sie mit Lucky am Ufer des Svärdsjön und warf Stöckchen ins Wasser, die ihr treuer Begleiter freudig apportierte. Die seichten Wellen umspielten ihre braun gebrannten Waden und türkisfarbene Libellen schwirrten wie kleine Helikopter durch die Luft. Der Wind ließ die Wipfel sanft über ihr rauschen und die Sonnenstrahlen tanzten warm über ihre Haut, während der Duft des Sommers angenehm in der Nase kitzelte. Maya genoss diesen Augenblick in vollen Zügen.

Das Leben mit all seinen Facetten war ein Wunder und erst jetzt begriff sie auf bittere Weise, wie gut sie es gehabt hatte. Ihre Eltern hatten all ihr Erspartes in ein hübsches Häuschen gesteckt, dessen Zimmer zwar klein, aber behaglich eingerichtet waren. Obwohl Maya die Erziehungsmethoden ihrer Eltern oft als zu streng empfunden hatte, sehnte sie sich nun nach der mahnenden Stimme ihrer Mutter zurück, die ihr immer den richtigen Weg gewiesen hatte.

Schon seltsam, wie sich das alles entwickelt hatte – die größte Angst ihrer Eltern war wahr geworden. Schicksal oder einfach nur Pech? Wie hatte sie diesem John nur Vertrauen schenken können? Weil er so nett und besorgt auf sie gewirkt hatte? Wahrscheinlich. Jetzt war es schwer zu sagen, was sie zu dieser Dummheit bewogen hatte.

Langsam öffnete sie die Augen und kehrte in die Wirklichkeit zurück. Sie fror, weil sie nackt auf der Matratze lag. John war schon längst verschwunden und sie atmete erleichtert auf. Mühsam richtete sie sich auf und tappte zum Wasserhahn, um sich notdürftig zu waschen. Dann streifte sie sich ihre Kleidungsstücke über und kroch hungrig unter die Decke. Er hatte ihr keine Mahlzeit dagelassen, und sie gab sich das Versprechen, kein Opfer mehr sein. Sie musste sich unbedingt zur Wehr setzen gegen solch bösartige Menschen wie John.

KAPITEL SIEBZEHN

Am Morgen nach dem Unwetter schaute Jonna im Garten nach dem Rechten. Ein Apfelbaum hatte dem stürmischen Wind nicht standgehalten und war umgeknickt, was sie sehr bedauerte. Nun würde sie den gesamten Tag damit beschäftigt sein, die heruntergefallenen Äste und Zweige zu beseitigen. Zum Glück hatte das Dach keinen Schaden davongetragen und keine Scheibe war zu Bruch gegangen.

Einzig und allein den Keller hatte sie noch nicht betreten, weil sie sich schlichtweg davor fürchtete. Noch konnte sie sich einreden, dass ihr die Sinne einen Streich gespielt hatten, was die unheimlichen Geräusche und den dunklen

Schatten im Flur betraf. Schließlich war es ein heftiges Unwetter gewesen.

Jonna holte nach dem Frühstück die verbeulte Schubkarre aus dem Schuppen, um das lose Geäst einzusammeln. Sie hatte ordentlich zu tun, denn auf dem Grundstück waren jede Menge Bäume angepflanzt worden. Als sich die Mittagszeit näherte, erschien Idas Sohn auf der Bildfläche.

„Hallo", rief er über den Gartenzaun. „Das Unwetter gut überstanden?"

„Mehr oder weniger", antwortete sie. „Auf der Wiese hinter dem Haus hat sich leider ein Apfelbaum den Windböen ergeben."

„Brauchen Sie Hilfe?"

„Ich habe weder eine Kettensäge noch das nötige Knowhow, also ja", antwortete sie.

„Kein Problem, ich habe gerade Zeit und könnte aushelfen. Aber nur, wenn Sie wollen", fügte er hinzu.

Diesmal war Jonna für das Hilfsangebot dankbar.

„Gerne", erwiderte sie.

„Okay, ich bin gleich wieder zurück."

Nur fünf Minuten später fuhr Thord mit dem Wagen die Einfahrt herauf und stieg aus. Er öffnete den Kofferraum und nahm die Kettensäge heraus.

„Schweres Gerät", sagte Jonna.

„Ja, machen wir uns an die Arbeit", antwortete er. „Übrigens, wollen wir das alberne Siezen als Nachbarn nicht weglassen?"

„Klar, warum nicht."

„Das freut mich."

Er nickte ihr zu und lief in Richtung Obstwiese. Dort setzte er die Schutzbrille auf, streifte sich die Handschuhe über und brachte die Kettensäge in Gang. Aufmerksam verfolgte Jonna, wie Thord gekonnt den Stamm zerlegte. Nach einer halben Stunde hatte er sein Werk vollendet.

„Jetzt musst du die Reste vom Stamm nur noch zwei

Jahre trocknen lassen, dann kannst du sie als Brennholz verwenden."

„Zwei Jahre sind eine lange Zeit", erwiderte sie nachdenklich.

„Wie man es nimmt", erwiderte Thord schulterzuckend und leerte die Schubkarre auf dem Komposthaufen. „Soll ich das Holz zum Schuppen fahren?" Er musterte sie fragend.

„Ich will dich hier nicht festhalten und bin schon dankbar, dass du den Baum in seine Einzelteile zersägt hast."

„Kein Problem, ich muss erst morgen wieder zurück."

„Ja dann …"

„Aber du könntest dich mit einem Kaffee revanchieren", schlug er vor.

„Natürlich. Sorry, dass ich nicht gleich daran gedacht habe."

Sie war nach dieser Nacht noch ein wenig durcheinander und kehrte ins Haus zurück. Das Smartphone und die Taschenlampe waren noch nicht aufgetaucht, dafür funktionierte das Stromnetz wieder einwandfrei und sie konnte das Telefon laden. In Zukunft würde sie umsichtiger sein müssen, damit ihr das nicht nochmals passieren würde. Eine zweite Taschenlampe in einer der Schubladen im Schlafzimmer wäre zumindest ein Anfang.

Sie schenkte den Kaffee in die Tassen und ging nach draußen. Thord hatte es sich bereits auf der Terrasse bequem gemacht.

„Ein herrliches Grundstück", sagte er und machte eine ausladende Handbewegung.

„Ja, das stimmt."

„Du scheinst nicht gerade begeistert zu sein."

Er musterte sie verstohlen von der Seite und sie spürte seinen Blick auf ihrer Haut.

„Es ist eine Menge Arbeit, die wir unterschätzt haben", antwortete sie.

„Wie weit seid ihr mit dem Umbau?", fragte er interessiert. „Meine Mutter war ziemlich beeindruckt, die neue Raumaufteilung hat ihr ausgesprochen gut gefallen."

„Dankeschön."

Es hatte den Anschein, als wolle Thord einen Blick ins Innere des Hauses werfen, aber das war ihr momentan gar nicht recht. Dennoch wollte sie ihn nicht zurückweisen, weil sie dankbar für seine Hilfe war. Wenigstens einer, der sich kümmerte, im Gegensatz zu Markus.

„Möchtest du dich umsehen?", fragte sie schließlich.

„Ein anderes Mal vielleicht", sagte er und stand auf. „Vielen Dank für den Kaffee.

„Ich habe zu danken", erwiderte sie.

„Dann wollen wir hoffen, dass das nächste Unwetter einen großen Bogen um Svärdsjö macht."

Er verabschiedete sich, verstaute die Kettensäge im Kofferraum und fuhr die Einfahrt wieder hinunter. Jonna war noch damit beschäftigt, die kleineren Zweige aufzulesen, als sie hörte, dass der Wagen von Markus vorfuhr. Sie wollte ihm schon entgegeneilen, überlegte es sich aber anders und wartete stattdessen im Garten auf ihn. Nur wenige Minuten später stand er auf der Terrasse und schaute zu ihr herüber, machte aber keine Anstalten, um sie zu begrüßen. Wütend ließ sie die Schubkarre stehen und lief in seine Richtung.

„Hey."

„Ist das alles, was du zu sagen hast?" In ihren Augen funkelte der Zorn.

„Ich bin erschöpft von der Reise", antwortete er.

„Aha."

Sie schob sich an ihm vorbei ins Haus und nahm wiederholt den schweren blumigen Duft wahr. Er hat eine Affäre, ganz sicher, dachte sie bestürzt und ließ sich in der Küche auf einen Stuhl sinken. Markus folgte ihr.

„Warum hast du auf keine meiner Nachrichten geantwortet?", fragte er.

„Weil ich mein Smartphone verlegt habe."

„Aber du hättest dich doch mit dem Telefon selbst anrufen und dem Klingelton folgen können?"

„Wir hatten einen Stromausfall und ich habe das Smartphone auf lautlos geschaltet."

„Aber jetzt funktioniert es wieder?"

Jonna taxierte ihn. „Hast du eine Affäre?", fragte sie frei heraus.

„Wie kommst du denn darauf?", wich er der Frage aus.

„Du riechst nach Parfüm, bist kaum noch da und kümmerst dich kaum noch um dein geliebtes Haus." Der Vorwurf in ihrer Stimme war kaum zu überhören.

„Was soll das, Jonna? Du weißt doch genau, wie sehr mich der neue Job beansprucht."

„Mir war nicht bewusst, dass du in einer Parfümfabrik arbeitest."

„Jetzt wirst du albern", antwortete er verärgert und wandte sich ab. „Falls du dein Smartphone suchst, das liegt auf der Garderobe im Flur."

Seine Worte waren wie ein Schlag ins Gesicht und Jonna wartete, bis er im Arbeitszimmer verschwunden war. Dann huschte sie in den Flur. Markus hatte recht, das Smartphone lag auf der Kommode. Hastig nahm sie es an sich und zog sich auf die Terrasse zurück. Sie checkte die eingegangenen Nachrichten und dachte darüber nach, ob es um ihre seelische Verfassung tatsächlich so schlecht bestellt war. Aber ihre letzte Erinnerung an den Abend war, dass sie noch vor dem Einschlafen gehofft hatte, eine Nachricht von Markus zu erhalten.

Um ihre Wahrnehmung zu überprüfen, kehrte sie in den Flur zurück. Sie schloss die Tür zum Keller auf und stieg hinunter. Die Taschenlampe lag eingestaubt neben dem Steinhaufen. Nein, das konnte unmöglich sein.

„Jonna? Was machst du dort unten?"

„Ich habe die Taschenlampe gesucht", rief sie zurück.

„Hast du sie gefunden?"

„Ja."

Sie fühlte sich, als hätte ein Boxer seine Faust in ihrer Magengrube versenkt.

„Na siehst du, jetzt hat alles wieder seine Ordnung."

Markus hatte einen versöhnlichen Ton angeschlagen. Bevor er herunterkommen und entdecken würde, dass sie die Mauer so gut wie eingerissen hatte, eilte sie die Stufen zu ihm hinauf.

„Jemand ist gestern im Haus gewesen", sagte sie.

Der ungläubige Blick von Markus sprach Bände.

„Du brauchst mich gar nicht so anzusehen. Ich bin mir hundertprozentig sicher, weil ich noch vor dem Einschlafen auf eine Nachricht von dir gewartet habe."

„Und?"

„Als der Strom ausgefallen ist, hat mein Smartphone nicht mehr auf dem Nachttisch gelegen und ich habe deutlich das Knarren der Dielen gehört."

Markus atmete tief durch.

„Wenn es tatsächlich so ein heftiges Unwetter gewesen ist, wie du es beschrieben hast, dann kann alles Mögliche diese Geräusche verursacht haben."

„Aber ich habe dir doch gerade erzählt, dass das Smartphone und die Taschenlampe verschwunden waren."

„Jonna, der Umzug und der Umbau des Hauses haben uns zugesetzt, wir stehen unter enormem Stress. Das hinterlässt Spuren."

Markus wollte sie nicht verstehen und versuchte, sie mit seiner vorgefertigten Meinung zu überzeugen.

„Jonna, ich bin müde und erschöpft. Bitte, lass uns morgen in Ruhe darüber reden."

Sie ahnte, dass es wenig Sinn machte, ihn zu bedrängen, und wünschte ihm eine gute Nacht. Enttäuscht setzte sie sich mit einem Glas Wein auf die Terrasse. Hoffentlich wird der Wein nicht zur Gewohnheit, dachte sie und trank einen Schluck, um sich zu entspannen. Ihre Ehe schien festgefahren und sie machte sich ernsthaft Gedanken darüber, ihre Koffer zu packen und wieder nach Stockholm zurückzukehren.

~

„Hallo, schön dich zu sehen“, sagte Jonna, als sie am Seeufer auf Ava traf.

„Hallo.“

„Hast du deine Tochter heute gar nicht dabei?“, fragte sie.

Ava verneinte. „Sie ist bei ihrer Großmutter und ich entspanne ein wenig allein.“

„Darf ich mich zu dir setzen.“

„Gerne.“

„Das war ja ein heftiges Unwetter“, eröffnete Jonna das Gespräch.

„Das kannst du laut sagen“, erwiderte Ava. „Zum Glück haben wir alles unbeschadet überstanden? Und bei euch?“

„Ein Apfelbaum hat es nicht überlebt.“

„Dann musst du einen neuen Baum pflanzen.“

„Das werde ich.“ Jonna legte sich ins Gras, verschränkte die Arme und schaute in den Himmel. „Darf ich dich etwas fragen?“

„Klar, schieß los“, antwortete Ava.

„Du weißt doch bestimmt, dass Ingmar und Lasse für uns gearbeitet haben“, sagte Jonna.

„Ja.“

„Eines Tages ist Lasse in den Keller gelaufen, um ein Mädchen zu suchen.“

„Ach ja?“ Ava setzte sich auf. „War das alles, was er gesagt hat?“

„Er wollte sich davon überzeugen, dass es ihr gut geht.“

„Seltsam.“

„Ja, das finde ich auch.“ Jonna zögerte einen Moment. „Ich

habe einen Raum im Keller entdeckt, der vom Vorbesitzer zugemauert worden ist."

„Aber warum hätte er so etwas tun sollen?"

„Das habe ich mich auch gefragt. Vielleicht um ein Mädchen darin festzuhalten?"

Ava warf ihr einen verständnislosen Blick zu und schaute dann auf die Armbanduhr.

„Entschuldige, aber ich muss los. Mein Mann kommt gleich nach Hause", sagte sie.

Jonna ahnte, dass es nur eine Ausrede war, um dem Gespräch zu entgehen. Niemand wollte ihr Glauben schenken, aber waren ihre Gedanken tatsächlich so abwegig?

Jonna erhob sich und trat den Heimweg an. Ihre Gedanken kreisten unaufhörlich um diesen Kellerraum und sie kam erst wieder zur Besinnung, als sie vor der Haustür stand. Sie setzte sich an den Schreibtisch und klappte den Laptop auf. Dann gab sie die Stichworte Svärdsjö und totes Mädchen ein. Ihre Suche erzielte etliche Treffer und Jonna klickte die erste Seite an. Vor zwölf Jahren war ein fünfzehnjähriges Mädchen im Wald tot aufgefunden worden. Von sexuellem Missbrauch und Folter war in diesem Artikel die Rede und Jonna spürte, wie sich ihr Unwohlsein verstärkte.

Nein, so falsch hatte sie nicht gelegen. Trotz allem musste sie sich die Frage stellen, ob sie mit ihren Mutmaßungen nicht zu weit gegangen war. Schließlich gab es keinerlei Beweise, dass dieser Fall mit den früheren Besitzern zusammenhing. Am liebsten hätte sie zum Telefon gegriffen, um Ava anzurufen, doch sie kannte ihre Nummer nicht. Stattdessen beschloss sie, Ida einen Besuch abzustatten. Im Flur streifte ihr Blick einige der Kartons, die mittlerweile verstaubten. Aber sie konnte sich nicht dazu aufzuraffen, diese auszupacken. Wozu auch. Das war nicht ihr Zuhause – und würde es wohl niemals werden.

Die wenigen Meter bis zu Idas Haus hatte sie schnell zurückgelegt und drückte auf den Klingelknopf.

„Hej, hej, Jonna. Ist dir das Mehl ausgegangen?“, fragte Ida mit einem Lächeln.

„Nein, die Vorratsschränke sind noch gut gefüllt“, erwiderte Jonna.

„Komm, gehen wir in den Garten.“

Das Haus war mit sperrigen dunklen Möbeln eingerichtet, die jede Menge Licht schluckten. Dennoch wirkte es auf eine gewisse Weise behaglich.

„Setz dich.“ Ida deutete auf eine Sitzgruppe aus Holz, die mit bunten Kissen versehen war. „Kann ich dir etwas zu trinken anbieten?“

„Nein danke, ich hätte nur einige Fragen an dich.“

„Dann will ich hoffen, dass ich diese beantworten kann“, antwortete Ida und setzte sich zu ihr.

„Es geht um das Mädchen, das vor zwölf Jahren im Wald gefunden wurde“, hob Jonna ihre Stimme.

„Ach, eine traurige Geschichte. Warum interessiert dich das?“

„Bei den Umbauarbeiten im Haus ist im Keller ein Raum entdeckt worden, der zugemauert gewesen war.“

Jonna schmückte alles ein wenig aus, um sich nicht erneut lächerlich zu machen.

„Meine Güte“ Ida griff sich an die Brust. „Was ist darin gefunden worden?“

„Einen Wasserhahn und eine Toilette.“

Sie hatte den Satz kaum beendet, da merkte sie, wie absurd das für Ida klingen musste.

„Mehr nicht?“

Jonna schüttelte den Kopf.

„Ich kann nicht genau sagen, warum mich das so beschäftigt. Aber ich bin mir ziemlich sicher, dass es einen Zusammenhang gibt. Vielleicht könntest du mir erzählen, was damals geschehen ist?“

„Das Mädchen stammte nicht aus Svärdsjö. Die Eltern haben ein Ferienhaus gemietet, um Urlaub am See zu machen. Eines Abends ist die Kleine von einem Spaziergang nicht zurückgekommen. Das ist die tragische Geschichte, die schon so lange zurückliegt."

„Einzelheiten sind dir nicht bekannt?", hakte Jonna nach.

„Ich weiß nur, dass sich in Svärdsjö einige Bewohner zusammengeschlossen haben, um das Mädchen zu suchen."

„Danke für die Auskunft, Ida."

„Liegt dir noch etwas auf dem Herzen?"

„Nein. Wahrscheinlich interpretiere ich viel zu viel hinein."

„Mach dir sich nicht so viele Gedanken." Ida tätschelte Jonnas Arm. „Falls du weitere Fragen hast, kannst du dich jederzeit wieder an mich wenden."

„Vielen Dank für das Angebot." Jonna stand auf. „Jetzt will ich dich aber nicht länger stören."

„Keine Ursache, ich freue mich immer über Besuch", strahlte Ida und begleitete sie zur Tür, um sie zu verabschieden.

Jonna lief nachdenklich zurück und musste sich eingestehen, sich Dinge zusammenzureimen. Die Angaben, die Ida gemacht hatte, waren spärlich und sie würde wohl auch nicht mehr darüber erfahren.

Sie war gerade dabei, das schmutzige Geschirr in die Spülmaschine zu räumen, als es klingelte.

„Hallo Thord", rief sie erstaunt, nachdem sie die Tür geöffnet hatte. „Ich habe gedacht, du wärst abgereist."

„Der Termin ist verschoben worden, aber meine Reisetasche befindet sich bereits auf dem Rücksitz."

„Okay", sagt Jonna, weil sie nicht so recht wusste, was der Grund für seinen Besuch war.

„Meine Mutter hat mich vorbeigeschickt, weil sie besorgt war. Sie hat mir von dem Raum erzählt."

„Ach, darum geht es."

„Würdest du mir einen Blick in den Keller gewähren? Nur interessehalber."

„Kein Problem, komm rein."

Überraschungsbesuche waren so gar nicht ihr Ding und sie schämte sich, weil sie den Haushalt während der letzten Tage vernachlässigt hatte. Sie nahm den Schlüssel und schloss die Kellertür auf, dann stiegen sie hinunter. Vor der zerstörten Mauer stoppten sie ihre Schritte.

„Das ist also der Raum", sagte Thord und schaute sich neugierig um. „Nicht gerade viel zu entdecken."

„Nein, nicht wirklich", stimmte sie ihm zu.

„Und deshalb bist du so aufgeregt?"

„Wahrscheinlich habe ich mich verrannt", bekannte sie.

„Vielleicht solltest du sicherheitshalber die Polizei informieren."

„Meinst du?" Sie schaute ihn fragend an.

„Schaden kann es jedenfalls nicht."

„Ich weiß nicht so recht …", sagte sie zögerlich.

„Es ist deine Entscheidung."

„Die Beamten werden wahrscheinlich in Gelächter ausbrechen."

„Wenn ich ehrlich bin, dann gibt der Raum wirklich nicht viel her, was deinen Verdacht bekräftigen könnte", merkte Thord an und verunsicherte Jonna damit noch mehr.

„Ich war einfach nur verwirrt über die Tatsache, dass die Vorbesitzer eine Mauer hochgezogen haben."

„Wer wäre das nicht?", erwiderte Thord. „Die ehemaligen Eigentümer waren schon ein wenig seltsam, wenn ich das einmal behaupten darf. Vielleicht wollten sie die sanitären Anlagen nicht erneuern und haben sie einfach hinter einer Wand versteckt."

Er zwinkerte Jonna schelmisch zu und ein Lächeln huschte über ihr Gesicht. Thord war ein sympathischer Kerl, das musste man ihm schon lassen. Er verurteilte sie nicht wegen ihrer Gedanken und machte ihr Mut, das Richtige zu tun. Markus wäre nie auf den Gedanken gekommen, sie zur Polizei zu schicken. Stattdessen zweifelte er an ihrer geistigen Gesundheit und schob ihre Verwirrtheit auf den Umzugsstress.

„Ich bin dann mal wieder …“, sagte Thord und verabschiedete sich von ihr. „Und Kopf hoch, das wird schon wieder.“

„Danke.“

Thords Besuch hatte ihr wider Erwarten gutgetan und sie fühlte sich von ihm ernst genommen. Dass ausgerechnet von ihm der Zuspruch kam, nach dem sie sich so verzweifelt gesehnt hatte, war besonders bitter.

KAPITEL ACHTZEHN

Olof war zum Plankan unterwegs, einer Pizzeria, die auch Speisen zum Mitnehmen anbot. „Heiß und fettig“ hatte es ein Kollege passend beschrieben, was Olof keineswegs abschreckte. Klara war zu ihrer Schwester gefahren und er hatte sie darum gebeten, zu Hause bleiben zu dürfen. Seine Schwägerin war die reinste Plaudertasche, die andere kaum zu Wort kommen ließ, und Olof scheute jeden Besuch bei ihr. Zum Glück hatte Klara Verständnis gezeigt.

Er liebte es, in seiner Freizeit durch Svärdsjö zu marschieren und sich von den Bewohnern sämtliche Neuigkeiten berichten zu lassen. Natürlich nicht ohne Hintergedanken. Ein klitzekleiner Hinweis nur, so absurd das auch klingen mochte, würde schon ausreichen, um seinen Nachforschungen mehr Auftrieb zu verleihen. Und tatsächlich, seine Rechnung schien aufzugehen. Holger hatte gerade eine große Portion Lasagne abgeholt.

„Hej, hej, wie geht's?", rief Olof erfreut.

Holger schaute demonstrativ auf die Uhr. „Tut mir leid, ich muss gleich wieder zurück", erwiderte er.

„Ach was, fünf Minuten wirst du doch für deinen ehemaligen Chef opfern können", sagte Olof.

Seufzend nahm Holger an einem der Tische Platz.

„Was gibt es denn Neues?", fragte Olof.

„Das Übliche halt. Diebstahl, ein Fall von schwerer Körperverletzung, Hausfriedensbruch und der Rasenmäher von Hannes wurde gestohlen. Behauptet er zumindest."

„Mehr nicht?", seufzte Olof enttäuscht.

„Das reicht für Svärdsjö, wir sind hier schließlich nicht in Kalifornien."

„Du hast ja recht, je weniger Kriminalität, desto besser."

„Sag ich doch, Olof, sag ich doch. Lass es dir gut gehen und genieße deinen Ruhestand."

Holger sprang hastig auf, winkte ihm noch einmal zu und stieg in den Dienstwagen. Dann brauste er davon.

Olof bekam sein Mittagsmahl gut verpackt in die Hand gedrückt. Die Schale war heiß und er hätte sich beinahe die Finger verbrannt. Die Enttäuschung darüber, dass Holger sich so schnell aus dem Staub gemacht hatte, nagte an ihm. Seinen Standardspruch über den Ruhestand hätte er sich auch sparen können. Aber Holger würde schon noch zu spüren bekommen, wie es war, zum alten Eisen zu gehören, sich nutzlos und missverstanden zu fühlen.

Olof trat frustriert den Rückweg an. Vielleicht war es wirklich an der Zeit, in der Behörde einmal wieder nach dem Rechten zu schauen. Zumindest nahm er sich das fest vor.

Oder er sollte sich ein neues Hobby zulegen, wie Angeln zum Beispiel. Aber bei dem Bild eines zappelnden Fisches am Haken verwarf er diesen Gedanken wieder. Schließlich konnte er keiner Fliege etwas zuleide tun, wie Klara es auszudrücken pflegte.

Nach dem Unwetter waren die Bewohner von Svärdsjö damit beschäftigt, wieder Ordnung zu schaffen.

„Hallo Calle", grüßte er einen Nachbarn. „Seit wann hast du ein Trampolin in deinem Vorgarten?"

„Hat der Wind mitgebracht. Ich muss jetzt nur noch herausfinden, wem es gehört", antwortete Calle.

„Dann mal los", nickte Olof ihm zu.

Im Großen und Ganzen hielt sich der Schaden, bis auf einige umgestürzte Bäume und heruntergefallene Dachziegel, in Grenzen. Der Wagen von Idas Sohn stand in der Einfahrt der neuen Hausbesitzer. Olof hörte das Geräusch einer Kettensäge und ahnte, dass einer der Obstbäume wohl gerade zu Kleinholz verarbeitet wurde. Der Gatte der jungen Frau musste wirklich viel unterwegs sein, wenn Thord mit Hand anlegte. Aber das ging ihn nichts an und er musste sich beeilen, bevor sein Mittagessen kalt wurde.

Als er auf die Hauptstraße bog, kamen ihm die Eltern von Maya in ihrem silberfarbenen Volvo entgegen. Er hob die Hand zum Gruß, aber sie würdigten ihn keines Blickes. Sie hatten ihm nicht verzeihen können, dass es bis heute kein Lebenszeichen von ihrer Tochter gab. Er hätte nur zu gern mit ihnen gesprochen, dass er weiterhin nach Maya suchte, dass er nicht daran dachte, aufzugeben.

„Grüß dich, Olof", sagte plötzlich eine Stimme neben ihm.

„Hallo Smilla, schön dich zu sehen", erwiderte er.

„Klara außer Haus?" Smilla deutete auf sein Päckchen.

„Ja, ein schneller Snack", lachte er.

„Olof, sag mal, verfolgen deine Kollegen noch den Fall von Maya?", fragte sie.

„Smilla, du weißt doch, dass ich im Ruhestand bin."

„Also gibt es nichts Neues?"

„Leider nicht. Warum interessiert dich das?"

„Hm, ich weiß auch nicht, wie ich es erklären soll", druckste sie.

„Nun komm schon, raus mit der Sprache."

„Am Wochenende war meine Enkelin zu Besuch und sie bewohnt für diese Zeit das Zimmer im ausgebauten Dachgeschoss ..."

„Und?"

„Jetzt dräng doch nicht so", sagte sie ärgerlich. „Jedenfalls wollte Lena das Fenster schließen, weil die Mücken sie ordentlich gepiesackt hatten. Beim Blick in den Garten hat sie eine schattenhafte Gestalt gesehen, die sofort geflüchtet ist."

Olof umfasste Smillas Oberarm. „Ist sich deine Enkelin absolut sicher?", fragte er.

„Au, du tust mir weh." Smilla entwand sich seinem festen Griff.

„Tut mir leid", murmelte er und sein Herz klopfte genauso schnell wie bei seiner ersten Verabredung mit Klara. Würde es wieder passieren? Und könnte er es diesmal verhindern? „Jetzt noch einmal ganz langsam, was hat deine Enkelin gesehen?"

„Eine schattenhafte Gestalt, das habe ich doch schon gesagt. Ein Spanner vielleicht oder sogar Schlimmeres."

„Aussehen, Größe, Kleidung?"

„Himmel, woher soll ich das denn wissen?", fuhr Smilla ihn an. „Lena ist sich absolut sicher, dass es ein Mann gewesen ist, der zu ihrem Fenster hinaufgestarrt hat."

„Dürfte ich mit deiner Enkelin reden", bat er.

„Sie wird dir auch nicht mehr sagen können", erwiderte sie.

„Bitte." Er setzte eine flehende Miene auf.

„Geduldige dich bitte einen Moment", sagte sie in einem barschen Ton und wählte die Nummer ihrer Enkelin. Sie sprach ein paar Sätze mit Lena und reichte ihm das Smartphone weiter. Olof versuchte, so viele Informationen wie möglich aus Smillas Enkelin herauszukitzeln. Aber es blieb bei einer schattenhaften männlichen Gestalt.

„Schade", brummte er.

„Ich habe dir doch gesagt, dass Lena dir auch nicht mehr sagen kann."

„Immerhin weiß ich jetzt, dass es sich um keinen liebesverrückten Teenager handelt. Deine Enkelin hat von einer stattlichen Statur gesprochen. Demnach ist es kein Spargeltarzan, der noch die Schule besucht."

„Du hast vielleicht Vorurteile", schüttelte Smilla den Kopf.

„Wann wird deine Enkelin wieder zu Besuch kommen?", fragte er.

„Genau darüber wollte ich mit dir sprechen. Wäre es nicht besser, wenn sie eine Zeit lang nicht nach Svärdsjö kommen würde?"

„Anzuraten wäre es."

„Ich muss immerzu an Maya denken. Ihr Verschwinden reißt alte Wunden auf", sprach Smilla leise.

„Auch bei mir. Der Täter ist uns stets eine Nasenlänge voraus gewesen."

„Vielleicht bedeutet dieser Vorfall nichts und es hat sich tatsächlich nur um einen Spanner gehandelt. Wahrscheinlich machen wir uns nur verrückt damit."

„Smilla, es kann nie schaden, die Augen offen zu halten. Zumindest sollten wir Vorsicht walten lassen und ich habe auch schon eine Idee, wie ich das umsetzen könnte. Falls du noch etwas auf dem Herzen hast, dir ist ja meine Telefonnummer bekannt."

„Aber sicher, Olof. Wollen wir hoffen, dass es sich nur um falschen Alarm handelt."

„Ja, Smilla."

Olof kehrte auf dem schnellsten Weg nach Hause zurück. Er war innerlich aufgewühlt wie schon lange nicht mehr, und schob den inzwischen kalt gewordenen Nudelauflauf in den Backofen, um ihn aufzuwärmen. War das die heiße Spur, auf die er all die Jahre gewartet hatte?

KAPITEL NEUNZEHN

Maya träumte sich von nun an jeden Abend in andere Welten. John war unzufrieden, weil sie sich nicht mehr wehrte, ihm nicht mehr die Arme zerkratzte, sondern einfach nur stumm und leblos wie eine Puppe dalag und das Martyrium über sich ergehen ließ.

„Was soll das?", polterte er, als er sich von ihr herunterrollte und in seine Jeans stieg. „Du liegst da wie ein Brett und es ist fast schon ein Wunder, dass du dabei noch atmest."

Maya ließ seine Worte an sich abprallen, sie hatte schon genug Schmutz auf ihrer Haut zu ertragen.

„Ab heute wird deine Ration gekürzt", sagte er. „Überlege dir also gut, ob du weiterhin die Scheintote spielen willst."

Die Tür flog mit einem lauten Knall ins Schloss und Maya

bedauerte wie so oft, dass niemand in der Nähe war, der es hören könnte. Mit knurrendem Magen rollte sie sich zusammen und war zu keinem klaren Gedanken fähig. Sie hatte sich fest vorgenommen, John anzugreifen. Aber sobald er anwesend war und den Raum mit seiner Bösartigkeit ausfüllte, zerfiel ihr Mut zu Staub. Es war Irrsinn, auch nur ansatzweise zu denken, dass sie eine Chance gegen ihn haben könnte.

Minutenlang lag sie reglos da, bis sie ein Geräusch vernahm. Es klang dumpf, als wäre etwas umgefallen. John? Nein, der kam um diese Zeit nie zurück. Sie wusste, dass dieser Ort unbewohnt war, und huschte zur Tür, um zu lauschen. Viel war wegen der Dämmung nicht zu hören. Doch in dem Moment, als sie schon aufgeben wollte, erklang das Poltern erneut. Ihr Herz pochte wie verrückt und das erstickte Pflänzchen der Hoffnung begann in ihrer Brust zu keimen.

Sie presste ihr Ohr gegen die Tür und vernahm ein leises Quietschen und das Knarren von Holz. Eine Treppe vielleicht? Türen wurden wahllos geöffnet und wieder zugeschlagen, und das war der Moment, in dem Maya zu schreien begann.

„Hilfe, ich werde gefangen gehalten", rief sie, was die Lungen hergaben. „Sie müssen die Polizei holen, meine Eltern suchen mich sicher schon verzweifelt."

Mit den Fäusten hämmerte sie gegen die Tür, schrie und tobte und nach einiger Zeit wurde ihr bewusst, wie still es geworden war.

„Hallo? Ist da jemand?"

Wieso kam ihr niemand zu Hilfe? Was sollte das?

Sie drückte ihre Nase gegen den Spalt und konnte einen leichten Duft von Flieder wahrnehmen. Ein Parfüm vielleicht?

„Hallo?"

Ihr Hals war rau wie ein Reibeisen, so sehr hatte sie sich

verausgabt. Aber ihre Anstrengungen waren umsonst gewesen. Dabei hätte sie schwören können, dass jemand hier gewesen war. Müde schleppte sie sich zur Matratze zurück. Sie lag lange wach und wartete vergebens auf Hilfe. Irgendwann gab sie der Erschöpfung nach und schlief ein.

Die Tür flog auf und prallte gegen die Wand. Maya war noch benommen vom Schlaf und es fiel ihr schwer, die Situation richtig einzuschätzen. War endlich Rettung eingetroffen?

Dieser Gedanke stellte sich jedoch als Irrtum heraus. Maya wurde von John grob gepackt und hochgerissen, dann trommelten auch schon seine Fäuste auf sie nieder. Sie schmeckte das Blut ihrer aufgeplatzten Lippe und versuchte verzweifelt, die Arme schützend über ihren Kopf zu halten und seinen Hieben auszuweichen. Aber sie hatte ihm nichts entgegenzusetzen und verlor auf allen Ebenen.

Irgendwann ließ John keuchend von ihr ab und sie sackte stöhnend auf die Matratze zurück.

„Wage es ja nicht, noch einmal so ein Theater zu veranstalten, sonst bist du erledigt", drohte er.

Maya erwiderte nichts, wimmerte nur leise. Die fremde Person, die sich im Haus aufgehalten hatte, musste in irgendeiner Verbindung zu John stehen und hatte, anstatt Hilfe zu holen, ihn über ihre Hilferufe informiert. Anders konnte sie sich sein Verhalten nicht erklären, denn er war völlig ausgeflippt.

War es doch möglich, dass Häuser in unmittelbarer Nähe standen und John befürchtete, dass sein Geheimnis gelüftet werden könnte?

Maya versuchte, sich ein wenig zu bewegen, aber ihr gesamter Körper schien nur aus Schmerzen zu bestehen. Ein Eckzahn wackelte, als sie ihn mit der Zunge berührte und jeder Atemzug war eine Qual. Maya konnte sich nicht vorstellen, dass es jemals wieder besser werden würde.

Schluchzend richtete sie sich auf und holte die Scherbe aus dem Versteck. Wäre es nicht das Beste, jetzt sofort Schluss zu machen? Ein Schnitt an der richtigen Stelle, und all das Grauen hätte ein Ende.

KAPITEL ZWANZIG

Jonna wechselte die Batterien der Taschenlampe. Die Leiter hatte sie bereits in den Keller geschleppt und die Baulampe ans Stromnetz angeschlossen. Dieser Raum ließ Jonna nicht zur Ruhe kommen und heute wollte sie ihn noch einmal genauer inspizieren. Irgendwie musste sie die Zeit totschlagen, denn sie dachte nicht mehr daran, sich hier häuslich einzurichten. Markus hatte sich am Morgen still und heimlich aus dem Haus geschlichen und nur einen lumpigen Zettel hinterlassen, auf dem stand, dass er für drei Tage auf einer Dienstreise sein würde.

Wer's glaubt, dachte Jonna und knallte wütend die Küchentür zu. Aber die Wut war gut, weil sie sich nun weniger davor fürchtete, den gesamten Tag im Keller zu verbringen. Zögerlich stieg sie die Stufen hinunter und der Kontrast hätte nicht deutlicher sein können. Dicke Mauern, die sie umschlossen, während im Garten die Sonne von einem wolkenlosen Himmel strahlte. Nachdem Jonna den Betonboden und die Wände genauestens abgesucht hatte, wollte sie sich nun der Holzdecke widmen.

Sie positionierte die Leiter und richtete den Strahl der Baulampe nach oben. Spinnweben und jede Menge Schmutz klebten am dunklen Holz und Jonna ekelte sich ein wenig. Ihre Fingerspitzen fuhren über das verspundete Holz und spürten jede Unebenheit. Dass sie bis jetzt noch nichts gefunden hatte, nagte an ihr. In einer Ecke waren zwei Bretter gelockert, so als hätte sich jemand daran zu schaffen gemacht. Ganz vorsichtig drückte Jonna das Holz nach unten und bemerkte, dass etwas Glitzerndes auf den Boden fiel. Sie stieg hastig von der Leiter herunter und kroch auf Knien auf dem Boden herum, bis sie das glitzernde Etwas endlich gefunden hatte. Ein silberner Ohrstecker, dessen Blütenblätter aus Strasssteinen bestanden.

Jonnas Hand zitterte leicht, als sie den Stecker genauer betrachtete. Würde sie am Ende doch recht behalten?

Sie eilte nach oben, leerte eine ihrer Schmuckschachteln und legte den Ohrstecker hinein. Dann schob sie die kleine Schachtel hinter den Schrank. Wenn schon paranoid, dann richtig, dachte sie mit einem Anflug von Sarkasmus und kehrte in den Keller zurück, um sich wieder der Deckenvertäfelung zu widmen. An einem der Bretter konnte sie leichte Einkerbungen fühlen, die man bei flüchtigem Hinsehen auch für die Maserung des Holzes hätte halten können. Jonna meinte, Buchstaben zu erkennen, war sich aber nicht sicher. Also versuchte sie, das Brett aus der Halterung zu lösen. Doch ihre Bemühungen waren vergebens.

Dann traf sie ein Geistesblitz, wie sie das Problem lösen könnte, und hastete nach oben. Sie schnappte sich einen Bleistift, riss einen Zettel aus dem Notizblock und eilte die

Treppe wieder hinunter. Es war mühsam, über Kopf zu malen, aber am Ende hatte es sich gelohnt. Geradeso lesbar erschien ein Name auf dem Papier – Maya.

War es das, was sie schon immer gedacht hatte?

Dieser Fund stützte ihren Verdacht und sie fragte sich, ob sie zur Polizei gehen sollte. Mit Markus brauchte sie nicht darüber zu sprechen, er würde sowieso alles kleinreden. Für weitere Informationen blieb ihr nur noch Ida, und so machte sie sich auf den kurzen Weg.

„Guten Morgen, Ida. Ich hoffe, ich störe nicht, aber mir brennen noch ein paar Fragen unter den Nägeln", rief Jonna ihrer Nachbarin zu, die gerade dabei war, die bunte Hühnerschar zu versorgen.

„Ach, du bist es." Ida wischte sich die Hände an ihrer Jacke ab. „Lust auf einen Kaffee?"

„Sehr gerne."

Jonna folgte Ida ins Haus und setzte sich mit ihr in die Küche.

„Ich weiß, ich hatte schon einmal danach gefragt, aber kannst du dich wirklich nicht an den Namen des toten Mädchens erinnern?"

„Nein, das liegt schon so viele Jahre zurück."

„Wer könnte ihn noch wissen?"

„Du gibst wohl nie auf, Kindchen", erwiderte Ida lächelnd.

„Nicht wirklich."

„Ich fürchte, ich kann dir nicht weiterhelfen", sagte Ida. „Warum willst du das überhaupt wissen? Lässt dir der Kellerraum keine Ruhe?"

Jonna lag es auf der Zunge, sich Ida anzuvertrauen, dennoch zögerte sie.

„Es ist nur so ein seltsames Gefühl."

„Manche Dinge sollte man ruhen lassen", seufzte Ida. „Ich kann doch sehen, dass es dir damit nicht gut geht."

„Wahrscheinlich hast du recht", erwiderte Jonna.

„Macht es euch schön in diesem tollen Haus", schwärmte

Ida. „Ihr habt euch diesen Traum erfüllt und müsst ihn nur noch genießen."

Jonna schluckte. Wenn Ida wüsste, wie schwer diese vermeintliche Idylle auf ihr lastete, würde sie diese Sätze ganz sicher nicht sagen.

„Was ist los? Du schaust immer noch so traurig drein."

„Entschuldige, ich war gerade mit meinen Gedanken woanders."

„Wenn ich dir irgendwie weiterhelfen kann ..."

Jonna verstand den Wink mit dem Zaunpfahl, Ida musste sich garantiert noch um das Federvieh kümmern. Sie verabschiedete sich von ihrer Nachbarin, doch der Weg führte sie nicht zurück. Stattdessen fand sie sich vor dem Haus wieder, in dem Ava wohnte. Avas Tochter tobte im Garten ausgelassen mit dem Hund und so drückte Jonna auf den Klingelknopf.

„Hey, was machst du denn hier?"

„Hast du einen Moment Zeit für mich?"

Ava zögerte einen Moment und bat Jonna schließlich ins Haus. „Setzen wir uns auf die Terrasse", sagte sie. „Damit ich Lisa im Auge behalten kann."

Als der Hund bemerkte, dass sich eine fremde Person auf dem eingezäunten Grundstück befand, kam er mit gesträubtem Nackenfell auf Jonna zugelaufen und knurrte.

„Aus!", befahl Ava und der Hund legte sich ihr zu Füßen.

„Der ist aber wachsam", merkte Jonna an.

„Das muss er auch, deswegen haben wir ihn extra ausgesucht", erwiderte Ava.

„Habt ihr keine Angst wegen Lisa?"

„Er ist extra dafür ausgebildet worden, um auf sie aufzupassen", erklärte Ava.

Ava schienen die Fragen unangenehm zu sein und Jonna fand, dass sie es mit ihrer Fürsorge Lisa gegenüber reichlich übertrieb. Aber wahrscheinlich würde sie es erst nachvollziehen können, wenn sie eigene Kinder hätte, und davon war sie so weit entfernt wie die Sonne vom Mond.

„Also, warum bist du hier?“ Avas fragender Blick streifte sie.

„Vor zwölf Jahren ist ein Mädchen im Wald tot aufgefunden worden“, sagte Jonna.

„Ja, das stimmt.“ Ava wirkte mit einem Mal abweisend.

„Kannst du dich an ihren Namen erinnern?“

„Warum willst du das wissen?“

„Weil es wichtig für mich ist“, antwortete Jonna.

„Ist es wegen Lasse und dem, was er gesagt hat?“, fragte Ava.

„Ja.“

„Ich werde meinen Vater anrufen, er hat bei der Suche mitgeholfen.“

„Danke, Ava.“

Das Telefongespräch dauerte nur zwei Minuten, dann kehrte Ava auf die Terrasse zurück.

„Das Mädchen hieß Lilly Norström“, sagte sie.

„Und dein Vater ist sich da wirklich sicher?“, hakte Jonna nach.

„Ja, denn er hat sie gefunden.“

„Oh …“

„Eine Frage hätte ich noch“, sagte Jonna.

„Ehrlich gesagt, spreche ich nur sehr ungern darüber“, sagte Ava. Bevor sie es sich anders überlegen konnte, legte Jonna nach.

„Sagt dir der Name Maya etwas?“

Ava richtete sich ruckartig auf. „Jonna, was soll das?“, rief sie aufgebracht.

„Deine Reaktion überrascht mich.“

„Maya Lund ist vor über zehn Jahren verschwunden und nie mehr aufgetaucht. Es war für uns alle bitter, dass ein weiteres Mädchen dem unbekannten Täter zum Opfer gefallen ist. Sind deine Fragen jetzt beantwortet?“

Allmählich schwante Jonna, warum Ava so besorgt um ihre Tochter war, dieser Fall musste tiefe Spuren hinterlassen haben. Sie hätte gern mit Ava darüber gesprochen und sich ihr anvertraut, spürte aber deutlich, dass sie eine Grenze überschritten hatte.

„Woher weißt du eigentlich von Maya?", fragte Ava.

„Von Ida", log sie. „Hat es einen Verdächtigen gegeben?"

„Jonna, ich mag dich wirklich sehr. Aber ich möchte dich jetzt bitten, zu gehen."

„Tut mir leid, Ava, ich wollte dir nicht zu nahe treten", entschuldigte sich Jonna.

„Bist du aber."

„Ich weiß."

Mit gesenktem Kopf verließ Jonna den Garten. Niemand konnte oder wollte ihr weiterhelfen und sie erinnerte sich an den Ratschlag von Thord, zur Polizei zu gehen. Markus würde sie die Sache verschweigen, schließlich wollte sie keinen neuen Ärger heraufbeschwören.

Nachdem sie zu Hause angekommen war, zog sie sich rasch um und fuhr ihren eingestaubten Wagen aus der Garage. Die Fahrt zur Behörde währte nur kurz und Jonna trug dort ihr Anliegen vor. Eine quälend lange Stunde ließ man sie warten, bis sie endlich aufgerufen wurde und einem behäbigen Mann ins Büro folgte.

„Worum geht es denn?", fragte er desinteressiert, sein müder Gesichtsausdruck sprach Bände.

„Es geht um das vermisste Mädchen, Maya ist ihr Name", sagte sie.

„Der Fall Lund liegt schon einige Jahre zurück", erwiderte er.

„Das stimmt, aber ich habe einige Dinge in unserem Haus gefunden, die darauf hindeuten, dass sie dort festgehalten worden sein könnte."

Der Beamte musterte sie über den Rand seiner Brille hinweg.

„Irrtum ausgeschlossen? Ich meine, wir haben damals jeden Stein in Svärdsjö umgedreht."

Er nahm das Anmeldeformular in die Hand und studierte Jonnas Angaben.

„Aus Stockholm hat es Sie also hierher verschlagen?"

„Ja."

„Und wie kommen Sie darauf, dass das Mädchen ausgerechnet in Ihrem Haus festgehalten wurde?"

In knappen Sätzen schilderte Jonna, was sie gefunden hatte.

„Einen Moment bitte."

Der Beamte tippte eifrig auf der Tastatur und heftete anschließend seinen Blick auf den Monitor. Mehrmals schüttelte er den Kopf.

„Haben Sie die Fundstücke dabei?"

„Nur den Ohrstecker."

Jonna schob die Schachtel über den Tisch und der Beamte öffnete diese.

„Maya Lund hat keine Ohrringe getragen", kommentierte er. „Ich werde trotzdem jemanden rausschicken, der sich das einmal genauer ansieht. Wir rufen vorher an."

„In Ordnung."

Jonna war verwirrt und hatte mehr Engagement erwartet.

„Tut mir leid, ich habe wirklich geglaubt, dass es ein Hinweis wäre."

„Das würde ich mir auch wünschen", erwiderte er. „Aber es macht wenig Sinn, sich Hoffnungen hinzugeben, die zu keinem Ergebnis führen. Unser Job ist schon frustrierend genug."

„Das kann ich gut verstehen. Ihnen noch einen schönen Tag."

Mit gemischten Gefühlen verließ sie die Behörde. Auf der einen Seite war sie froh, dass sie falschlag, aber auf der anderen …

Sie stieg in den Wagen und fuhr zurück. Bloß gut, dass sie Markus nicht eingeweiht hatte, das wäre neue Munition für ihn gewesen. Unschlüssig lief sie durch das Haus und wusste nichts mit sich anzufangen. Hatte sie sich tatsächlich so verrannt?

Um sich abzulenken, begann sie damit, wieder Ordnung im Haus zu schaffen. Genau das war die richtige Entscheidung gewesen, denn nur drei Stunden später stand ein Kriminaltechniker mit seinem Köfferchen vor der Tür.

„Das ging aber schnell“, begrüßte sie ihn.

„Man tut, was man kann“, antwortete er. „Wo muss ich hin?“

Jonna führte ihn nach unten.

„Das wäre der Raum.“

„Gut, dann werde ich mich gleich an die Arbeit machen.“

„Wie lange wird es ungefähr dauern?“, fragte sie.

„Ein bis zwei Stunden schätze ich.“

„Danke. Falls Sie etwas brauchen, ich bin oben.“

„Alles klar.“

Jonna war ungemein nervös. Wie ein aufgescheuchtes Huhn lief sie von Raum zu Raum, packte Sachen zur Seite und legte sie wieder zurück. Dann sortierte sie die Aktenordner im Arbeitszimmer von Markus und machte lauter unnütze Dinge, bis die Stufen der Kellertreppe knarrten und der Kriminaltechniker in der Tür erschien.

„Und? Haben Sie etwas finden können?“, fragte sie.

„Nach so vielen Jahren ist kaum noch etwas vorhanden, ich habe wenig Hoffnung.“

„Glauben Sie, dass jemand gegen seinen Willen hier festgehalten worden ist?“

Der Mann schüttelte seinen Kopf.

„Es gibt keinerlei Spuren, die darauf hindeuten. Die Buchstaben können alles Mögliche bedeuten.“

„Trotzdem danke, dass Sie sich herbemüht haben“, sagte sie.

„Kein Problem, es hätte ja durchaus sein können, dass ich etwas finde. Warten wir erst einmal die Laboruntersuchungen ab."

Sie verabschiedete ihn und blieb enttäuscht zurück. Eines stand jedenfalls fest – zur Hobbydetektivin reichte es definitiv nicht bei ihr.

KAPITEL EINUNDZWANZIG

Olofs Blick war auf den Monitor geheftet und er las sich noch einmal Zeile für Zeile durch, um auch ja keinen Rechtschreibfehler zu übersehen. Einige Wörter waren in roten Buchstaben geschrieben, um ihnen mehr Ausdruck zu verleihen.

Er hatte bereits das Papier in den Drucker geschoben und klickte auf Start. Der Drucker ratterte und der Stapel mit den Ausdrucken wuchs in Sekundenschnelle. Moderne Technik ist etwas Feines, dachte Olof, obwohl er sich anfangs damit schwergetan hatte. Jetzt musste er den Stapel Papier nur noch an Klara vorbei nach draußen schmuggeln und verteilen. Sein Fahrrad stand schon mit geöffneter Satteltasche bereit.

Nach dem Gespräch mit Smilla hatte er seine Pläne sofort in die Tat umgesetzt und sich an die Arbeit gemacht. Er hatte Mayas Entführung und den Tod von Lilly Norström nicht verhindern können, aber er würde dafür sorgen, dass so etwas nicht noch einmal passiert. Wenn unter den Einwohnern eine erhöhte Alarmbereitschaft herrschte, konnte einer weiteren möglichen Straftat vielleicht der Riegel vorgeschoben werden. Zumindest hoffte er das. Mit Sicherheit würde er auch auf Unverständnis stoßen, aber das nahm er in Kauf. Den Gedanken an Klara blendete aus. Sie würde ihm ordentlich die Leviten lesen, sobald sie auch nur ein Sterbenswörtchen davon erfahren würde.

Olof schnappte sich den Stapel mit den Flyern und benutzte den Hinterausgang, um sich klammheimlich aus dem Staub zu machen. Er hatte eine Liste der infrage kommenden Familien dabei, die er abarbeiten wollte. Nach und nach klapperte er die Adressen ab und hatte nach drei Stunden sein Werk vollendet. Total ausgepowert, aber zufrieden kehrte er nach Hause zurück.

„Olof, wo bist du gewesen?“, schimpfte Klara, als er das Haus betrat. „Jetzt ist das Essen kalt.“

„Habe ich dir nicht Bescheid gegeben?“

Er setzte den Blick eines reumütigen Sünders auf und hoffte, dass Klara darüber hinwegsehen würde.

„Nein“, kam es frostig zurück. „Dein Teller steht auf dem Tisch.“

„Danke.“

Die kalte Suppe war jetzt wirklich kein Hochgenuss, aber er hatte einen Bärenhunger. Plötzlich erschien Klara mit einem vor Zorn gerötetem Gesicht in der Tür.

„So, so, das war also der Grund für dein heimliches Verschwinden am Vormittag.“ Sie schwenkte eines der Flugblätter in der Hand.

„Steht da etwa mein Name darauf?“, brummte Olof.

„Nein, das ist gar nicht nötig. Ich bin mir zu einhundert Prozent sicher, dass du das verzapft hast."

„Klara, ich …"

„Was?" Sie funkelte ihn wütend an. „Hast du überhaupt eine Ahnung, wie peinlich mir das alles ist?"

„Ich habe es nicht grundlos getan, das müsstest du doch wissen", rechtfertigte er sich.

„Die Leute tuscheln schon hinter meinem Rücken", fuhr sie fort.

„Na und, lass sie reden", erwiderte er schulterzuckend.

„Olof, es verletzt mich, wenn jeder in Svärdsjö behauptet, dass du mit dem Ruhestand nicht umgehen kannst."

„Ich bezweifle, dass jeder so etwas sagen wird", konterte er.

„Du willst mich einfach nicht verstehen, stimmt's?"

Er stand auf und nahm Klara in den Arm.

„Die Enkeltochter von Smilla ist von einem Mann beobachtet worden und ich musste handeln."

„Ach Olof." Sie strich ihm liebevoll durchs Haar. „Was habe ich mir nur für einen verrückten Kerl geangelt", seufzte sie.

„Es ist schön, dass du nicht mehr wütend auf mich bist", raunte er.

„Ich werde mir noch eine Strafe ausdenken, wie tägliches Rasenmähen oder ähnlich zermürbende Tätigkeiten."

„Damit kann ich leben", antwortete er.

„Freue dich nicht zu früh, ich kann unerbittlich sein."

„Wer wüsste das nicht besser als ich."

Klara kniff ihn lächelnd in die Wange, der Hausfrieden war wiederhergestellt.

KAPITEL ZWEIUNDZWANZIG

Maya leckte sich mit der Zunge über die spröden Lippen. Das Fieber war zurückgekehrt, ebenso die starken Schmerzen. Ihr Gesicht war stark geschwollen und ein Augenlid konnte sie nicht mehr öffnen. John hatte sich zwei lange Tage nicht blicken lassen. Ihr Kopf dröhnte und das Hungergefühl vernebelte ihr die Sinne.

Sie hatte Stunden mit der Entscheidung gerungen, ihrem Leben ein Ende zu setzen. Aber letztlich war sie nicht mutig genug gewesen, um es durchzuziehen. Das Heimweh nagte an ihrem Herzen, aber sie hatte keinen Tränen mehr, um ihrem Kummer Ausdruck zu verleihen. Die Zeit verstrich und Maya wartete vergebens auf John. Einerseits fürchtete sie sich vor ihm, andererseits war es grauenvoll, wenn niemand nach ihr sah.

Ob er sie hier unten in dem Verlies verrotten lassen würde? Dabei hatte sie noch so viele Träume gehabt. Sie wollte nach der Schule unbedingt studieren, viel reisen und ein schönes Leben führen. Würde davon je etwas wahr werden? Oder war der Tod ihr vorbestimmt?

Sie wurde jäh aus ihren Gedanken gerissen, als der Schlüssel im Schloss kratzte. John! Panik machte sich breit und Maya drückte sich wie üblich in die hinterste Ecke. Würde sie wiederholt seine harten Fäuste zu spüren bekommen?

„Na, bist du endlich zur Besinnung gekommen?“, fragte er mit einem spöttischen Gesichtsausdruck.

Dieser Mann hatte kein Gewissen, so wie er sich an ihrer Qual ergötzte. Er kam sich wohl groß und stark vor, weil er eine Sechzehnjährige ordentlich vermöbelt hatte. Die Verachtung John gegenüber nährte ihren Hass und sie begriff, dass dieser Mann zu wahren Gefühlen niemals fähig sein würde. Im Grunde genommen konnte man John nur Mitleid entgegenbringen. Wenn überhaupt.

„Warum starrst du mich so an? Haben dir die Prügel nicht gereicht?“

Maya musste sich beherrschen, um nicht ausfällig zu werden. Jede Menge Schimpfwörter lagen auf ihrer Zunge, die sie ihm nur zu gern entgegengeschleudert hätte.

John öffnete seinen Rucksack und holte eine Dose Ravioli hervor, deren Inhalt er in eine Plastikschüssel schüttete.

„Teil dir das ein, mehr gibt es nicht.“

Sie sagte noch immer keinen Mucks. Der Geruch des Essens machte sie fast wahnsinnig und sie hätte ihm am liebsten die Schüssel aus der Hand gerissen. Aber sie musste sich beherrschen, auch wenn es eine Menge Überwindung kostete. Geduldig wartete sie ab, bis er die Sachen wieder zusammengepackt hatte und wortlos den Raum verließ.

Ausgehungert stürzte sie sich auf die Ravioli und schlang das Essen hinunter. Nie hatte eine Mahlzeit köstlicher geschmeckt. Maya mochte eigentlich keine Fertiggerichte, weil ihre Mutter täglich frische Mahlzeiten zubereitete. Aber heute kam es einem Festmahl gleich.

Nur wenige Minuten später lag sie auf der Matratze und wand sich unter Schmerzen. Ihr Bauch war aufgebläht, weil sie die Ravioli nicht vertragen hatte.

„Ich mach dich fertig, John, ich mach dich fertig …“, murmelte sie.

Sie hatte es so satt, sich von diesem Mann quälen zu lassen, und brach den Plastiklöffel in der Mitte entzwei. Er splitterte und dadurch entstand eine messerscharfe Kante, mit der sie John verletzen konnte. Er sollte für immer gezeichnet sein. Was er danach mit ihr anstellen würde, war ihr egal. Sie hatte keine Kraft mehr. Ihr Name war in das Holz geritzt, der Ohrstecker in einem Spalt versteckt. Mit etwas Glück würde jemand diese Zeichen finden, schließlich starb die Hoffnung zuletzt.

Am nächsten Morgen konnte sie es kaum erwarten, John zu sehen. Sie hatte sich einen Plan ausgedacht und den zersplitterten Löffel in ihrem Ärmel verborgen. Nur wenig später war es endlich so weit. John öffnete die Tür und warf ihr ein kleines Päckchen vor die Füße.

„Zwei Sandwiches“, knurrte er. „Ab morgen ist wieder Schmalkost angesagt, bis du endlich begriffen hast, dass du gehorsam sein musst.“

Maya erwiderte nichts. Ihre Finger waren feucht und sie befürchtete, dass ihr der Plastiklöffel aus der Hand rutschen könnte. Angespannt wartete sie auf den richtigen Moment und ihr Herz schlug hart gegen die Rippenbögen.

Genau in dem Augenblick, in dem John den Rucksack

schulterte, sprang sie auf und holte aus, um ihm den Löffelstiel ins Auge zu rammen. Aber er war schneller und ergriff ihr Handgelenk, sodass der messerscharfe Stiel ihm nur einen Schnitt an der Wange verpasste. Er schrie auf und als er das Blut auf seinen Fingerspitzen sah, rastete er aus.

Er packte Maya und schleuderte sie in eine Ecke. Der Aufprall war hart und sie stöhnte. Während John mit der blutenden Wunde beschäftigt war, nutzte Maya die Gunst der Stunde. Mit einem Satz war sie an der Tür und hetzte durch den Keller die Stufen nach oben. Sie hatte die Eingangstür schon fast erreicht, als sie von John zurückgerissen wurde.

„Nein, nein, nein, so helft mir doch", kreischte sie und schlug wild um sich.

Aber Johns Griff war unerbittlich und er schleifte sie zurück in das dunkle Verlies.

„Das wird noch Folgen haben, verlass dich drauf", brüllte er und ließ sie achtlos auf den Boden fallen. Dann trat er zu, wieder und wieder und Maya schnappte vor Entsetzen nach Luft.

Bitte, bitte, ich will noch nicht sterben, flehte sie und spürte, wie das Leben aus ihrem Körper wich. Die alten Wunden waren noch nicht verheilt, da fügte John ihr neue zu. Als sie sich übergeben musste, ließ er endlich von ihr ab. Er schlug die Tür zu und überließ Maya ihrem Schicksal. Wimmernd blieb sie auf dem kalten Boden liegen. Sie war zu nichts mehr fähig und wartete nur noch darauf, dass es endlich vorbei wäre.

KAPITEL DREIUNDZWANZIG

Jonna hatte noch einmal den Weg auf sich genommen und war zur Polizeibehörde gefahren, wo man ihr schließlich mitgeteilt hatte, dass keinerlei verwertbare Spuren gefunden worden waren. Trotz allem hatte sie gehofft, dass der Fall vielleicht neu aufgerollt werden würde, und der Stachel der Ernüchterung saß tief.

Die gesamte Situation war sehr frustrierend, denn Jonna hing in einer Art Schwebezustand fest. Sie konnte weder die Zukunft planen, weil sie noch nicht wusste, wie es mit ihrer Ehe weitergehen würde, noch Gedanken und Zeit in anderweitige Pläne stecken. Ein neuer Job würde ihr garantiert eine Perspektive bieten, um das seelische Tief zu überwinden.

Es klingelte und als Jonna öffnete, stand Ava überraschend vor der Haustür.

„Schön, dass du vorbeigekommen bist“, freute sich Jonna.

„Ich wollte nur mal schauen, wie es dir geht“, antwortete Ava und überreichte ihr einen Strauß Blumen. „Aus unserem Garten.“

„Danke, er duftet wunderbar.“ Jonna stellte die Vase mit den Sommerblumen auf den Küchentisch. „Setz dich doch“, sagte sie.

„Ich will nicht lange um den heißen Brei herumreden. Eine Nachbarin hat erzählt, dass jemand von der Polizeibehörde bei dir gewesen ist.“

„Ja, das stimmt.“

„Was hat er gewollt?“

„Er hat den Kellerraum auf Spuren untersucht“, erklärte Jonna vorsichtig, weil sie wusste, wie Ava beim letzten Gespräch reagiert hatte.

„Hat er etwas gefunden?“

„Nein.“ Jonna beugte sich nach vorn. „Es wäre nett, wenn du die Sache meinem Mann gegenüber nicht erwähnen würdest.“

„Nein, keine Sorge, ich bin ihm ja noch nicht begegnet.“

„Danke. Er ist ein wenig verärgert darüber, dass ich wegen des zugemauerten Raumes so einen Aufstand gemacht habe.“

„Ich kann dich verstehen, ich hätte wahrscheinlich genauso gehandelt. Es gibt viel zu viel Unheil auf dieser Welt.“

„Ja, leider.“

„Dürfte ich mir den Raum einmal anschauen?“, bat Ava.

„Klar, wenn du möchtest, warum nicht.“

Jonna schloss die Tür zum Keller auf und sie stiegen die Stufen hinunter.

„Ziemlich unheimlich hier unten“, murmelte Ava und ließ

ihren Blick schweifen. „Warum die Berggrens diesen Raum wohl zugemauert haben?“

„Das habe ich mich auch gefragt“, antwortete sie.

„Aber es sieht nicht danach aus, dass hier jemand gegen seinen Willen festgehalten wurde.“

„Stimmt.“

„Immerhin ist die Sache jetzt geklärt und es kann wieder Ruhe einkehren. Lass uns wieder nach oben gehen.“

Sie setzten sich wieder an den Küchentisch.

„Hast du den Ohrstecker noch?“

„Nein, den hat die Polizei einbehalten.“

„Schade.“

„Aber ich habe ein Foto gemacht.“ Jonna wischte über das Display ihres Smartphones und zeigte Ava die Aufnahme. „Hier ist es.“

Ava versteifte sich augenblicklich. „Und du hast den Ohrstecker wirklich hier im Haus gefunden?“, hakte sie nochmals nach.

„Ja, er ist aus einem Spalt in der Holzdecke gefallen.“

„Was sagt die Polizei dazu?“

„Dass Maya keine Ohrringe getragen hat“, erwiderte Jonna.

„Mehr nicht?“

„Nein. Ist alles in Ordnung mit dir?“

Jonna war Avas Wandlung nicht entgangen.

„Ja, alles okay.“ Ava stand hastig auf. „Du, es war nett, mit dir zu reden. Aber jetzt muss ich los.“

„Warte, ich bringe dich zur Tür.“

„Nein, nein, ich finde schon allein hinaus.“

Jonna wunderte sich über den fluchtartigen Aufbruch. Hatte ihre Reaktion etwas mit dem Ohrstecker zu tun? Am liebsten wäre sie Ava gefolgt, um sie zur Rede zu stellen. Aber wahrscheinlich wäre sie ihr wieder ausgewichen. Irgendetwas stimmte nicht, das konnte sie deutlich fühlen.

Ava hatte ihre Neugier wieder angestachelt und sie suchte

das Arbeitszimmer auf, um den Ordner vom Hauskauf aus dem Regal zu nehmen. Sie blätterte darin herum, bis sie den Vertrag gefunden hatte, und suchte die Adresse des ehemaligen Eigentümers heraus. Sie hatte sich so gut wie gar nicht damit befasst und Markus sämtliche Formalitäten überlassen. Beim Blick auf die Anschrift des Vorbesitzers lief es ihr eiskalt den Rücken herunter. Warum hatte Markus ihr das verschwiegen?

Sven Berggren hatte den Verkauf abgewickelt und wohnte nur wenige Straßen von ihrer damaligen Adresse in Stockholm entfernt. Sie waren quasi Nachbarn gewesen, ohne voneinander zu wissen. Im Nachhinein ärgerte sich Jonna, Markus alles überlassen zu haben. Sie hatte den Vertrag unterschrieben, ohne ihn sich ein einziges Mal durchzulesen. Ein großer Fehler, wie sich jetzt herausstellte.

Sie fasste einen Entschluss und holte den Trolley aus der Abstellkammer. Hastig warf sie einige Kleidungsstücke und Kosmetikartikel hinein und zurrte den Reißverschluss zu. Dann buchte sie sich ein Hotelzimmer, tauschte die legere Sporthose gegen eine modern geschnittene Jeans und verließ mit dem Reisegepäck das Haus.

Es war an der Zeit, Antworten auf all die drängenden Fragen zu fordern. Avas merkwürdiges Verhalten, Mayas Verschwinden und die seltsame Behauptung von Lasse. Irgendetwas musste an der Sache dran sein. Aber der ausschlaggebendste Punkt war, dass es sie förmlich zurück nach Stockholm zog. Diese Reise war eine willkommene Abwechslung in dieser für sie so tristen Zeit und sie wünschte sich nichts sehnlicher, als an ihr altes Leben wieder anknüpfen zu können.

Der Motor ihres Volvos heulte auf, dann rollte der Wagen die Einfahrt hinunter. Stockholm, ich komme, jubelte Jonna und konnte es kaum erwarten, wieder ein Teil des pulsierenden Stadtlebens zu sein.

Nach einer anstrengenden Fahrt hatte Jonna Stockholm erreicht und war in ihrem Hotelzimmer eingecheckt. Das Rauschen des Verkehres drang zu ihr herauf und sie konnte den Pulsschlag der Stadt fühlen. Nachdem sie den Koffer ausgepackt und die Kosmetikartikel im Badezimmer aufgereiht hatte, legte sie sich aufs Bett, um sich eine Strategie zu überlegen, wie sie Sven Berggren am besten begegnen sollte.

Ob er überhaupt mit ihr sprechen würde?

Sie beschloss, mit dem Wagen in ihr altes Viertel zu fahren und die Straßen zu durchstreifen. Sie sog die vertrauten Eindrücke in sich auf und wie von selbst steuerte sie ihre Schritte bis zu dem Haus, in dem sie jahrelang gelebt hatte. Sehnsüchtig wanderte ihr Blick die Fassade hinauf zu den Fenstern ihrer alten Wohnung. Die neuen Bewohner waren bereits eingezogen, was Jonna zutiefst bedauerte. Nur zu gern hätte sie den Verkauf rückgängig gemacht, um sich in ihrem alten Nest wieder behaglich einzurichten.

Mit einem traurigen Gefühl drehte sie sich um und lief die Straßen entlang, bis sie das Haus von Sven Berggren erreicht hatte. Sein Name stand auf dem Schild und wie fremdgesteuert drückte sie auf den Klingelknopf. Erschrocken zog sie ihre Hand zurück.

„Hallo, wer ist da?“, erklang der tiefe Bass einer Männerstimme.

„Ich … äh …“, stammelte sie.

„Worum geht es denn?“

„Wir haben Ihr Haus gekauft“, antwortete sie.

„Und was wollen Sie jetzt von mir?“ Seine Stimme klang plötzlich abweisend.

„Ich hätte da noch ein paar Fragen …“

„Und die hätten Sie mir nicht schriftlich oder am Telefon stellen können?“, unterbrach er sie.

„Ich war gerade in der Nähe und dachte ..." Ihre Stimme erstarb.

„Okay, wo Sie nun schon einmal hier sind, können Sie mir auch die Fragen persönlich stellen."

Der Summer ertönte und die Tür sprang mit einem leisen Klicken auf. Jonna lief in die zweite Etage und war sich mit einem Mal gar nicht mehr so sicher, ob sie das Richtige tat. Aber Sven Berggren stand bereits in der Tür und sie betrat mit einem Unwohlsein die Wohnung. Nein, sie wollte ihn keinesfalls vorverurteilen, aber alles in ihr sträubte sich, ihn als einen unschuldigen Menschen anzusehen.

„Bitte, setzen Sie sich doch", sagte er und deutete auf die Sitzgruppe, die vor der Fensterfront stand.

„Danke."

Sie kam seiner Aufforderung nach und schaute sich verstohlen um. Nirgendwo standen Familienfotos und das Mobiliar war sehr zweckmäßig gehalten. Sven Berggren schien demnach ein Single zu sein. Er war höflich und zuvorkommend und ein eher schüchternes Lächeln umspielte seine Lippen. Er sah überhaupt nicht wie ein Mörder oder Vergewaltiger aus. Aber sie durfte sich nicht täuschen lassen und musste auf der Hut sein. Seine Gestik und Mimik konnten wie bei einem Soziopathen einstudiert sein. Alles war möglich.

„Also, worum geht es? Sind Probleme bei den Renovierungsarbeiten aufgetaucht?" Er hatte sich nach vorn gebeugt, um Interesse zu bekunden.

„Nein, nicht direkt", erwiderte sie und ärgerte sich im Nachhinein über ihre vorschnelle Entscheidung. Hoffentlich verlor sie nicht den roten Faden. „Es geht um den Kellerraum."

Sven Berggren zog fragend die Brauen zusammen. „Welchen Kellerraum meinen Sie?"

„Den zugemauerten."

So, nun war es raus und sie forschte aufmerksam in seinem Gesicht.

„Ich verstehe nicht ganz ..."

„Der letzte Raum auf der linken Seite ist abgeteilt und gänzlich zugemauert worden?"

„Das kann nicht sein", entgegnete er kopfschüttelnd.

Jonna kramte ihr Smartphone aus der Tasche und zeigte ihm das Foto.

„Merkwürdig. Allerdings muss ich bekennen, seit Jahren das Haus nicht mehr betreten zu haben."

„Dann wissen Sie also nicht, wer die Mauer hochgezogen hat?", fragte sie.

„Nein, darüber kann ich Ihnen keine Auskunft geben. Außerdem ergibt es absolut keinen Sinn, den Raum auf diese Weise zu teilen", erklärte er. „War der Raum ohne einen Zugang zugemauert?"

„Genau, und ich wollte von Ihnen wissen, warum das so war. Vielleicht hatte es einen Zweck."

„Ich wüsste keinen Zweck, der so eine unsinnige Baumaßnahme rechtfertigt."

Jonna beschloss, aufs Ganze zu gehen.

„Außerdem habe ich einen Ohrstecker in der Deckenvertäfelung gefunden und in das Holz war der Name Maya eingeritzt. Sie ist vor genau zehn Jahren verschwunden."

Sven Berggrens Adamsapfel hüpfte nervös auf und ab. „Was wollen Sie mir damit unterstellen?" Seine Stimme hatte einen frostigen Tonfall angenommen.

„Nichts, ich hatte nur auf Informationen gehofft."

„Aha."

Jonna fühlte sich unbehaglich.

„Tut mir leid, wenn ich Ihnen zu nahe getreten bin. Ich wollte nur das Rätsel um diesen Raum lösen, mehr nicht."

„Schon in Ordnung", erwiderte er. „Ich habe mich in diesem Haus nie sonderlich wohlgefühlt, was vielleicht auch an der problematischen Beziehung zu meinen Eltern gelegen hat."

Jonna hob ihren Blick. „Wenn ich ehrlich bin, dann fühle ich mich in diesem Haus genauso unwohl", gestand sie ihm.

„Warum haben Sie es dann gekauft?"

„Weil mein Mann von der Immobilie sehr angetan war."

„Nachgeben kann niemals gut sein", erwiderte er.

„So weit bin ich inzwischen auch, mein Herz gehört nach Stockholm."

„Sie haben vorher in Stockholm gewohnt?", erkundigte er sich.

„Ja", lächelte sie. „Im gleichen Viertel."

„Was für ein Zufall. Darauf müssen wir einen Schluck trinken", sagte er. „Rotwein?"

„Dann muss ich den Wagen stehen lassen und mit dem Taxi zum Hotel zurückfahren."

„Kein Problem, ich kann Ihnen ein Taxi rufen."

„Also gut, warum nicht. Ein Glas wird nicht schaden."

Doch sie bereute ihre Antwort sofort. Sven Berggren konnte ihr alles Mögliche ins Glas schütten.

„Hier, bitteschön." Er reichte ihr das Glas. „Skål."

„Skål."

Die Gläser klirrten leise, als sie anstießen. Das süßliche Aroma lag schwer auf Jonnas Zunge und weil sie noch nichts gegessen hatte, spürte sie sofort, wie ihr der Alkohol zu Kopf stieg.

„Den Wein habe ich von einer Kollegin zum Geburtstag geschenkt bekommen und seitdem steht die Flasche in der Küche herum", erklärte Sven Berggren. „Nun habe ich unbeabsichtigt das Problem des Staubfängers gelöst", lachte er.

Jonna erinnerte sich an Idas Worte. Sie hatte behauptet, dass Sven Berggren ein schwieriger Mensch sein musste, aber er wurde Jonna mit jedem Schluck sympathischer. Wahrscheinlich lag das am Wein.

„Und wie gefällt Ihnen Svärdsjö?", erkundigte er sich.

„Eine sehr schöne Stadt, idyllisch am See gelegen", antwortete sie.

„Ja, für Urlauber ist es ein ganz fantastisches Plätzchen", ergänzte er.

„Sie können anscheinend meine Gedanken lesen."

Jonnas Unbehaglichkeit hatte sich in Wohlgefallen aufgelöst. Sven und sie plauderten unverfänglich über Svärdsjö und seine Bewohner.

„Sie wirken gar nicht so, wie Ida Sie mir beschrieben hat."

Der Alkohol hatte ihre Zunge gelöst und Svens Blick gefror.

„Ida", sagte er nur.

„Entschuldigen Sie, falls ich einen wunden Punkt getroffen habe."

„Ach was, das alles ist längst vorbei. Meine rebellische Zeit liegt hinter mir", winkte er ab. „Ich habe sehr unter meinem tyrannischen Vater gelitten und daran ist wahrscheinlich auch die Freundschaft zu Thord, Idas Sohn, zerbrochen. Haben Sie ihn schon kennengelernt?"

„Ja, das habe ich. Er hat mir bei einem Sturmschaden geholfen."

„Sehr nobel. Früher haben uns die Touristen für Brüder gehalten, wegen der äußerlichen Ähnlichkeit", erklärte er.

Jonna kniff die Augen zusammen, um Sven Berggren genauer betrachten zu können.

„Sie haben recht, das kastanienbraune Haar, die blauen Augen und die kantige Gesichtsform", stimmte sie ihm zu und schaute kurz auf die Uhr. „Meine Güte, es ist gleich Mitternacht", rief sie und sprang auf. „So lange wollte ich eigentlich nicht bleiben."

„Keine Sorge, es war sehr angenehm, sich mit Ihnen zu unterhalten." Er begleitete sie zur Tür. „Es wäre schön, wenn Sie mich auf dem Laufenden halten, was diesen mysteriösen Raum betrifft. Das Taxi müsste in wenigen Minuten da sein."

„Danke, dass Sie daran gedacht haben."

Sie verabschiedete sich von ihm und eilte die Stufen hinunter. Sven Berggren war ein sehr angenehmer Gesprächspartner gewesen und sie hätte nie gedacht, dass sie so lange bleiben würde. Sie fühlte sich ein wenig beschwipst, als sie nach draußen trat. Um sie herum herrschte eine spannungsgeladene Atmosphäre und die soeben noch empfundene Leichtigkeit löste sich in Sekundenschnelle in Luft auf. Nun lag wieder eine gewisse Schwere auf ihr, die sie auf eine seltsame Art und Weise niederdrückte.

Das Taxi ließ auf sich warten und sie schritt nervös auf und ab. Immer wieder schaute sie zu den Fenstern hinauf, hinter denen Sven Berggren wohnte, aber er hatte inzwischen das Licht gelöscht. War er es, der sie beobachtete?

Fröstelnd zog sie die Schultern hoch. Mittlerweile war eine Viertelstunde vergangen, ohne dass ein Taxi eingetroffen war. Hatte Berggren überhaupt angerufen? Ihre innere Unruhe steigerte sich und es erschien ihr sinnlos, noch länger zu warten. Vielleicht konnte sie ja von unterwegs aus ein Taxi bestellen.

Ihre Schritte hallten über das Pflaster, als sie davoneilte. Früher hatte sie nie unter derartigen Ängsten gelitten, die jetzt wie aus dem Nichts kamen, um sie hinterrücks zu überfallen. Das Viertel, in dem sie gewohnt hatte, gehörte zu den ruhigeren und um diese Uhrzeit waren die Gehwege meist leer gefegt. Das bunte Nachtleben fand an anderen Orten statt.

Immer wieder drehte sich Jonna um, weil sie sich verfolgt fühlte. Aber keine Menschenseele war zu sehen. Was versetzte sie so dermaßen in Aufruhr? Ihr Atem ging stoßweise, als sie um eine Häuserecke bog. Sie lehnte sich kurz an eine Wand, dann hastete sie weiter. Nicht mehr lange, und sie würde die belebteren Straßenzüge erreichen. Sie hatte diesen Gedanken kaum zu Ende gedacht, als sie den Hall von schnellen Schritten hinter sich vernahm. Zufall oder Absicht?

Sie warf einen verunsicherten Blick zurück und sah einen Mann, der sich an ihre Fersen geheftet hatte. Ein Basecap verdeckte sein Gesicht und er schritt mit gesenktem Kopf zügig voran.

Lauf!, rief ihre innere Stimme und Jonna erhöhte das Tempo.

Doch sie konnte nicht verhindern, dass der Vorsprung schrumpfte und ihr wurde immer mulmiger zumute. Jetzt gab es für sie kein Halten mehr und sie rannte, so schnell sie konnte, zur nächsten Kreuzung. Ein Taxi stand direkt vor der Ampel und sie riss hektisch die Tür des Fahrzeuges auf.

„Darf ich einsteigen?“

„Sehr gern, ich habe meine Kunden gerade abgesetzt“, nickte ihr der Fahrer zu.

Jonna ließ sich auf das weiche Polster sinken und nannte ihm die Adresse des Hotels. Sie atmete erleichtert auf und schaute aus dem Seitenfenster. Der Mann, der eben noch hinter ihr gewesen war, schien wie vom Erdboden verschluckt.

Sie ließ sich bis zum Hotel chauffieren und eilte die Stufen zu ihrem Zimmer hinauf. Was für ein verrückter Tag. Erst jetzt kam sie dazu, die eingegangenen Nachrichten zu checken. Markus. Sie hatte ihn völlig vergessen und wählte umgehend seine Nummer.

„Jonna verdammt, wo steckst du?“, murmelte er schlaftrunken.

„In Stockholm“, antwortete sie und fragte sich, woher er von ihrer Abwesenheit wusste.

„Ich bin extra einen Tag eher von der Dienstreise zurückgekommen, um dich zu überraschen. Warum bist du ohne ein Wort weggefahren und reagierst auf keinen meiner Anrufe?“

Hm, was sollte sie ihm darauf antworten? Die Wahrheit?

„Tut mir leid, ich habe mein Smartphone auf stumm geschaltet. Du hast dich doch sowieso kaum gemeldet.“

„Ich hatte zu tun“, rechtfertige er sich.

„Schon klar.“

„Was soll dieser sarkastische Unterton?“

„Markus, ich bin dir keine Rechenschaft schuldig. Ich fühle mich einsam in Svärdsjö und es hat mich nach Stockholm zurückgezogen. Außerdem kannst du nicht erwarten, dass ich dir über jeden meiner Schritte berichte, während du dir sämtliche Freiheiten herausnimmst.“

„Ich muss Geld verdienen“, antwortete er.

„Jetzt jammere nicht herum. Ich war von Anfang an gegen den Kauf des Hauses, also schiebe mir bitte nicht die Schuld in die Schuhe.“

„Warum müssen unsere Gespräche immer in einem Streit enden? Kannst du dich nicht einmal zusammenreißen?“

„Ich soll mich zusammenreißen? Du bist doch dafür verantwortlich, dass alles im Chaos versinkt. Du kündigst ohne meine Zustimmung Ingmar und Lasse und bist nie anwesend, wenn Probleme auftauchen.“

„Welche Probleme? Die du dir herbeifantasierst?“

„Markus, es hat keinen Zweck, mit dir darüber zu diskutieren. Außerdem bin ich müde.“

Sie beendete das Gespräch und schaltete das Smartphone aus. Für heute hatte sie definitiv genug.

KAPITEL VIERUNDZWANZIG

Olof hatte es nicht länger zu Hause ausgehalten und war mit dem Fahrrad in Richtung Behörde unterwegs. Die Flyer waren der totale Reinfall gewesen, weil ihn die meisten Einwohner für verrückt erklärt hatten. Der Schuss war bedauerlicherweise nach hinten losgegangen.

Er lehnte sein Rad an die Mauer und trat ein. „Na Jungs, was gibt es Neues?“, fragte er. „Ich war gerade in der Nähe und wollte einmal vorbeischauen.“

Sein Nachfolger, Arwed Holm, zeigte wenig Begeisterung, wenn Olof unangekündigt in der Behörde auftauchte. Kaja hingegen setzte ein fröhliches Lächeln auf.

„Schön, dich zu sehen“, begrüßte sie ihn.

Genau in diesem Moment kam Karsten aus dem Archiv, um sich einen Kaffee am Automaten zu ziehen.

„Na, was treibt dich zu uns?“, fragte er.

„Du kennst doch den Grund“, raunte er Karsten zu. „Gibt es Neuigkeiten?“

Sein ehemaliger Kollege nickte überraschend. „Aber ich halte das Ganze für zu weit hergeholt“, sagte er.

„Nun komm schon, raus mit der Sprache“, drängte Olof.

„Das Haus der Berggrens hat doch den Besitzer gewechselt und die junge Frau, die dort eingezogen ist, hat …“

Weiter kam Karsten nicht, weil sein Vorgesetzter mitten in das Gespräch platzte.

„Verdammt, kannst du nicht einmal deinen Mund halten? Ich will dich sofort in meinem Büro sehen“, fuhr Arwed Karsten an. Dann wandte er sich an Olof. „Und du bist raus aus dem Geschäft, akzeptiere das endlich.“

„Hat der immer so schlechte Laune?“, fragte Olof, als Arwed und Karsten im Büro verschwunden waren.

„Fast immer“, antwortete Kaja.

„Was ist eigentlich los?“

„Das musst du die junge Frau fragen, ich darf nichts sagen.“

„Schon in Ordnung“, brummte Olof. „Dir noch einen schönen Tag.“

Draußen vor der Tür hätte sich Olof am liebsten die Haare gerauft. Er war so kurz davor gewesen, die Neuigkeiten zu erfahren, und stand nun wieder mit leeren Händen da. Er schob resigniert sein Rad den Gehweg entlang, bis er aufstieg und durch die Straßen von Svärdsjö fuhr. Vor dem ehemaligen Haus der Berggrens kam er zum Stehen.

Sollte er? Oder sollte er nicht?

Er gab sich einen Ruck, lehnte sein Rad an den Zaun und drückte mehrmals auf den Klingelknopf. Aber alles blieb still. Er umrundete das Haus in der Hoffnung, die junge Frau vielleicht im Garten zu sehen.

„Hallo?“

Keine Antwort.

Enttäuscht wandte er sich ab, heute war einfach nicht sein Tag. Warum musste Arwed, dieser bornierte Hornochse, auch ausgerechnet in dem Moment sein Büro verlassen, als Karsten ihm die Neuigkeiten stecken wollte? Und nun war niemand da, den er hätte fragen können.

Olof spürte, wie es vor lauter Aufregung in seinen Fingerspitzen kribbelte. Er ging zur Hintertür und drückte die Klinke herunter. Hausfriedensbruch – na und? Hinter diesen Türen musste etwas verborgen liegen, sonst hätte sich die junge Frau nicht an die Polizei gewandt.

„Olof? Was machst du denn da?“

Ida, verdammt. Mit einem zuckersüßen Lächeln drehte er sich zu ihr um.

„Hej, hej, Ida, schön dich zu sehen.“

Er staunte, wie leicht ihm diese Lüge über die Lippen gekommen war. Normalerweise hatte er ein Problem damit, denn er verabscheute Unaufrichtigkeit.

„Jonna ist verreist, ich habe sie mit einem kleinen Koffer zum Wagen gehen sehen.“

„Wie ärgerlich“, erwiderte er.

„Was wolltest du denn von ihr?“

So ein neugieriges Weibsbild, dachte er, machte aber gute Miene zum bösen Spiel. Vielleicht wusste sie ja mehr.

„Sie soll bei der Polizei gewesen sein.“

„Ach ja? Das wusste ich nicht.“

Schade. Dabei hätte er sein teures Fahrrad darauf verwettet, dass sie ihre Nase auch in die Belange der Nachbarin gesteckt hatte.

„Na ja, kann man nichts machen“, sagte er. „Du weißt nicht zufällig, wann diese Jonna wieder zurückkommt?“

„Nein, tut mir leid, ich bin schließlich nicht ihre Babysitterin.“

Olof verschluckte sich und musste husten. Ida klopfte

ihm kräftig auf den Rücken. Meine Güte, beinahe wäre ihm ein ziemlich unangebrachter Satz herausgerutscht.

„Geht's wieder?"

„Ja, ja, danke."

„Es könnte durchaus sein, dass sich heute Abend Jonnas Göttergatte wieder blicken lässt." Sie zwinkerte Olof zu. „Mit der Ehe scheint es nicht zum Besten zu stehen."

Oh Ida, dachte er, du bist ein wandelndes Klischee.

„Dann werde ich mich nachher noch einmal aufs Rad schwingen und vorbeikommen."

„Na dann, viel Glück", wünschte Ida.

Olof winkte ihr noch einmal zu und trat in die Pedale. Hoffentlich konnte er Jonnas Ehemann erreichen.

Olof hatte es kaum erwarten können, zum Haus der Skarsgårds zurückzukehren. Das Glück war diesmal auf seiner Seite, denn schon nach dem ersten Klingelton wurde ihm die Tür geöffnet.

„Hallo." Sein Gegenüber unterzog ihn einer genauen Musterung.

„Entschuldigen Sie die Störung, aber ich habe gehört, dass Ihre Frau bei der Polizei gewesen ist."

Der Mann zog fragend die Brauen zusammen.

„Darüber weiß ich nicht Bescheid."

„Wann kann ich Ihre Frau wieder erreichen?"

„In den nächsten Tagen, denke ich."

Olof fühlte sich, als hätte jemand die Faust in seiner Magengegend versenkt. Wieder eine Sackgasse.

„Ja dann, Ihnen noch einen schönen Abend", sagte er und ließ den Mann einfach stehen. Für heute hatte er genug Absagen einkassiert. Einen letzten Versuch wollte er allerdings noch wagen und wählte die Nummer von Karsten. Mit etwas Glück klappte es vielleicht auf diesem Weg.

„Hallo Karsten“, meldete er sich.

„Ich ahne schon den Grund deines Anrufes“, erwiderte sein ehemaliger Kollege.

„Prima, dann kannst du mir die Info gleich auf diesem Weg zukommen lassen.“

„Tut mir leid, wenn ich dich enttäuschen muss, aber der Chef hat mir die Hölle heißgemacht. Ich darf keine Informationen an dich weiterleiten, sonst werde ich suspendiert.“

„Jetzt komm schon. Du weißt doch, dass ich schweige wie ein Grab.“

„Bitte Olof, bringe mich nicht in Schwierigkeiten. Die kann ich momentan gar nicht gebrauchen.“

„Einen klitzekleinen Tipp vielleicht, um was es überhaupt geht.“

Seine Stimme hatte einen beinahe flehenden Ton angenommen.

„Nein, das musst du mit Arwed klären.“

Olof beendete das Gespräch, ohne sich von Karsten zu verabschieden. Die Welt schien sich gegen ihn verschworen zu haben.

KAPITEL FÜNFUNDZWANZIG

Benommen lag Maya auf dem Boden und spürte die Kälte, die sich durch ihre Eingeweide fraß. Sie konnte nicht mehr klar denken und ahnte, dass sie unter Schock stand. All ihre Sinne spielten total verrückt.

John hatte sich seitdem nicht mehr blicken lassen und sie ging davon aus, dass sie ihn nie wiedersehen würde. Ihre Flucht hätte beinahe geklappt, wenn sie vom Tageslicht nicht so geblendet worden wäre. Aber es hatte gereicht, um einige Eindrücke aufzunehmen. Ein langer schlauchförmiger Flur, vergilbte Tapeten und ein abgewetzter Dielenboden. Der muffige Geruch und der Verfall zeugten davon, dass in diesem Haus schon seit Jahren niemand mehr wohnte. Und was brachte ihr dieses Wissen? Absolut nichts!

Im Beckenbereich spürte sie ein starkes Brennen und sie schleppte sich mit letzter Kraft auf die Matratze zurück. Immer wieder döste sie ein und schreckte aus dem Schlaf. Sie befand sich in einer Art Schwebezustand, in dem ihr Geist seinen Dienst versagte. Alles um sie herum ging in einem dichten Nebel unter, und sie konnte nicht sagen, ob nur Stunden oder gar Tage seit dem Vorfall vergangen waren.

Irgendwann wurde der quälende Durst zu einem Problem und sie kroch förmlich zum Wasserhahn. Doch sie war nicht dazu in der Lage, sich aufzurichten, weil ihre Beine wie Streichhölzer einknickten. So schwach und elend hatte sie sich noch nie gefühlt. Ihr Körper verlangte dringend nach Nahrung und Wasser, während ihre Seele den Tod herbeisehnte.

Sie fasste mit beiden Händen an die Streben der Waschbeckenhalterung und zog sich daran hoch, um ihren Durst zu löschen. Das kühle Nass, das nach rostigen Leitungen schmeckte, schien sie zu beleben. Aber wollte sie überhaupt noch leben?

Sie robbte zurück und stöhnte leise. Irgendwo mussten doch noch die Sandwiches liegen? Oder waren sie bereits verdorben? Sie rollte sich auf die Seite und fuhr mit einer Hand tastend über den Boden, bis sie eine durchweichte Papiertüte zu fassen bekam. In dem Gerangel war wohl einer von ihnen darauf getreten. Sie wickelte die Sandwiches aus und schob sich die zerbröselte Masse in den Mund. Ei, Käse, Salatblätter und ein Rest von Remoulade.

Es schmeckte trotz allem köstlich – ein sicheres Zeichen dafür, dass sie noch nicht bereit war, zu gehen. John hatte gewonnen, sie würde sich fügen und alles tun, um ihn milde zu stimmen. Aber nicht für immer und ewig, das schwor sie sich. Sobald sich eine weitere Chance ergab, ihm das Ruder aus der Hand zu reißen, würde sie es tun. Aber bis zu diesem Zeitpunkt würde sie stillhalten und alles über sich ergehen lassen müssen, was immer er von ihr verlangte.

Also wartete sie geduldig auf John, doch er kam nicht. Raum und Zeit schienen zu verschmelzen. Maya schleppte sich auf die Toilette und zum Wasserhahn, legte sich schlafen und wiederholte das Ganze von vorn. John ließ sie schmoren und sie war nur noch ein Hauch ihrer selbst. Das Hungergefühl blieb aus, ebenso wie ihre Periode. Da war nichts mehr, außer diesem immerwährenden Dämmerlicht, das sie umhüllte und ihr das Gefühl gab, wahnsinnig zu werden. Dabei war sie doch jetzt bereit, sich ihm unterzuordnen. Warum nur tat er ihr das an?

KAPITEL SECHSUNDZWANZIG

Jonna litt unter depressiven Verstimmungen und verzichtete sogar darauf, hinunter zum See zu gehen. Ava hatte sich seit ihrem letzten Besuch nicht mehr gemeldet und Jonna fürchtete, dass sie ihr absichtlich aus dem Weg ging. So waren die Tage noch trister geworden, obwohl die Sonne schien.

Auch mit Markus lief es alles andere als rund. Sie stritten fast nur noch, falls er überhaupt einmal anwesend war. Also hockte sie allein im Haus, während der Garten verwilderte und die Renovierungsarbeiten brachlagen. Markus konnte oder wollte sich nicht darum kümmern und sie hatte andere Dinge im Kopf.

Seit ihrer Rückkehr aus Stockholm war ihr aufgefallen,

dass sie beobachtet wurde. Zuerst hatte sie die Fußabdrücke nach einem Regenguss im Beet entdeckt. Von dieser Stelle aus konnte man direkt ins Wohnzimmer sehen und allein bei diesem Gedanken lief ihr ein Schauer den Rücken hinunter. Die Abdrücke der Sohlen mussten von der Größe her von einem Mann stammen. Und zu guter Letzt war auch noch die Tür zum Schuppen aufgebrochen worden. Auf den ersten Blick hatte nichts gefehlt, bis Jonna erneut auf Fußabdrücke gestoßen war. Mittlerweile hatte sie das Gefühl, dass ihr jemand absichtlich Angst einjagen wollte, und sie bereute den Besuch bei Sven Berggren, weil sich seitdem alles verkomplizierte.

Denn wie konnte es sein, dass all diese Dinge erst nach ihrer Rückkehr passierten? Berggren musste etwas damit zu tun haben, daran hatte sie nicht den geringsten Zweifel.

Um die Zeit totzuschlagen, hatte sie damit angefangen, ihre persönlichen Sachen wieder in Kartons zu packen und alles so zu arrangieren, dass es Markus auf den ersten Blick nicht auffallen würde. An den Kellerraum verschwendete sie keinen Gedanken mehr. Sie hatte es satt, einem Hirngespinst hinterherzujagen. Plötzlich hörte sie ein Motorengeräusch und lief in den Flur.

„Sven, was machen Sie denn hier?“, rief sie überrascht und hätte ihm am liebsten die Tür wieder vor der Nase zugeschlagen.

„Nach Ihrem Besuch bin ich nicht mehr zur Ruhe gekommen und habe einen Tag Urlaub genommen, um mir das Ganze anzusehen“, sagte er.

„Oh …“

„Wenn es Ihnen zeitlich nicht passt, würde ich später wiederkommen.“

„Nein, nein, ich habe nur nicht mit Besuch gerechnet“, erwiderte sie.

„Touché.“

„Sie spielen wohl auf meinen Überfall in Stockholm an?“

Er sagte nichts und wiegte stattdessen seinen Kopf, bis ein Lächeln ihre Lippen umspielte.

„Schon gut, ich habe verstanden. Treten Sie ein."

Sie machte einen Schritt zur Seite und schloss hinter ihm die Tür.

„Wow, wie sich alles verändert hat", staunte er. „Ist schön geworden."

„Möchten Sie sich zuerst im Haus umsehen, bevor es in den Keller geht?"

Obwohl keine Gefahr von Sven Berggren auszugehen schien, kehrte die Beklemmung zurück. Allein die Vorstellung machte ihr Angst, dass er einmal hier gewohnt hatte.

„Klar, warum nicht, ich bin schon sehr gespannt."

„Gut, dann starten wir."

Jonna zeigte ihm die untere Etage, anschließend führte sie ihn durchs Obergeschoss. Sven Berggren schien die Eindrücke in sich aufzusaugen und schämte sich seiner Neugier nicht.

„Alle Achtung", sagte er nach dem Rundgang anerkennend. „Sie haben dem Haus wieder neues Leben eingehaucht."

„Danke", erwiderte sie knapp.

Er stellte sich an ein Fenster und schaute in den Garten hinunter.

„Das große Grundstück machte eine Menge Arbeit", sagte er. „Ich musste immer den Rasen mähen, um mein Taschengeld aufzustocken."

„Stimmt, der Garten erfordert eine Menge Arbeit, und wie Sie sehen können, scheitere ich an dieser Aufgabe."

„Warum stellen Sie niemanden ein, der sich regelmäßig darum kümmert?", fragte er.

„Das habe ich. Aber mein Mann hat Ingmar und Lasse gekündigt", erklärte sie.

„Gab es dafür einen Grund?" Er drehte sich wieder zu ihr um.

„Wie Sie wissen, wollte Lasse nach dem Mädchen im Kellerraum sehen. Mein Mann war sehr erbost darüber, dass ich die Mauer anschließend im Alleingang niedergerissen habe."

„Also, auf den Anblick bin ich schon gespannt", antwortete er und konnte sich ein Grinsen nicht verkneifen.

„Schön, dass Sie darüber lachen können", sagte sie und schloss die Kellertür auf. Die Treppe knarrte unter dem zusätzlichen Gewicht.

„Wow, da steckt ordentlich Wumms dahinter", sagte Sven Berggren, als er vor den Resten der Mauer stand. „Darf ich mir den dahinterliegenden Raum einmal genauer ansehen?"

„Nur zu", erwiderte sie und drückte ihm die Taschenlampe in die Hand. Der helle Strahl wanderte über das Gemäuer und Sven Berggren nahm sich viel Zeit.

„Tür hat es keine gegeben?", fragte er.

„Doch, ich habe die eingemauerten Scharniere gefunden."

„Das ist schon crazy."

„Ja, und auch ein Grund dafür, sich in diesem Haus nicht unbedingt wohlzufühlen. Sind Sie oft im Keller gewesen?"

„Nur, wenn mich meine Eltern runter geschickt haben, um etwas zu holen", antwortete er.

„Könnte Ihr Vater vielleicht …?"

„Nein, auf gar keinen Fall", unterbrach er sie.

„Aber wenn Sie so selten im Keller waren?"

„Jetzt mal halblang", fuhr er sie an. „Ich habe wirklich das Gefühl, dass Sie mir irgendetwas anhängen wollen."

„Nein, so meinte ich das nicht."

„Wie dann?"

„Ich suche nach einer rationalen Erklärung für diesen Raum, mehr nicht", lenkte sie ein.

„Wissen Sie, ich habe mit dem Verkauf des Hauses gehofft, dass schon bald glückliches Kinderlachen durch die Räume schallen würde, nachdem unser Familienleben nicht ganz so prickelnd verlaufen ist."

„Vielleicht hängen negative Energien an diesem Ort fest, ich habe einen Artikel darüber gelesen."

„Ich nehme so etwas nicht für bare Münze", antwortete er. „Wie soll es jetzt weitergehen? Werden Sie hier wohnen bleiben und die bösen Geister vertreiben?"

Jonna zögerte. Sven Berggren war ein Fremder für sie und nicht einmal Markus hatte sie von ihren Plänen erzählt, nach Stockholm zurückzukehren.

„Ich kann Ihnen ansehen, dass Sie das Haus so schnell wie möglich wieder loswerden wollen", sagte er mit einer gewissen Enttäuschung in seiner Stimme.

„Ist das so offensichtlich?"

Er nickte.

„Demnach haben Sie auch keine Erklärung parat?" Sie schaute zu ihm auf.

„Nein."

„Gut, gehen wir wieder nach oben", sagte Jonna und schlug die Kellertür zu. Sven Berggren verharrte unschlüssig im Flur. „Kann ich Ihnen etwas anbieten? Wasser oder Kaffee vielleicht?", fragte sie höflich, weil sie das Gefühl hatte, dass er noch nicht gehen wollte.

„Ein Wasser wäre nett."

Sie lotste ihn in die Küche und schenkte ihm ein Glas ein. Das anfängliche Unwohlsein war verschwunden, aber das Misstrauen Berggren gegenüber blieb. Plötzlich hörte sie den Wagen von Markus vorfahren. Er kam immer dann überraschend nach Hause, wenn sie es am wenigsten gebrauchen konnte.

„Ihr Mann?"

„Ja."

Mit verschränkten Armen lehnte sie sich an die Küchentheke.

„Dann sollte ich wohl besser gehen", sagte Sven Berggren und leerte das Glas in einem Zug.

„Zu spät."

Markus hatte bereits das Haus betreten und stellte die Aktentasche im Flur ab. Nur Sekunden später tauchte er in der Küche auf.

„Hallo“, sagte er zur Begrüßung und warf dem Gast einen misstrauischen Blick zu.

„Das ist Sven Berggren, der ehemalige Besitzer des Hauses“, klärte Jonna die Situation auf.

„Ach, Sie sind das“, Markus reichte ihm zur Begrüßung die Hand. „Sie haben sich von Ihrem Anwalt beim Verkauf vertreten lassen.“

„Genau, ich hatte an diesem Tag einen dringenden Termin.“

„Gibt es ein Problem?“, fragte Markus.

„Nein, ich war nur neugierig wegen des Kellerraumes“, antwortete Berggren.

„Woher wissen Sie davon?“

Berggrens Blick wanderte zu Jonna.

„Ah, ich verstehe, meine Frau hatte es nebenbei erwähnt. Haben Sie den Raum zumauern lassen?“

„Nein, ich bin selbst überrascht. Das muss nach unserem Auszug geschehen sein.“

„Wir werden wohl nie die Beweggründe erfahren“, sagte Markus und ließ sich auf einen Stuhl sinken.

„Vielen Dank für das Wasser“, sagte Sven Berggren und verabschiedete sich.

„Ich werde Sie zur Tür bringen“, bot Jonna an.

„Kein Problem, ich kenne mich aus.“ Berggren wandte sich an Markus. „Sie haben dem Haus den letzten Schliff verpasst, die Umbauarbeiten haben sich gelohnt“, sagte er anerkennend.

„Danke“, erwiderte Markus knapp.

Die Tür fiel ins Schloss, dann waren Markus und sie allein. Jonna vermisste den schweren Blumenduft. War seine Liaison beendet?

„Was soll das werden? Lädst du jetzt alle Vorbesitzer ein?", brach Markus das Schweigen.

„Erstens habe ich ihn nicht eingeladen, und zweitens dürfte die Hälfte davon nicht mehr unter den Lebenden weilen."

„Deinen Sarkasmus kannst du dir sparen", antworte er müde und Jonna setzte sich zu ihm.

„Was ist los?", fragte sie.

„Die Überstunden fressen mich auf", stöhnte er.

Jonna fasste sich ein Herz und griff nach seiner Hand.

„Dann lass uns das Haus verkaufen und nach Stockholm zurückkehren", sagte sie.

„Das kann ich nicht", wehrte er ab und entzog ihr seine Hand. „Es war ein Traum von mir, dieses Haus zu besitzen und ihm neues Leben einzuhauchen",

„Aber unsere Ehe steht auf dem Spiel. So kann es keinesfalls weitergehen."

„In jeder Ehe gibt es hin und wieder einen Tiefpunkt", erwiderte er lapidar.

„Markus, ich habe das Gefühl, dass du mich nicht ernst nehmen willst. Ich möchte nicht in diesem Haus wohnen, weder jetzt noch in Zukunft."

„Jonna, wenn du nur mit Leuten verkehrst, die irgendwelchen Hirngespinsten hinterherrennen, dann brauchst du dich nicht zu wundern, wenn du den Halt verlierst."

„Da irrst du dich aber gewaltig", fuhr sie ihn an. „Die Reaktionen der Menschen sprechen schließlich für sich."

„Ach Jonna, ich kann nur hoffen, dass du wieder zur Besinnung kommst. Ich bin jetzt duschen."

Damit war für ihn die Diskussion beendet.

Markus schnarchte leise neben Jonna und sie stieß ihn sacht in die Seite, um wieder einschlafen zu können. Unruhig wälzte sie sich von einer Seite auf die andere, bis sie schließlich aufstand und barfuß in die Küche tappte, um sich ein Glas Wasser einzuschenken. Dann trat sie ans Fenster, um einen Blick nach draußen zu werfen.

Zuerst hatte sie die Gestalt, die an einem Obstbaum lehnte, übersehen, aber dann wäre ihr vor Schreck beinahe das Glas aus der Hand gefallen. Sie stellte das Wasserglas auf dem Fensterbrett ab und eilte zurück ins Schlafzimmer.

„Markus, wach auf. Jemand steht im Garten und beobachtet das Haus“, flüsterte sie und rüttelte an seiner Schulter.

„Lass mich, ich bin müde“, murmelte er und schüttelte ihre Hand ab.

„Jetzt komm schon“, drängte sie. „Ich will endlich wissen, wer sich auf dem Grundstück herumtreibt.“

„Schluss jetzt, geh wieder ins Bett.“

Er drehte sich auf die andere Seite und ließ sie einfach stehen. Jonna war wütend und griff nach Jeans und Shirt, um sich anzuziehen. Dann schnappte sie sich das Handy und huschte zur Tür. Lautlos schlüpfte sie nach draußen. Mit dem Rücken lehnte sie sich an die Hauswand und schob sich langsam vorwärts. Sie brachte das Smartphone in Position und zoomte sie Gestalt näher heran. Dann drückte sie auf den Auslöser, der ein leises Geräusch von sich gab.

Sofort war der Eindringling alarmiert und zog sich im Schutz der Obstbäume zurück. Jonna wollte sich gerade das Foto ansehen, als sich plötzlich eine Hand über ihren Mund legte. Mit einem Ruck wurde sie nach hinten gerissen und ihre Füße verloren die Bodenhaftung. Vergebens suchte sie mit den Händen Halt.

„Schhhh, ich bin es, Sven Berggren.“

Die Hand auf ihrem Mund lockerte sich.

„Sind Sie übergeschnappt?“, fuhr sie ihn an und entwand sich ihm.

„Tut mir leid, wenn ich Sie erschreckt habe.“

„Was haben Sie hier überhaupt zu suchen?", rief sie außer sich. „Das Haus gehört Ihnen nicht mehr."

„Entschuldigen Sie."

Berggren stand wie ein begossener Pudel vor ihr.

„Ich erwarte eine Erklärung von Ihnen, das ist das Mindeste."

Er hatte sie zu Tode erschreckt und sie zitterte noch immer am ganzen Leib. Es hatte den Anschein, als ob sich halb Svärdsjö des Nachts auf dem Grundstück herumtreiben würde.

„Ich konnte nicht schlafen und meine Schritte haben mich zum Haus gelenkt. Und wie ich feststellen konnte, bin ich nicht der einzige Beobachter."

„Das macht es auch nicht besser und gibt Ihnen noch lange nicht das Recht, hier ein- und auszugehen, wie es Ihnen beliebt."

Er holte tief Luft, sagte aber nichts.

„Ich warte immer noch auf eine Antwort", legte Jonna nach.

„Um ehrlich zu sein, ich habe eine Woche Urlaub genommen, weil mich diese Angelegenheit beschäftigt."

„Und seitdem treiben Sie sich auf dem Grundstück herum?"

„So würde ich das jetzt nicht sagen …"

„Sondern?"

Plötzlich ging das Licht im Haus an und Markus erschien in Boxershorts in der Tür.

„Was geht hier vor sich?", brummte er verschlafen.

„Das musst du ihn fragen." Jonna deutete auf Berggren. „Ich habe eine Gestalt im Garten gesehen und bin dann auf ihn gestoßen."

„Aha." Markus wandte sich an Berggren. „Sehen Sie zu, dass Sie wieder von hier verschwinden."

Sven Berggren trollte sich und Jonna folgte Markus ins

Haus. Der Schrecken saß noch tief und sie brauchte einige Minuten, um sich zu beruhigen.

„Kommst du ins Bett?“, rief Markus aus dem Schlafzimmer.

„Einen Moment“, antwortete sie und verschwand im Badezimmer.

Sie stützte sich mit den Händen auf dem Rand des Waschbeckens ab und betrachtete nachdenklich ihr Spiegelbild. Dunkle Augenringe, ungepflegtes Haar und Gewicht verloren hatte sie auch. Sie war mit der Situation völlig überfordert gewesen und hätte mit Markus gern darüber gesprochen. Aber ihm stand anscheinend nicht der Sinn danach, denn er hatte sich stattdessen wieder ins Bett gelegt und so getan, als wäre nichts geschehen. Unfassbar, wie schnell ihre Liebe in den wenigen Wochen erkaltet war, und Jonna fragte sich, wann diese Spukgeschichten endlich aufhörten?

KAPITEL SIEBENUNDZWANZIG

Olof war jeden verdammten Tag am Haus Skarsgårds vorbeigefahren, um zu sehen, ob die junge Frau endlich zurückgekommen war. Auch heute hatte er sich wieder auf den Weg gemacht. Er bemerkte den Volvo, der in der Einfahrt stand, und konnte sein Glück kaum fassen. Würde er heute endlich die Informationen erhalten, die Arwed ihm verwehrt hatte?

Genau in diesem Moment kam die junge Frau aus dem Haus und er hob die Hand. „Hallo, sind Sie Jonna", rief er ihr zu.

Sie blieb abrupt stehen und drehte sich zu ihm.

„Ja. Worum geht es?"

„Also, ich …" Olof, sag jetzt bloß nichts Falsches,

ermahnte er sich im Stillen. Sonst bist du schneller wieder aus dem Rennen, als du bis drei zählen kannst. „Ich bin der ehemalige Kriminalkommissar von Svärdsjö“, stellte er sich förmlich vor und reichte ihr die Hand.

„Oh, freut mich, Sie kennenzulernen“, antwortete Jonna. „Was führt Sie zu mir.“

„Ehrlich gesagt, hatte ich gehofft, das von Ihnen zu erfahren. Ein ehemaliger Kollege hat mir geraten, dass ich mich an Sie wenden soll. Es geht um den Fall Maya.“

Allmählich wurde seine Lügerei zur Routine.

„Ach, Sie meinen, weil ich bei der Polizei gewesen bin?“

„Ja, genau“, stimmte er ihr zu. „Ich habe damals ermittelt.“

Er sah das Interesse, das sich auf ihrem Gesicht widerspiegelte, und deutete es als ein gutes Zeichen.

„Wollen wir uns drinnen in Ruhe unterhalten?“, fragte sie.

Olof hätte am liebsten einen Jubelschrei ausgestoßen, als er ihre Worte vernahm. Er hasste es, auf die Folter gespannt zu werden.

„Sehr gern“, antwortete er und betrat nach Jonna den Flur. Das Ehepaar hatte das Haus auf Vordermann gebracht, es war kaum wiederzuerkennen. „Schön haben Sie es hier“, sagte er.

„Wie man es nimmt“, entgegnete sie mit wenig Begeisterung. Aber Ida hatte ihn ja bereits vorgewarnt, dass es der jungen Frau in Svärdsjö nicht gefiel. Schade eigentlich.

„Setzen Sie sich doch.“ Jonna deutete auf den Sessel. „Also, was wollen Sie wissen?“

„Den Grund Ihres Besuches bei meinen ehemaligen Kollegen.“

„Ihre Kollegen haben Ihnen nichts erzählt?“

„Nein, ich bin im Ruhestand“, erklärte er.

Jonna begann, ihm von dem Fund im Keller zu erzählen, und zeigte ihm das Foto des Ohrsteckers, mit dem er bedauerlicherweise nichts anfangen konnte.

„Wissen Sie, das ist aber noch nicht alles“, fuhr sie fort. „Jemand scheint das Haus zu beobachten.“

In knappen Sätzen berichtete sie von dem nächtlichen Erlebnis und Sven Berggrens Anwesenheit. Allmählich begriff Olof, warum sich die junge Frau so schwer damit tat, sich in Svärdsjö heimisch zu fühlen.

„Dürfte ich einen Blick in den Keller werfen?“, bat er.

„Selbstverständlich“, antwortete sie und führte ihn nach unten. „Mein Mann hat mich für verrückt erklärt und meine Bedenken für Hirngespinste gehalten.“

Jonna schien dankbar zu sein, Gehör gefunden zu haben, während Olof nachdenklich die Reste der Mauer betrachtete. Könnte es wirklich möglich sein?, fragte er sich.

„Was hat die Polizei bisher unternommen?“

„Ein Kriminaltechniker hat den Raum nach Spuren untersucht, aber nichts gefunden.“

Olof konnte nicht fassen, dass seine Kollegen diesen Fund nicht ernst genommen hatten.

„Sie haben doch nichts dagegen, wenn ich mich einmal genauer umsehe?“

„Nein, ganz im Gegenteil. Ich bin ja bestrebt, das Rätsel um diesen Raum lösen.“

Jonna bückte sich, um das Kabel in die Steckdose zu stecken, und das grelle Licht der Baulampe flammte auf.

„Welche Ecke?“, fragte Olof.

„Diese dort.“

Er stieg die Leiter nach oben und richtete den Strahl der Taschenlampe, die Jonna ihm in die Hand gedrückt hatte, auf das Holz.

„Ah, jetzt kann ich es erkennen.“

Mit seinen Fingerspitzen zeichnete er die einzelnen Buchstaben nach.

„Und? Was denken Sie?“, fragte Jonna.

„Sagen Sie es mir?“ Er blickte sie prüfend an.

„Warum sollte sich jemand die Mühe machen, den

Namen in das Holz zu ritzen und anschließend den Raum zumauern, wenn all das keinerlei Bedeutung hätte?“, erwiderte sie.

„Da haben Sie Ihre Antwort“, sagte er.

„Demnach sind meine Bedenken nicht grundlos gewesen?“

„Keinesfalls, und ich bin Ihnen sehr dankbar, dass Sie mir Zutritt gewährt haben“, sagte er.

„Und wie geht es jetzt weiter?“ Ihr fragender Blick ruhte auf ihm.

„Ich werde dafür sorgen, dass Mayas Fall neu aufgerollt wird.“

„Da habe ich wenig Hoffnung“, erwiderte Jonna abgeklärt.

„Warten wir es ab.“

„Aber Ihre Kollegen haben keinen Zusammenhang gesehen. Der Schriftzug sei zu vage und der Ohrstecker nicht von Belang.“

Olof sagte einen Moment lang nichts. War er inzwischen so verblendet, dass er nur sah, was er sehen wollte? Nein, seine Intuition lenkte ihn in eine bestimmte Richtung und der Jagdinstinkt war erwacht.

„Wie ich es auch drehe und wende, es muss etwas dran sein. Und falls sich meine ehemaligen Kollegen weiterhin weigern, dann werde ich eben auf eigene Faust ermitteln.“

„Das würden Sie tun?“, fragte sie erstaunt.

„Was bleibt mir anderes übrig? Seit zehn Jahren bin ich dran an diesem Fall, weil mich die Ereignisse von damals einfach nicht zur Ruhe kommen lassen.“

„Dann wird das aber nichts mit dem sogenannten Ruhestand“, griff sie seine Worte mit einem Lächeln auf.

„Das ist wohl wahr. Aber da ist dieses Gefühl in mir, etwas Wichtiges nicht zu Ende gebracht zu haben.“

„Das kann ich gut verstehen. Vielleicht kommen Sie jetzt der Lösung des Falles näher.“

„Ich hoffe es, ich hoffe es wirklich“, sagte Olof.

Er fühlte sich von Jonna verstanden, was anscheinend auf Gegenseitigkeit beruhte. Auch sie wandelte ruhelos durch dieses Haus, das mehr Fragen aufwarf, als es Antworten parat hatte. Er konnte ihr Unwohlsein durchaus nachvollziehen und reichte ihr sein Visitenkärtchen.

„Egal um was es geht, Sie können mich jederzeit anrufen", bot er an. „Wenn Sie einen neuen Hinweis gefunden haben, sich wieder beobachtet fühlen oder was auch immer. Scheuen Sie sich nicht und greifen Sie zum Telefon."

„Das ist sehr nett von Ihnen." Dankbar schob sie das Kärtchen in die Hosentasche.

„Sagen Sie, Jonna, wie sind Sie überhaupt darauf gekommen, die Mauer einzureißen?"

„Die Wasserleitungen sind mitten in der Wand verschwunden, ohne am anderen Ende wieder aufzutauchen. Kurz darauf ist Lasse, der Gehilfe von Ingmar, in den Keller gegangen, um nach einem Mädchen zu sehen."

„Das ist ja höchst interessant." Olof beschloss, auch Lasse einen Besuch abzustatten. „Ich werde mich jetzt auf den Weg in die Behörde machen. Danke, dass Sie sich die Zeit genommen haben."

„Kein Problem und viel Glück", erwiderte Jonna und begleitete ihn zur Tür.

Olof schwang sich auf sein Rad und trat in die Pedale. In ihm brodelte es gewaltig, Arwed würde ihm Rede und Antwort stehen. Es war unverzeihlich, dass sein Nachfolger den Hinweisen nicht nachgegangen war, selbst wenn diese in einer Sackgasse enden würden.

Nachdem Olof die Behörde erreicht hatte, eilte er die Stufen hinauf und kündigte sich bei Kaja an.

„Du hast es aber eilig, wenn du nicht einmal Hallo sagen kannst", sagte sie.

„Das ist unwichtig. Ich muss sofort Arwed sprechen", forderte er.

„Du weißt doch, wie er reagiert, wenn du auf diese Weise hereinplatzt", wehrte sie ab.

„Ich will ihn sprechen, und zwar auf der Stelle."

Seine Stimme war einen Ton schärfer geworden und Kaja griff zum Telefon, um ihn anzukündigen.

„Arwed sagt, dass er keine Zeit habe, um dich zu empfangen."

„Na, das werden wir ja noch sehen."

Olof drehte sich um und stürmte in das Büro seines Nachfolgers.

„Hey, was soll das?", protestierte Arwed und setzte die Tasse Kaffee ab, die er gerade an die Lippen geführt hatte.

Olof setzte sich auf einen der Stühle, die vor Arweds Schreibtisch standen, und taxierte ihn mit festem Blick.

„Raus hier! Oder soll ich dich aus der Behörde werfen lassen?"

„Nicht nötig, Arwed. Sobald du mich angehört hast, werde ich den Weg allein nach draußen finden."

Arwed holte tief Luft. „Halte dich bitte kurz", sagte er und trank einen Schluck aus seiner Tasse, auf der Boss stand.

„Ich war bei Jonna Skarsgård und habe mir den Kellerraum zeigen lassen."

„Ach, darum geht es." Arwed winke müde ab.

„Warum seid ihr an der Sache nicht drangeblieben? Willst du dir mit der Aufklärung des Falles nicht die Lorbeeren einheimsen?"

„Jetzt komm schon, Olof", antwortete Arwed. „Ich kann jedenfalls keinen Zusammenhang erkennen."

„Es sind schon Fälle mit weniger Beweismitteln neu aufgerollt worden", entgegnete Olof. „Habt ihr Lasse dazu befragt?"

„Du weißt doch, dass er seit dem Unfall ..." Arwed tippte sich mit dem Finger an die Stirn. „Olof, wohin soll uns das alles führen? Warum willst du dich nicht damit abfinden, dass die Sache gelaufen ist? Wir haben weder die Ressourcen noch genügend Personal, um das zu stemmen."

„Für dich ist das Leid von Mayas Eltern also nur eine Sache. Gut zu wissen."

„Du stiehlst mir meine kostbare Zeit, ich habe zu arbeiten", brummte Arwed und schenkte seinem Gegenüber keinerlei Beachtung mehr.

Olof erhob sich und verließ wortlos das Büro. Es war für ihn ein Schlag ins Gesicht, dass Arwed seine Bedenken mit einem spöttischen Lächeln abgewiesen hatte. Aber Hochmut kam schließlich vor dem Fall, das würde sein Nachfolger schon noch zu spüren bekommen. In Olof gärte und brodelte es gewaltig und vielleicht war das auch gut so. Er wollte nicht nur seine Schuld bei Mayas Eltern begleichen, nein, er wollte auch Arwed in die Schranken weisen. Falls seine Nachforschungen Erfolg hätten, dann wäre Arwed geliefert und dem Hohn und Spott der Svärdsjöer ausgesetzt. Punkt.

KAPITEL ACHTUNDZWANZIG

Maya stöhnte leise und leckte sich über die spröden Lippen. John war seit Ewigkeiten nicht mehr aufgetaucht und sie fühlte sich mittlerweile so schwach, dass sie es kaum noch schaffte, sich zum Wasserhahn zu schleppen. Die meiste Zeit befand sie sich in einer Art Dämmerschlaf und träumte lauter wirres Zeug. Manchmal konnte sie die Halluzinationen kaum noch von der Wirklichkeit unterscheiden.

Ein harter Schlag auf die Wange holte sie ins Hier und Jetzt zurück. Sie hatte überhaupt nicht mitbekommen, dass John den Raum betreten hatte.

„Und? Bist du endlich zur Besinnung gekommen?"

Seine Stimme hatte die Schärfe eines Samurai-Schwertes und sie brachte keinen einzigen Ton über ihre Lippen. John beugte sich nach vorn und riss ihren Kopf hoch. Maya fühlte sich wie eine Boje, die von starken Wellen hin und her geschaukelt wurde.

„Ich habe dich etwas gefragt!"

„Ja ...", hauchte sie.

Achtlos ließ er sie zurück auf die Matratze fallen und warf ihr ein Päckchen zu. Für ihn war sie nicht mehr wert als der Dreck unter seinen Fingernägeln.

„Iss", forderte er sie auf.

Zitternd nahm Maya das Päckchen an sich und die Finger wollten ihr nicht so recht gehorchen, als sie die Sandwiches auspackte. Schon beim ersten Bissen spürte sie die Übelkeit aufsteigen. Tränen rannen ihr übers Gesicht, weil sie wusste, dass sie Nahrung zu sich nehmen musste, um zu überleben. Aber wollte sie das überhaupt noch?

„Jetzt stell dich nicht so an", sagte er. „Du hast es doch so gewollt und mich attackiert."

Gequält stopfte Maya das Sandwich in sich hinein, um ihn nicht erneut zu erzürnen. Ihre Gedanken waren schwer wie Blei, die immer wieder nach unten sanken. Du musst wach bleiben, ermahnte sie sich, aber es gelang ihr nicht, dagegen anzukämpfen.

John hockte sich neben sie und suchte ihren Blick.

„Solltest du es noch einmal wagen, mich anzugreifen, dann prügele ich dir die Seele aus dem Leib. Haben wir uns verstanden?"

Sie schluckte schwer.

„Ob wir uns verstanden haben?"

Sie nickte.

„Ich will es hören", forderte er.

Maya schob unauffällig eine Hand unter die Decke und kreuzte ihre Finger.

„Ich werde dich nicht noch einmal angreifen", presste sie stockend hervor.

„Braves Mädchen." Er stand wieder auf. „Momentan bist

du zu gar nichts zu gebrauchen und das frustriert mich ungemein. Entweder, du strengst dich etwas mehr an oder aber …“

Er ließ den Satz unvollendet, aber sie wusste auch so, was er hatte sagen wollen.

„Ich werde mich anstrengen“, hauchte sie mit gekreuzten Fingern.

„Dann sind wir uns ja einig.“

Er schnappte sich seinen Rucksack und wandte sich zur Tür.

„Das nächste Mal solltest du dich wieder waschen. Du stinkst wie ein Wiesel“, sagte er im Gehen und schlug die Tür wieder zu.

Maya zog ihre Hand unter der Decke hervor. Nein, so leicht würde sie es ihm nicht machen. John sollte dafür büßen, was er ihr angetan hatte. Er ließ sie in diesem Drecksloch verkommen, dabei hatte sie keiner Menschenseele etwas angetan. Sie schwor Rache und ihr war es egal, ob sie am Ende dafür mit ihrem Leben bezahlen würde.

KAPITEL NEUNUNDZWANZIG

Jonna deckte wie jeden Morgen den Frühstückstisch, während sich Markus im Schlafzimmer ankleidete. Nur wenige Minuten später setzte er sich zu ihr.

„Wie wirst du heute den Tag verbringen?", fragte er.

„Ich muss noch einige Besorgungen erledigen", antwortete sie ausweichend.

Der Umgang miteinander wurde immer frostiger und Jonna war sich absolut sicher, dass eine andere Frau mit im Spiel war. Dennoch spürte sie keine flammende Eifersucht oder war übermäßig enttäuscht von seinem Betrug. Ihr ganzer Zorn richtete sich gegen sie selbst, weil sie die wunderschöne Stockholmer Wohnung aufgegeben hatte, um dann ausgerechnet in Svärdsjö mit Markus zu scheitern. Alle finanziellen Mittel waren aufgebraucht und sie konnte nicht einfach so ihre Koffer packen und wieder von hier verschwinden. Mietwohnungen war rar gesät und für einen Kauf reichten die restlichen Kronen nicht. Auch der fehlende Job nagte inzwischen an ihrem Selbstwertgefühl.

„Jonna?“

„Entschuldige, was hattest du gesagt?“

„Ich wollte dir nur mitteilen, dass es heute wieder spät werden könnte.“

„Das ist ja nichts Ungewöhnliches“, erwiderte sie kühl.

Er ging nicht auf ihre Worte ein. „Ich bin dann mal ...“, sagte er.

„Alles klar, und bestelle ihr liebe Grüße von mir.“

Markus drehte sich ruckartig zu ihr um.

„Was soll das?“

Jonna blieb ihm eine Antwort schuldig. Sie nahm ihren Kaffee und schob sich an ihm vorbei auf die Terrasse. Draußen trank sie einen großen Schluck und atmete tief durch. Verdammt, das hatte gutgetan. Er sollte wissen, dass er sich nicht mehr zu verstellen brauchte, weil sie ihm auf die Schliche gekommen war.

„Ich bin dann weg“, rief Markus und die Tür flog mit einem lauten Knall ins Schloss.

Jonna leerte in Ruhe ihre Kaffeetasse aus und verschwand anschließend im Badezimmer, um sich zu duschen und zu schminken. Sie warf einen prüfenden Blick in den Spiegel und war ausnahmsweise einmal zufrieden mit ihrem Aussehen. Das blonde Haar lag in seidigen Wellen auf den Schultern, die Augenringe waren abgedeckt und ein knalliges Rot betonte ihre Lippen.

„Auf geht's“, murmelte sie und streifte sich im Ankleidezimmer das geblümte Sommerkleid und die leichten Riemchensandaletten über. Dann schnappte sie sich die Autoschlüssel, ihre Tasche und eilte aus dem Haus. Sie musste unbedingt hier raus, bevor die Wände sie noch erdrückten. Wären genügend Kronen auf dem Konto gewesen, hätte sie sich in einer Pension eingemietet, Sommersaison hin oder her.

Jonna stieg in den Wagen und ließ Svärdsjö hinter sich. Eine Stunde würde sie bis Sandviken unterwegs sein, eine idyllische Stadt am Storsjön. Dieser Ort besaß ein wenig von dem italienischen Postkarten-Flair und war genau richtig, um sie aus dem melancholischen Stimmungstief herauszukatapultieren. Sie wollte shoppen und sich in einem Geschäft für Künstlerbedarf mit Leinwänden und Farben eindecken. Seit Ewigkeiten hatte sie nicht mehr den Pinsel geschwungen und es wurde Zeit, wieder mit dem Malen anzufangen und die trüben Gedanken zu verbannen. Dieses Hobby hatte etwas Heilendes und Meditatives an sich, genau passend für ihren momentanen seelischen Zustand.

Der Weg nach Sandviken führte Jonna durch tiefe dunkle Wälder, die von einzelnen Seen durchbrochen wurden. Himmel, was war die Welt doch schön. Sie liebte die Weite dieses Landes, die großartige Natur und bemerkte erst jetzt, wie eingesperrt und alleingelassen sie sich seit dem Umzug gefühlt hatte. Endlich konnte sie wieder Luft holen, frei durchatmen und der Seele ihre Flügel lassen. Sogar das Wetter spielte mit und die Sonne spiegelte sich in der Windschutzscheibe.

In Sandviken angekommen, stellte Jonna den Wagen in einer Nebenstraße ab und lief hinunter zum Storsjön, um die fantastische Aussicht zu genießen. Das Einzige, was auf den ersten Blick störte, waren zwei riesige Schiffe, die im Hafen angelegt hatten. Hunderte von Touristen strömten aus dem Bauch und bevölkerten die idyllische Stadt.

Gemächlich schlenderte Jonna durch die Straßen, kaufte sich ein Paar Schuhe und verschwand anschließend für zwei Stunden in einem Geschäft für Künstlerbedarf. Sie deckte sich mit Leinwänden und Farben ein und überzog das Limit bis zum Anschlag. Ärger mit Markus war vorprogrammiert, aber davon ließ sie sich nicht abschrecken. Zufrieden schleppte sie ihre Ausbeute zum Wagen und verstaute diese im Kofferraum.

Dann lief sie zurück, um ihren Hunger in einer Pizzeria zu stillen, die sie auf dem Rückweg entdeckt hatte. Kurz davor stoppte sie unvermittelt ihre Schritte. War das etwa Markus, der dort mit einem Mädchen auf der Terrasse saß?

Ihr Herzschlag setzte für eine Schrecksekunde aus und sie hatte das Gefühl, den Boden unter ihren Füßen zu verlieren. Das junge Ding musste gerade einmal sechzehn Jahre alt sein, wenn überhaupt. Sie unterhielt sich angeregt mit Markus und er legte seine Hand auf ihren Arm. Eine sehr vertraute Geste, die zwei schienen sich schon länger zu kennen.

Jonna rang nach Luft und hatte das Gefühl zu ersticken. Dieser Anblick war kaum zu ertragen. Sie hatte mit einer gleichaltrigen Konkurrentin gerechnet, aber nicht mit einem blutjungen Mädchen, dessen seidiges Haar im einfallenden Sonnenlicht golden schimmerte. Die Kleine hatte ein rundes hübsches Gesicht mit Stupsnase und Sommersprossen und eine feingliedrige schlanke Gestalt. Sie sah einfach hinreißend aus.

Geistesgegenwärtig schoss Jonna ein Foto und verschwand in einer Nebenstraße, um von dort aus zu ihrem Volvo zurückzukehren. Sie schloss den Wagen auf, ließ sich auf den Sitz fallen und lehnte ihre Stirn auf das Lenkrad. Ihre Schultern bebten, so entsetzt war sie darüber, was sie gesehen hatte. Dieses Mädchen war noch minderjährig. Hatte Markus vollends den Verstand verloren?

Erst jetzt bahnte sich ein Gedanke an die Oberfläche, der so abartig war, dass er eine Spur der Verwüstung und Zerstörung in ihrem Herzen hinterließ. Der zugemauerte Raum im Keller, der Ohrstecker und der Schriftzug im Holz.

Hastig stieß sie die Fahrertür auf, um sich am Straßenrand zu übergeben. Keuchend schnappte sie nach Luft und benötigte einige Minuten, bis sie sich wieder beruhigt hatte.

„Alles in Ordnung mit Ihnen?", fragte eine junge Frau besorgt.

„Ja, danke, es geht schon wieder", antwortete Jonna stockend.

„Sie sehen blass aus."

„Scheint so, als ob ich etwas Schlechtes gegessen hätte."

„Ich wollte nur helfen."

„Schon gut, vielen Dank."

Die junge Frau entfernte sich mit schnellen Schritten und ließ Jonna allein zurück.

Warum habe ich seine Neigung nie bemerkt?, fragte sich Jonna. Doch es hatte keine Anzeichen gegeben, keine heimlichen Fotos, einfach nichts. Nur sein unbändiger Wille, ausgerechnet dieses Haus kaufen zu müssen, in dem sie sich nie wohlgefühlt hatte.

Ihr Geist war so vernebelt, dass sie keinen klaren Gedanken fassen konnte. Sollte sie Olof informieren und Markus damit ans Messer liefern? Konnte ihr Mann tatsächlich der gesuchte Mörder sein?

Abermals schmeckte sie die bittere Galle im Rachenraum und ärgerte sich, das letzte bisschen Geld in Leinwände und Farbe investiert zu haben. Jetzt war sie in diesem Haus mit Markus gefangen und konnte nicht weg. Vielleicht gewährte ihr eine Freundin in Stockholm Obdach, bis sie wieder auf eigenen Füßen stehen würde.

Mit zitternden Händen startete Jonna den Motor und scherte aus der Parklücke. Nichts wie weg von hier. Obwohl die Sonne noch immer von einem wolkenlosen Himmel schien, hatte sich für Jonna die Welt verdunkelt. Markus könnte der gesuchte Mörder sein – und dieser beängstigende Gedanke fraß sich tief in ihre Eingeweide.

Mit überhöhter Geschwindigkeit raste sie die Straße entlang, um vor Markus zu Hause zu sein. Ein Vorsprung war alles, was zählte. Zum Glück herrschte um diese Uhrzeit nur wenig Verkehr und Jonna kam zügig voran. Für die Schönheit der Landschaft hatte sie keinen Blick übrig, ihre Augen waren konzentriert auf die Straße gerichtet.

Als sie zu einem Überholmanöver ansetzte, bemerkte sie erst im letzten Moment den entgegenkommenden Pkw. Sie verriss das Steuer und wäre beinahe im Straßengraben gelandet. Das war verdammt knapp gewesen und der Fahrer hinter ihr hupte empört.

„... du dich auch“, schrie sie aufgewühlt und es fehlte nicht mehr viel, um erneut in Tränen auszubrechen. Aber für Gefühlsausbrüche hatte sie keine Zeit. Sie ließ einige Minuten verstreichen, bis sich ihr Herzschlag wieder beruhigt hatte, und setzte ihre Fahrt fort. Als endlich das Ortseingangsschild von Svärdsjö vor ihr auftauchte, atmete sie auf. Sie hatte es tatsächlich zurückgeschafft. Ein Wunder, in ihrer schlechten seelischen Verfassung.

Ihr graute davor, über die Schwelle des Hauses zu treten. Aber schließlich ging ein Ruck durch ihren Körper und sie stürmte in das Arbeitszimmer von Markus. Sie hatte noch nie in den Sachen ihres Mannes gewühlt, nicht einmal dann, als sich der Verdacht des Fremdgehens erhärtet hatte. Aber jetzt durchsuchte sie mit fliegenden Fingern seinen Schreibtisch, jedoch ohne einen einzigen Hinweis zu entdecken. Natürlich würde Markus keine Sachen offen herumliegen lassen, aber sie war dennoch gewillt, alles zu belegen, und nahm die einzelnen Ordner aus dem Regal. Hastig blätterte sie sich durch die Seiten und suchte gezielt nach Spesenabrechnungen, die aus dieser Gegend stammten. Und tatsächlich, sie wurde fündig. Schon früher war Markus auf Dienstreisen gewesen oder hatte im Alleingang seine Mutter besucht, zu der Jonna kein sehr inniges Verhältnis pflegte.

Allmählich dämmerte ihr, wo er tatsächlich hingefahren sein könnte, und sie spürte die eiserne Faust, die ihren Brustkorb umschloss. Hastig riss sie das Fenster auf und sog die milde Sommerluft in ihre Lungen. Wie naiv sie doch gewesen war, dachte sie und lachte verbittert auf. Ihr Göttergatte hatte es auf junge Mädchen abgesehen.

Jonna widerstand dem Impuls, das Arbeitszimmer kurz und klein zu schlagen. Sie musste auf der Hut sein – vor Markus und seinen niederen Instinkten. Sie schoss von jeder Spesenabrechnung ein Foto und sicherte diese in einer neuen Cloud. Wie lange das wohl schon so gehen mochte? Und hatte er sie nur des Alibis wegen geheiratet?

Diese Art von Gedanken zerrissen sie förmlich und sie bezweifelte, je wieder lieben zu können. Sie würde in jedem Mann ein Monster sehen, das es zu bekämpfen galt. Der Traum von einer heilen Welt, in der sie mit Markus eine Familie gründen wollte, war zerplatzt. Es gab keine Zukunft mehr, auf die sie sich freuen könnte.

Voller Wehmut und Schmerz stellte sie die Ordner zurück an ihren angestammten Platz und räumte den Schreibtisch auf. Nichts durfte sie verraten. Genau in diesem Moment hörte sie einen Wagen vorfahren. Markus vielleicht? Gerade, als sie zum Fenster laufen wollte, klingelte es an der Tür.

„Hallo Thord", rief sie überrascht. Mit Besuch hatte sie absolut nicht gerechnet.

„Was ist los? Du siehst aus, als hättest du ein Gespenst gesehen."

„Ist heute nicht mein Tag", entgegnete sie.

„Ja, wer kennt das nicht."

„Wie kann ich dir helfen?", fragte sie, um Thord so schnell wie möglich abzuwimmeln.

„Ich wollte nur einmal sehen, wie es um die Gartenarbeit bestellt ist", antwortete er.

„Alles bestens", sagte sie und machte eine ausladende Handbewegung. „Der reinste Dschungel."

„Ich könnte dir im Garten ein wenig zur Hand gehen", schlug er vor.

„Heute nicht. Mich plagen Kopfschmerzen und ich möchte mich gleich hinlegen."

Wenn er den Wink mit dem Zaunpfahl nicht verstand, dann konnte sie ihm auch nicht helfen.

„Meine Mutter hat mir erzählt, dass Olof bei dir gewesen ist. Hat er sich den Raum angesehen?"

„Ja, unter anderem", sagte sie ausweichend. „Thord, ich weiß dein Angebot durchaus zu schätzen, aber heute passt es mir wirklich nicht."

„Ja dann …"

Er wandte sich schulterzuckend ab und ließ Jonna einfach stehen. Warum musste alles immer so kompliziert sein, dachte sie und schlug wütend die Tür zu. Sie lief ins Schlafzimmer, riss die Schranktüren auf und warf die Anzüge von Markus achtlos auf das Doppelbett. Hektisch durchwühlte sie die Taschen, förderte jede Menge Kleingeld zutage und …

Ihr stockte der Atem, als sie den Ohrstecker auf ihrer Handfläche sah, und hatte das Gefühl, dass sich das filigrane Schmuckstück in ihre Haut brennen würde. Wie zum Teufel konnte dieser Ohrstecker in die Hosentasche von Markus gelangen, wenn sein Gegenstück doch in der Deckenvertäfelung verborgen gewesen war? Insgeheim hatte sie gehofft, dass sich alles als ein riesengroßer Irrtum herausstellen würde. Aber nun hatte sie den unwiederbringlichen Beweis, was für ein Mensch Markus tatsächlich war.

Schluchzend ließ sie sich aufs Bett sinken und schlug die Hände vors Gesicht. Die Beweislast war erdrückend und ihr graute vor dem Moment, in dem sie Markus wieder gegenüberstehen würde. Sie hatte absolut keinen Plan, wie es weitergehen sollte, und hängte die Anzüge wieder in den Schrank. Den Ohrstecker verbarg sie in ihrer Schmuckschatulle und setzte sich wieder aufs Bett, um über alles nachzudenken.

„Jonna?"

Sie zuckte wie unter einem Peitschenhieb zusammen. „Markus? Was machst du denn hier?", rief sie irritiert.

„Ich hatte doch angekündigt, dass es später werden würde."

Ihr Blick wanderte zur Uhr, es war Viertel vor acht. Sie musste seit Stunden auf der Bettkante gehockt haben und fühlte sich noch immer wie in Trance. Warum hatte sie die Zeit nicht genutzt, um ihre Sachen zusammenzupacken und das Haus zu verlassen?

„Jonna? Stimmt etwas nicht?"

Er musterte sie verwundert und sie fühlte sich wie gelähmt unter seinem Blick. Wahrscheinlich wäre es das Beste, ihm etwas vorzuspielen, anstatt ein Drama zu inszenieren.

„Was ist passiert? Du bist ja völlig aufgelöst."

„Nein, nein, es ist alles in Ordnung", antwortete sie hastig.

„Aber dein Gesicht ist vom vielen Weinen verquollen."

„Danke für die Blumen."

Sie musste sich wahnsinnig beherrschen, um ihm nicht an die Gurgel zu springen. Außerdem war es ein großer Fehler gewesen, so kopflos zu reagieren und sich den Gefühlen hinzugeben.

„Ich bin dann mal in der Küche", sagte er, als sie nicht antwortete.

Du musst jetzt einen kühlen Kopf bewahren, sagte sie sich und beschloss, erst am nächsten Tag ihre Sachen zusammenzupacken. Vielleicht wäre es eine gute Idee, Markus zu beschatten, um weiteres Beweismaterial zusammenzutragen. Mit etwas Glück konnte sie sogar herausfinden, wo er dieses hübsche junge Ding überhaupt kennengelernt hatte. Ob er in gewissen Flirtportalen inserierte? Es kursierten die unglaublichsten Geschäftsideen im Netz, wenn es um die Leidenschaft und diverse Seitensprünge ging. Jonna war in dieser Hinsicht nicht mehr up to date.

Sie hörte Markus in der Küche hantieren und zog sich rasch ihre alte löchrige Jeans und ein verblichenes Shirt über.

„Ich bin kurz im Garten", rief sie Markus zu und huschte nach draußen. Sie konnte sich unmöglich mit ihm in einem Raum aufhalten. Erst, wenn er sich in sein Arbeitszimmer zurückgezogen hätte, würde sie das Haus wieder betreten.

Sie holte die Hacke aus dem Schuppen und bearbeitete den Boden des Vorgartens. Der Schweiß rann ihr von der Stirn und erst als ihr schwindelig wurde, fiel ihr ein, dass sie tagsüber noch keinen Bissen zu sich genommen hatte. Aber sie konnte und wollte nicht ins Haus zurück.

„Guten Abend, Jonna, du machst dich rar in letzter Zeit."

Jonna drehte sich hastig um. Ida stand direkt hinter ihr, sie hatte ihre Nachbarin gar nicht kommen hören.

„Hallo Ida", erwiderte sie matt.

„Thord hätte dir gern bei der Arbeit geholfen. Warum hast du sein Angebot nicht angenommen?"

Jonna errötete. Ida hatte sicher bemerkt, dass sie ihre Kopfschmerzen nur vorgetäuscht hatte und weggefahren war.

„Ich musste mal raus aus Svärdsjö", antwortete Jonna und Idas aufdringliches Fliederparfum kitzelte in ihrer Nase.

„Ja, das kann ich gut verstehen. Wo hast du den Tag verbracht?"

Idas Neugier ging ihr gehörig auf die Nerven und sie war absolut nicht in Stimmung, auf ihre Fragen einzugehen. Aber sie wollte ihre Nachbarin so schnell wie möglich wieder loszuwerden, wahrte den Schein.

„Ich möchte wieder mit dem Malen anfangen und habe mir das nötige Zubehör in Sandviken gekauft."

„Ach, wie schön", sagte Ida. „Aber bei so einem großen Haus bleibt wenig Zeit für Hobbies."

„Ja", antwortete Jonna einsilbig. „Ich werde dann mal Feierabend machen. Dir noch einen schönen Abend, Ida."

„Danke, dir auch."

Nachdem Ida das Grundstück verlassen hatte, blieb sie noch eine Weile auf den sonnenerwärmten Stufen sitzen. Wahrscheinlich wäre es das Beste, die Nacht im Gästezimmer zu verbringen. Zur Not könnte sie auch im Volvo schlafen, wäre ja nicht das erste Mal. Hauptsache, sie musste Markus nicht mehr unter die Augen treten.

KAPITEL DREISSIG

Olof saß Sven Berggren in einem Café gegenüber.

„Danke, dass du dir die Zeit genommen hast“, sagte er und betrachtete ihn nachdenklich. Wie schnell doch die Zeit verging, dachte er mit einem Anflug von Wehmut. Er erinnerte sich, wie er Sven im Teenageralter mehr als einmal bei seinen Eltern hatte abliefern müssen. Sein dominanter Vater hatte ihm wenig Raum gelassen und die Rebellion schien quasi vorprogrammiert.

„Worum geht es denn?“, fragte Sven.

„Um den Kellerraum in deinem ehemaligen Zuhause.“

„Das habe ich mir schon gedacht.“

„Gut, dann komme ich sofort auf das eigentliche Thema. Warum beobachtest du nachts das Haus der Skarsgårds?“

Sven atmete geräuschvoll aus.

„Komm schon, raus mit der Wahrheit und keine Spielchen", drängte Olof.

„Ich habe eine Woche Urlaub genommen, weil ich mehr darüber erfahren wollte", erwiderte er. „Bei einem nächtlichen Spaziergang habe ich gesehen, dass sich jemand auf dem Grundstück herumtreibt und bevor die Situation eskaliert, wollte ich Jonna aus der Gefahrenzone bringen."

„Aha. Seit wann hast du Urlaub?"

Sven Berggren nannte ihm das Datum und Olof wurde hellhörig. Sven war genau zu dem Zeitpunkt in Svärdsjö, als Smillas Enkelin beobachtet worden war. Das gab ihm zu denken.

„Und du treibst dich also jede Nacht im Freien herum?"

Olof taxierte ihn mit festem Blick.

„Soll das jetzt ein Verhör werden?"

„Ich frage mich nur, warum du das in aller Stille tust."

„Ach Olof …"

„Du müsstest dich doch noch gut daran erinnern, dass du einer der Tatverdächtigen gewesen bist. Und es sieht auch heute nicht danach aus, als hättest du zurück ins Leben gefunden."

Svens Miene gefror. „Was willst du damit andeuten?"

„Du lebst allein, Freunde sind rar gesät und du hast Urlaub genommen, um andere Menschen – bevorzugt Frauen – zu beobachten."

„Deine Fantasie geht mit dir durch", erwiderte Sven kopfschüttelnd und erhob sich. „Das muss ich mir nicht länger anhören."

„Setz dich wieder hin", befahl Olof und Sven Berggren gehorchte.

„Musst du dich so aufführen?", raunte Sven, nachdem sich einige der Gäste zu ihnen umgedreht hatten.

„Was ist der wahre Grund für deine Rückkehr?", fragte Olof und verfolgte aufmerksam jede von Svens Bewegungen.

„Alles und nichts“, erwiderte Sven. „Der mysteriöse Tod meines Vaters beschäftigt mich noch immer. Er starb, kurz nachdem Lasse verunglückt ist.“

„Was willst du damit sagen?“

Olof beugte sich nach vorn und hing förmlich an Svens Lippen.

„Hat dich das nie stutzig gemacht, dass Lasse beinahe im See ertrunken wäre?“

„Nein, warum? Ein Badeunfall im Sommer ist nichts Ungewöhnliches“, erwiderte Olof.

„Danach sollte es wohl aussehen“ sagte Sven. „Lasse hat den See gemieden wie der Teufel das Weihwasser, bis er eines Tages auf die Idee gekommen ist, das Schwimmen zu lernen.“

„Manchmal wollen Menschen ihre Angst überwinden“, antwortete Olof.

Sven Berggren schaute demonstrativ auf seine Armbanduhr.

„Olof, es war nett, mit dir zu plaudern. Aber ich sollte aufbrechen und die Heimreise antreten. Bis Stockholm bin ich eine Weile unterwegs.“

Er legte einen Schein auf den Tisch, nickte Olof noch einmal zu und verschwand zur Tür hinaus.

Olof ließ sich einen Kaffee nachschenken und bestellte ein großes Stück Kuchen, während er darüber nachdachte, wie es weitergehen sollte. Er würde nicht umhinkommen, Lasse einen Besuch abzustatten, und hoffte, dass Linda, seine Mutter, milde gestimmt war. Seit dem Unfall ihres Sohnes hatte sie sich regelrecht abgeschottet und ließ kaum jemanden an den Jungen heran. Erst jetzt wurde Olof bewusst, wie seltsam dieses Verhalten war. Im Nachhinein ärgerte er sich, nicht von selbst darauf gekommen zu sein, und er fragte sich, was er noch übersehen hatte.

Er schlang den Kuchen hinunter, leerte die Kaffeetasse, zahlte und verließ das Café. Mit etwas Glück würde Lasse schon zu Hause sein und er schickte Klara eine Nachricht, dass es heute später werden würde. Dann trat er in die Pedale und fuhr zu einem kleinen heruntergekommenen Häuschen am Rande der Stadt. Die ockergelbe Farbe blätterte großflächig von der Fassade und das Dach hätte eine dringende Reparatur nötig. Dafür sah der Garten gepflegt aus und die üppigen Stauden standen in voller Blüte. Linda schien ein Händchen für Pflanzen zu haben, während sie sich die Handwerker anscheinend nicht leisten konnte.

Olof lehnte sein Fahrrad an den Zaun. Linda hatte ihn wohl schon kommen sehen und öffnete die Tür.

„Olof, was machst du denn hier?", rief sie erstaunt.

„Ich muss mit dir reden", antwortete er.

Sie erblasste. „Hat Lasse etwas angestellt?"

„Nein, nein, keine Sorge", beschwichtigte er. „Können wir die Angelegenheit im Haus besprechen?"

„Na gut, komm rein."

Das Haus war nur mit dem Nötigsten eingerichtet und man konnte schon auf den ersten Blick sehen, dass handwerklich begabte Hände dringend gebraucht wurden.

Linda führte ihn in die winzige Küche und deutete auf einen Küchentisch mit Hockern.

„Setz dich doch."

Die Hocker waren genauso wackelig, wie sie aussahen, und Olof klammerte sich am Küchentisch fest.

„Nun sag schon, was los ist", drängte Linda nervös.

„Es geht um Lasse", erklärte er.

„Olof, mir ist schon klar, dass du nicht hier bist, um mir den Hof zu machen."

„Ist dein Sohn zu Hause?"

„Er müsste in zehn Minuten hier sein. Also, was hat es mit deinem Besuch auf sich?"

„Ich möchte mehr über seinen Badeunfall erfahren", sagte er.

„Warum ausgerechnet jetzt, nach all den Jahren?"

Die Fragen häuften sich und er war verunsichert, wo er mit der Geschichte anfangen und aufhören sollte. Plötzlich hatte es den Anschein, als ob sich ein Zahnrad in Bewegung gesetzt hätte, das vorher völlig verrostet gewesen war. Es fehlte nur noch ein Tropfen Öl, der das Getriebe wieder zum Laufen bringen würde.

„Tja, wie soll ich es am besten formulieren …"

„Jetzt rede bitte nicht um den heißen Brei herum, sag endlich, was Sache ist", grätschte Linda ungeduldig dazwischen.

„In Ordnung. Linda, hast du je das Gefühl gehabt, dass der Badeunfall deines Sohnes überhaupt kein Unfall gewesen ist?"

Linda strich sich mit einer fahrigen Handbewegung eine ihrer roten Locken aus der Stirn. Das Thema schien sie sehr zu berühren und aufzuwühlen.

„Ich habe mir anfangs nächtelang den Kopf darüber zerbrochen, wie der Unfall passiert sein könnte, weil Lasse den See gemieden hat. Sicher, Teenager kommen manchmal auf die unmöglichsten Gedanken und vielleicht ist es eine Art Mutprobe gewesen. Wer weiß das schon."

„Hat dein Sohn nie darüber gesprochen?"

Linda schüttelte bedauernd den Kopf.

„Als er wieder einigermaßen sprechen konnte, hat er gesagt, dass er sich an nichts erinnern kann."

„Hast du ihm geglaubt?"

„Die ersten Wochen schon, aber dann habe ich die Angst in den Augen meines Jungen entdeckt. Lasse hat sich mehr und mehr in seine eigene Welt zurückgezogen. Der behandelnde Arzt ist der Meinung gewesen, dass es sich um ein unverarbeitetes Trauma handeln würde. Nur leider hat die Therapie nicht den erwünschten Erfolg erzielt."

„Das tut mir wirklich leid", sagte Olof und legte mitfühlend seine Hand auf Lindas Arm. „Ist dir damals irgendetwas aufgefallen, es können auch Kleinigkeiten sein."

„Warum beschäftigst du dich ausgerechnet jetzt damit?"

Lindas misstrauischer Blick ruhte auf ihm.

„Bitte sag mir erst, ob du etwas Außergewöhnliches bemerkt hast."

„Nein. Lasse wollte auch nicht darüber reden. Sobald ich damit angefangen habe, hat er seine Jacke geschnappt und ist aus dem Haus gerannt."

„Es geht um Maya."

„Gibt es Neuigkeiten?", fragte Linda interessiert.

Jetzt befand sich Olof in einer Zwickmühle, denn er hatte so wenig wie möglich preisgeben wollen. Aber ohne Lindas Vertrauen würde er nicht mit Lasse reden können.

„Wie du sicher weißt, ist das Haus der Berggrens verkauft worden", sagte er.

„Ja, das habe ich auch gehört. Ida schwärmt regelrecht vom Innenausbau."

„Und damit wären wir auch schon beim eigentlichen Thema angelangt – dem Innenausbau. Die neue Besitzerin hat einen zugemauerten Bereich im Keller entdeckt und diesen freigelegt. Das lässt ziemlich viel Raum für Spekulationen."

„Aber Genaues weißt du nicht?", hakte Linda nach.

„Leider nein."

Er musste sich bedeckt halten, weil er nicht wissen konnte, wie viel Linda davon weitererzählen würde.

„Komisch, dass Ida nichts erwähnt hat."

„Ach, du kennst sie doch", erwiderte er.

Genau in diesem Moment wurde die Eingangstür aufgeschlossen und Lasse betrat den Flur.

„Hallo Lasse, schön, dass du wieder da bist."

Linda umarmte ihren Sohn und strich ihm liebevoll durchs verschwitzte Haar. Auch wenn ihr als alleinerziehende Mutter das nötige Kleingeld fehlte, so fehlte es ihr ganz sicher nicht an einem großen Herzen. Lasse konnte sich glücklich schätzen, trotz der widrigen Umstände, in die er hineingeboren worden war. Linda würde nicht nur bis zum Umfallen schuften, nein, sie würde ihn auch wie eine Löwin beschützen.

„Warum ist er hier?“ Lasse deutete auf Olof.

„Weil ich mich gern mit dir unterhalten würde“, antwortete er.

„Ich will nicht reden.“ Die verschlossene Miene von Lasse sprach Bände.

„Es ist aber sehr, sehr wichtig“, insistierte Olof.

Lasse schaute zu seiner Mutter, die ihm aufmunternd zunickte. Doch der junge Mann schüttelte energisch seinen Kopf.

„Will nicht.“

„Lasse, Olof war Kommissar bei der Polizei, das weißt du doch sicher noch. Er ist einer von den Guten und hat das Herz am rechten Fleck. Ich möchte dich bitten, dir ein paar Minuten Zeit zu nehmen, um seine Fragen zu beantworten.“

Lasse öffnete den Mund und schloss ihn wieder. Dann setzte er sich auf einen der wackeligen Hocker.

„Ich werde euch jetzt allein lassen. Falls ihr mich braucht, ich bin im Garten.“

Linda drehte sich um und benutzte die Hintertür, die von der Küche aus direkt in den Garten führte.

„Wie geht es dir?“, fragte Olof mit einem Lächeln.

„Nicht so gut“, murmelte Lasse.

„Möchtest du mir vielleicht erzählen, was dich bedrückt?“

Kopfschütteln.

„Weißt du, Lasse, ich bin auf deine Hilfe angewiesen. Ganz bestimmt kannst du dich noch an Maya erinnern.“

Der blasse junge Mann riss entsetzt die Augen auf und in diesem Moment wurde Olof klar, dass Lasse etwas wissen musste.

„Ich möchte Maya finden, damit ihre Eltern nicht mehr traurig sind. Das verstehst du doch, oder? Schließlich seid ihr in eine Klasse gegangen.“

„Mhm.“

„Siehst du. Deshalb musst du mir alles erzählen, was du darüber weißt.“

Olof lächelte sanft und hoffte, dass sein Fingerspitzengefühl ausreichen würde, um dem jungen Mann die Geheimnisse zu entlocken, die er schon seit geraumer Zeit mit sich herumtragen musste.

„Maya ist nicht mehr da“, sagte Lasse und senkte seinen Blick.

„Du meinst sicher das Haus, in dem Sven Berggren früher gewohnt hat?“

Nicken.

„Woher hast du gewusst, dass sie dort ist?“

Augenblicklich erstarrte Lasse und presste die Lippen fest zusammen. Olof musste seine Strategie ändern, wenn er das Rätsel lüften wollte.

„Bitte, erzähle mir, woher du weißt, dass Maya dort gewesen ist.“

Erneutes Kopfschütteln.

Lasse verweigert sich, dachte Olof mit Bestürzung.

„Kennst du denjenigen, der sie zum Haus gebracht hat?“, fragte er leise.

Lasse schien mit sich zu ringen, bevor er antwortete. „Das darf ich nicht sagen, ich habe Angst vor dem Wasser …“

Olof beugte sich leicht nach vorn, ohne Lasse einzuengen.

„Wer hat dir das angetan?“

Lasse schlang die Arme um seinen Oberkörper und bewegte sich katatonisch vor und zurück. Sein Blick war in die Ferne gerichtet und er nahm die Welt um sich herum nicht mehr wahr.

„Lasse?“ Olof streckte seinen Arm aus, um ihn behutsam an der Schulter zu berühren. „Bitte, sprich mit mir, ich kann dir helfen. Wenn wir den Täter überführen, wird das ein für alle Mal ein Ende haben.“

Der junge Mann reagierte nicht. Er hatte die Arme noch

immer um seinen dünnen Oberkörper geschlungen und dass rotblonde Haar hing im strähnig ins Gesicht. Olof stand auf und ging durch die Hintertür nach draußen, um Linda um Hilfe zu bitten.

„Dein Sohn hat sich eingeigelt, er will nicht reden", sagte er mit Bedauern. „Dabei bin ich felsenfest davon überzeugt, dass er die Person kennt, die Maya entführt hat."

Linda stürzte an ihm vorbei ins Haus und wiegte Lasse tröstend in ihren Armen.

„Olof, du solltest es doch nicht übertreiben", rief sie vorwurfsvoll. Dann öffnete sie den Küchenschrank, holte ein Fläschchen heraus und träufelte einige Tropfen in ein Wasserglas. „Sein Beruhigungsmittel", ergänzte sie.

Es verstrichen einige Minuten, bis der junge Mann so weit war, das Glas entgegenzunehmen und in einem Zug zu leeren.

„Wir sollten das Ganze an dieser Stelle abbrechen", sagte Linda. „Lasse wird nicht darüber reden, diese Sache wühlt ihn viel zu sehr auf."

„Wenn er sein Schweigen nicht bricht, wird der Fall niemals aufgeklärt werden. Es müsste doch auch in deinem Interesse sein, endlich zu erfahren, wer deinem Jungen das angetan hat."

„Wir wissen doch gar nicht, wie es zu diesem Unfall kommen konnte. Lasse war schließlich allein am See."

„Woher willst du das so genau wissen? Sieh doch einmal genau hin, dein Sohn hat Angst, das hast du mir doch selbst erzählt. Soll er ein Leben lang darunter leiden?"

„Schluss jetzt, Olof. Du bist wie ein Terrier, wenn du dich einmal in eine Sache verbissen hast", entgegnete sie.

„Früher wurde ich von meinem Vorgesetzten dafür belobigt, mit einer überdurchschnittlichen Aufklärungsrate zu glänzen." Olof umfasste Lindas Schultern und suchte ihren Blick. „Versuche es wenigstens, etwas aus ihm herauszukitzeln."

„Macht dir dieser Fall nach all den Jahren immer noch so sehr zu schaffen?"

„Der Mörder ist nie gefasst und verurteilt worden und ich habe die Befürchtung, dass er irgendwann wieder zuschlagen könnte. Ich muss diesen Teufelskreis durchbrechen, Ruhestand hin oder her."

„Ich kann dir aber nichts versprechen."

„Dessen bin ich mir bewusst. Vielleicht wäre es möglich, einen Hypnosetherapeuten hinzuzuziehen."

„Ich bezweifle, dass es bei Lasse etwas nutzen würde", erwiderte Linda skeptisch.

„Es käme auf einen Versuch an."

„Ich werde darüber nachdenken."

Als Olof sich verabschiedete, musste er sich Mühe geben, seine Enttäuschung zu verbergen. Die Selbstzweifel und Schuldgefühle erdrückten ihn, weil er dem vermeintlichen Unfall des jungen Mannes nie nachgegangen war. Er griff sich an die Brust und rang nach Luft. Wie hatte er nur so jämmerlich versagen können?

KAPITEL EINUNDDREISSIG

Die Zeit verstrich quälend langsam und Maya hatte aufgehört, gegen ihr Schicksal anzukämpfen. Die Nächte wurden merklich kühler und sie ahnte, dass sich schon bald der Herbst ankündigen würde. Der Kellerraum verfügte über keinen Heizkörper und sie konnte sich nicht vorstellen, wie sie diese kalte Jahreszeit überstehen sollte. Ihr einstiges glückliches Leben schien Ewigkeiten zurückzuliegen und sie fragte sich, warum niemand kam, um sie zu retten? Hatten ihre Eltern sie bereits aufgegeben?

Als sie kurze Zeit später den Schlüssel im Schloss kratzen hörte, war sie erleichtert. John würde etwas zu essen bringen, zumindest erhoffte sie sich das. Er trat ein und brachte einen Schwall kühle Luft mit sich. Maya sog die frische Luft tief in ihre Lungen, der Herbst hatte definitiv Einzug gehalten. Demnach musste sie nicht erst seit Wochen, sondern schon seit Monaten in diesem Verlies hocken.

„Hier, trink das", sagte John und hielt ihr einen Becher hin.

Sein Blick war kalt wie klirrendes Eis und sie streckte zaghaft die Hand aus. Sie roch kurz an der Flüssigkeit, aber es schien nur Wasser zu sein.

„Nun mach schon, ich habe nicht ewig Zeit", drängte er.

Maya kippte die Flüssigkeit hinunter und nur wenige Augenblicke später schien sich alles um sie herum zu drehen. Plötzlich schwebte sie wie auf Wolken, um dann in einer vollkommenen Schwärze zu versinken.

Als Maya wieder zu sich kam, fühlte sie sich orientierungslos und benommen. Eine Dunkelheit umhüllte sie, die so völlig anders war. Panik erfasste sie und sie rang keuchend nach Luft.

„John?"

Ihre Stimme hallte dumpf von den Wänden wider, ganz anders, als sie es in Erinnerung gehabt hatte. Obwohl sie sich kaum auf den Beinen halten konnte, stand sie auf und streckte tastend die Arme aus. Ihre Fingerspitzen bekamen die glatte Oberfläche einer Wand zu spüren und allmählich begann sie zu begreifen, was geschehen sein könnte. John musste sie betäubt und weggebracht haben. Aber wohin?

Im Blindflug tastete sie sich an den Wänden entlang, dieser Raum schien noch kleiner als der vorherige zu sein. Es gab eine Tür, eine Toilette und ein Waschbecken. Das Bett schien eine Konstruktion aus Metall zu sein und war fest mit der Wand verschraubt. Die Matratze war hart und unbequem, aber sie musste nun nicht mehr auf Paletten auf dem

Boden schlafen. Die letzten Nächte in ihrem altem Verlies hatte sie wie ein junger Hund gefroren.

Ein Heizkörper befand sich direkt neben dem Waschbecken, das genau wie die Toilette aus kühlem Metall bestand und Maya an eine Gefängniszelle erinnerte. Garantiert wollte John vermeiden, dass sie ihn nochmals attackieren würde. Aber daran war sowieso nicht zu denken. In ihrem Kopf hämmerten tausend kleine Männchen gleichzeitig und sie hätte alles für eine Kopfschmerztablette gegeben. Alles, bis auf die Freiheit, die John ihr genommen hatte.

Sie kämpfte gegen die aufsteigende Übelkeit an, die ganz sicher von dem Betäubungsmittel stammen musste, das John dem Wasser beigemischt hatte. Kalter Schweiß bedeckte ihre Haut und sie strich sich eine verschwitzte Strähne aus der Stirn.

Trotz ihrer körperlichen Schwäche erkundete sie den ihr fremden Raum. Die Tür bestand komplett aus Holz und als sie dagegen klopfte, schluckte sie das Geräusch. Auch hier musste John Dämmung angebracht haben, damit kein Laut nach draußen dringen konnte. Eines musste man ihm lassen, er hatte für alles vorgesorgt.

Als ihre Fingerspitzen am Türrahmen entlangfuhren, konnte sie plötzlich eine schmale Kante spüren. Konnte das tatsächlich möglich sein? Voller Hoffnung drückte sie auf den Schalter. Ein erstickter Schrei löste sich von ihren Lippen, als das Licht aufflammte und Maya geblendet die Augen mit ihren Händen abschirmte.

Staunend nahm sie ihr neues Zuhause in Augenschein. Es glich tatsächlich einer Gefängniszelle, wie sie es aus verschiedenen Filmen kannte. Obwohl dieser Raum deutlich komfortabler eingerichtet war, so schien er doch beengter, als der vorherige zu sein. Direkt über dem Waschbecken war eine Art Folie festgeklebt, die Mayas Gesicht verzerrt widerspiegelte, sodass sie im ersten Moment vor sich selbst erschreckte. Ihre Augen lagen tief in den Höhlen und die

Haut spannte sich bleich über ihren mageren Körper. Die einstige Sommerbräune war verblasst und die zermürbende Zeit hatte unweigerlich ihre Spuren hinterlassen. Maya schien um Jahre gealtert zu sein.

Schluchzend schlug sie die Hände vors Gesicht, fühlte sich schmutzig und klein. Ob sie die Sonne und ihren geliebten Lucky je wiedersehen würde?

Hektisch wanderte ihr Blick durch den schmalen Raum auf der Suche nach einer Möglichkeit, um John erneut anzugreifen. Doch er war umsichtig gewesen und hatte vorgesorgt – alle Installationen waren fest mit der Wand verschraubt. In ihrer Verzweiflung hockte sie sich wieder auf das Bett und harrte der Dinge, die da kommen würden. Schließlich tauchte John irgendwann auf.

„Wie ich sehen kann, hast du den Lichtschalter gefunden."

Er warf ihr achtlos eine Tüte auf das Bett und sie griff hastig danach. Obwohl das Hungergefühl zu einem ständigen Begleiter geworden war, hingen ihr die Brotmahlzeiten zum Halse heraus. John musste die Sandwiches irgendwo fertig kaufen und machte sich nicht die Mühe, eine warme Mahlzeit mitzubringen. Maya sehnte sich nach den Kochkünsten ihrer Mutter.

„Ich schlage dir einen Deal vor", sagte John und setzte sich zu ihr. „Wenn du dich anständig benimmst, könnte ich ein Bücherregal über deinem Bett anbringen und dich mit Lesestoff versorgen. Als Belohnung sozusagen."

„Wenn du mich belohnen willst, dann lass mich gehen."

Maya hatte unbeabsichtigt die Worte laut ausgesprochen und John kniff die Augen zu einem schmalen Schlitz zusammen.

„Was hattest du gesagt?"

Maya ließ ihren Blick durch die winzige Zelle wandern und ihr wurde schmerzhaft bewusst, dass er sie nie gehen lassen würde.

„Ich will wissen, warum du mich nicht gleich totschlägst", antwortete sie und reckte trotzig ihr Kinn nach oben.

Seine Faust traf sie an der Schläfe und sie flog regelrecht vom Bett. Der Aufprall war hart und entriss ihr ein Stöhnen. Doch John kannte keine Gnade und zerrte sie wieder nach oben.

„Wenn du mutig genug bist, wiederholst du deine Worte noch einmal."

Sie hatte es satt, seine Demütigungen zu ertragen. Das war doch kein Leben auf zwei mal zwei Metern, ohne menschliche Nähe und Wärme. Dann lieber ein Ende mit Schrecken.

„Schlag. Mich. Tot."

Wie ein Trommelfeuer sausten seine Fäuste auf sie nieder und sie schmeckte das warme Blut, das aus ihrem Mund sickerte. Er hatte sie verschleppt, missbraucht und sie ihrer Würde beraubt. Er konnte sie schlagen, so viel er wollte, aber sie würde nur Verachtung für ihn übrig haben. In ihren Augen war er ein Schwächling, der es nötig hatte, junge Frauen zu kidnappen, um sich ihrer zu bemächtigen.

Mit jedem seiner Schläge spürte sie, wie das Leben aus ihrem malträtierten Körper wich und sie sehnte sich danach, zu sterben. Aber bevor es so weit wäre, öffnete sie ein letztes Mal ihre blutunterlaufenen Augen und grinste ihn an.

„Fahr zur Hölle, du Arschloch."

KAPITEL ZWEIUNDDREISSIG

Jonna war nach einer so gut wie schlaflosen Nacht gerade dabei, ihren Koffer und die Reisetasche zu packen, als es an der Tür klingelte.

„Ava, was machst du denn hier?“, rief sie überrascht.

„Ich muss dir etwas beichten“, sagte Ava.

„Dann komm rein.“ Jonna führte Ava ins Wohnzimmer und bat sie, Platz zu nehmen. „Also, worum geht es?“

„Warum hast du dich nicht gemeldet?“, fragte Ava.

„Weil ich gemerkt habe, dass du auf Abstand gegangen bist“, entgegnete Jonna.

„Das verstehe ich nicht. Ich habe Markus ausdrücklich darum gebeten, dass du mich umgehend anrufen sollst.“

„Ava, entschuldige, aber ich verstehe kein einziges Wort von dem, was du sagst."

Ava rang um Fassung.

„Ich habe deinem Mann den zweiten Ohrstecker mit der Bitte überlassen, dass du dich unbedingt bei mir melden sollst."

„Der Ohrstecker ist von dir?" Jonna konnte nicht fassen, was sie soeben gehört hatte.

„Ich weiß, dass du dich mit Olof getroffen hast, und ich musste immerzu an Maya denken. Ich kann nicht länger schweigen, obwohl mir davor graut, alles noch einmal durchleben zu müssen."

Jonna beugte sich nach vorn und ergriff Avas Hände. „Bitte, sprich endlich mit mir."

„Wenn das nur so einfach wäre …"

Es verstrichen einige Minuten, bis Ava dazu in der Lage war.

„Ich bin damals gerade fünfzehn Jahre alt gewesen, frisch verliebt und völlig ahnungslos. Nach einer Party in der Scheune vom alten Jensen bin ich mit dem Fahrrad kurz nach Mitternacht zurückgefahren. Der Weg führte durch ein kleines Wäldchen, weil meine Eltern zu dieser Zeit noch am Rande von Svärdsjö gewohnt haben."

Ava hielt kurz inne, bis sie sich gesammelt hatte.

„Jedenfalls ist im Wald ein Mann vor das Rad gesprungen. Ich musste ihm ausweichen und bin dummerweise gestürzt. Der Kerl war sofort über mir und er hat mich …"

Sie stockte und war nicht mehr in der Lage, weiterzusprechen. Jonna sprang auf, um in der Küche ein Glas Wasser zu holen. Geduldig wartete sie, bis Ava sich beruhigt hatte.

„Es war grauenvoll, brutal und entwürdigend und ich bin froh, wenn es einzelne Tage in meinem Leben gibt, an denen ich nicht daran denken muss."

Jonna begriff, warum Ava Haus und Garten in einen

Hochsicherheitstrakt verwandelt hatte und sich so übermäßig um ihre Tochter sorgte.

„Konnte die Polizei den Täter festnehmen?"

„Nein", antwortete Ava. „Ich wollte die Vergewaltigung nicht öffentlich machen, das wäre zu demütigend gewesen. Alles, was ich damals am Leib getragen habe, hat mein Vater entsorgt, bis auf den Ohrstecker. Ich kann dir nicht einmal sagen, warum ich ihn behalten habe. Wahrscheinlich als Warnung, um später gut auf meine eigenen Kinder aufzupassen."

„Es tut mir so unfassbar leid, was dir widerfahren ist", sagte Jonna und suchte vergebens nach angemessenen Worten des Trostes.

„Das ist aber noch nicht alles", fuhr Ava fort. „Ich glaube, dass es einen Zeugen gegeben hat."

„Tatsächlich?"

„Als dieser Kerl endlich von mir abgelassen hat, habe ich ruckartig das Knie hochgezogen und ihm einen gehörigen Stoß verpasst. In dem Moment, als er sich mit einem Schrei gekrümmt hat, habe ich mir mein Fahrrad geschnappt und bin geflüchtet. Nur wenige Meter entfernt hat Lasse wie versteinert neben einem Baum gestanden und mich mit offenem Mund angeglotzt. Ich habe ihn nicht beachtet, wollte nur noch weg, und bin auf dem schnellsten Wege nach Hause gefahren."

Jonna schenkte nochmals Wasser nach und strich Ava tröstend über den Rücken.

„Kurz darauf ist Maya verschwunden und Lasse hatte diesen Unfall gehabt", beichtete Ava.

„Oh mein Gott ...", entfuhr es Jonna und sie presste die Lippen fest zusammen, um ja nichts Falsches zu sagen. Spätestens zu diesem Zeitpunkt hätte Ava zur Polizei gehen müssen.

„Ich weiß genau, was du jetzt denkst. Aber ich konnte

nicht über meinen Schatten springen, das Schamgefühl war einfach zu groß."

Jonna war hin- und hergerissen. Vielleicht hätte Olofs Team den Täter schnappen können und Maya und Lasse wäre nie etwas geschehen.

„Hast du den Täter erkennen können?"

„Nein, er hat eine Maske getragen."

„Und was machen wir nun?", fragte Jonna ratlos.

„Keine Ahnung", antwortete Ava und erhob sich. „Die Entscheidung liegt jetzt bei dir, ich muss nach Hause zurück."

Sie drehte sich um und stürmte aus dem Haus, bevor Jonna sie zurückhalten konnte. Avas Beichte hatte einen bitteren Beigeschmack hinterlassen. Wie versteinert saß Jonna da und war unfähig, eine vernünftige Entscheidung zu treffen. Warum hatte Markus ihr den Ohrstecker vorenthalten? War er tatsächlich der, für den sie ihn bis vor Kurzem noch gehalten hatte? Und was für eine Beziehung pflegte er zu diesem jungen hübschen Ding?

Sie musste dringend Olof sprechen, zum Glück hatte sie seine Nummer eingespeichert. Nur eine Viertelstunde später saß er Jonna gegenüber und hörte aufmerksam zu. Hin und wieder unterbrach er sie, um nachzuhaken, wenn ihm einiges unklar war.

„Ich bin mir nicht sicher, ob ich Markus nicht zu Unrecht beschuldige", endete sie.

„Es würde helfen, wenn Sie mir die Belege zukommen ließen."

„Reichen Fotos als Beweismittel aus?", fragte sie verunsichert.

„Eine ordnungsgemäße Kopie wäre sinnvoller, denke ich", antwortete er.

„Einen Moment, ich suche die Belege raus."

„Ich habe ein Kopiergerät zu Hause und könnte Ihnen die Unterlagen im Anschluss wieder vorbeibringen."

„Das wäre gut. Ich will unbedingt vermeiden, dass Markus Verdacht schöpft."

„Versprechen Sie mir bitte, dass Sie Vorsicht walten lassen. Haben Sie vielleicht eine Freundin, bei der Sie unterkommen könnten?"

„Leider nein, Anna befindet sich aber momentan auf einer zweiwöchigen Urlaubsreise. Und für ein Hotelzimmer fehlt mir das nötige Kleingeld, ich habe dummerweise alles ausgegeben."

„Ich könnte Ihnen etwas borgen", bot Olof an.

„Nein, nein, ich komme schon zurecht", wehrte sie ab.

„Zum Glück besitze ich noch einige Aufzeichnungen aus dieser Zeit, die mir weiterhelfen könnten."

„Ich hoffe trotzdem, dass ich mit meinem Verdacht falschliege", sagte sie.

„Ich werde der Sache nachgehen, vielleicht kann ich Ihre Bedenken zerstreuen", versprach Olof. „Aber jetzt muss ich los. Ich melde mich wieder."

Olof lief zu seinem Fahrrad und radelte davon, während Jonna verloren in der Tür stand und die Arme fröstelnd um ihren Oberkörper schlang.

„Jonna, alles in Ordnung?" Ida war gerade um die Ecke gebogen und warf ihr einen sorgenvollen Blick zu. „Olof ist ziemlich oft bei dir."

„Ja, es gibt eine Menge zu besprechen."

„Was ist denn passiert?", fragte Ida mitfühlend.

Jonna war sich uneins. Was konnte sie ihrer Nachbarin anvertrauen, ohne zu viel preiszugeben?

„Mein Mann und ich haben einige Probleme", sagte sie schließlich. „So, wie es aussieht, hat er wohl eine Affäre."

Glaubwürdig genug, um Ida zu beruhigen. Sie hatte sicher schon mitbekommen, dass es in ihrer Ehe nicht sonderlich gut lief.

„Ein wenig Abstand täte uns gut, aber ich weiß im Moment leider nicht, wohin."

„Ach Kindchen." Ida breitete die Arme aus und drückte Jonna tröstend an sich. „Ich könnte dir anbieten, für ein bis zwei Nächte bei mir unterzukommen."

„Ich möchte dir auf gar keinen Fall zur Last fallen."

„Keineswegs, ich würde mich über Gesellschaft freuen. Thord ist ständig auf Achse und ich habe gern Besuch, den ich bekochen kann."

Jonna zögerte. Aber Idas Angebot war die einzige Alternative, um die Nächte nicht mit Markus unter einem Dach verbringen zu müssen.

„Vielen Dank, Ida. Aber zuerst muss ich noch etwas erledigen und ein paar Sachen zusammenpacken."

„Kein Problem. Thord ist für eine Woche auf Geschäftsreise, wir Frauen sind also unter uns und können es uns richtig schön machen." Ida zwinkerte ihr verschwörerisch zu. „Das wird schon wieder."

„Das hoffe ich auch", erwiderte Jonna, obwohl sie wusste, dass eine Trennung von Markus unausweichlich war. Allein der Gedanke an eine knapp sechzehnjährige Nachfolgerin jagte Jonna einen Schauer über den Rücken.

„Fein, dann werde ich das Gästezimmer herrichten."

„Du machst dir viel zu viele Umstände", sagte Jonna.

„Nicht der Rede wert", winkte Ida ab. „Bis später."

Jonna verstaute die restlichen Kleidungsstücke in Koffer und Reisetasche. Sie würde mit Markus reden müssen, aber noch war nicht der richtige Zeitpunkt dafür. Für dieses Gespräch war ein klarer Kopf unabdingbar und so lange ihre Gefühle Achterbahn fuhren, machte es wenig Sinn. Kaum war sie damit fertig, stand Olof wieder vor der Tür, um die Unterlagen zurückzubringen.

„Ich werde mich heute Abend dransetzen und die Rechnungen mit meinen Aufzeichnungen abgleichen. Es ist sehr ungewöhnlich, dass Ihr Mann diese Belege jahrelang aufgehoben hat."

„Stimmt, Markus schmeißt kaum etwas davon weg,

warum auch immer. Die Ordner nehmen unnötig viel Platz in Anspruch."

„Vielleicht ist an Ihrem Verdacht auch gar nichts dran. Aber das mit dem jungen Mädchen sollten wir auf alle Fälle im Auge behalten, um gegebenenfalls Anzeige zu erstatten. Tut mir wirklich leid für Sie."

„Schon okay", seufzte Jonna, viel schlimmer konnte es nicht werden.

„Passen Sie bitte auf sich auf. Versprechen Sie mir das?"

„Ja, das werde ich."

Olof schwang sich wieder auf sein Bike, während Jonna die Belege abheftete, damit alles seine Ordnung hatte. Dann durchstreifte sie noch einmal die Zimmer und fragte sich, wann ihr das Leben eigentlich entglitten war. Die Ehe hatte schon vor dem Hauskauf tiefe Risse gehabt. Nur Markus zuliebe hatte Jonna sich gefügt, anstatt die Reißleine zu ziehen und sich zu trennen. Jetzt half nur noch Schadensbegrenzung im wahrsten Sinne des Wortes.

Nachdenklich zog sie die Eingangstür hinter sich zu und stieg in den Wagen. Um bei Ida nicht mit leeren Händen zu erscheinen, wollte sie wenigstens noch ein Gastgeschenk besorgen und so fuhr sie los. Im Nachbarort sollte es einen kleinen Laden geben, den sie schnell gefunden hatte.

Sie war gerade wieder auf dem Rückweg, als ihr ein Fahrzeug ins Auge fiel. Hatte Ida nicht erwähnt, dass ihr Sohn sich auf Geschäftsreise befand. Seltsam. Der Wagen war jedenfalls derselbe und auch das Kennzeichen stimmte überein. Jonnas Neugier war geweckt und sie beschloss, ihm hinterherzufahren, um herauszufinden, ob Ida sie angelogen hatte. Vielleicht war es aber auch umgekehrt, dass Thord seiner Mutter nicht die Wahrheit gesagt hatte. Jeder schien hier ein Geheimnis zu hüten.

Thord setzte den Blinker und bog auf einen Waldweg ab, während Jonna weiterfuhr. Sie hatte immer ein bis zwei Fahrzeuge Abstand gelassen, um nicht aufzufallen. An einer geeigneten Stelle wendete sie, fuhr zurück und stellte ihren Wagen versteckt zwischen Sträuchern am Rande ab. Dann überquerte sie die Fahrbahn und tauchte ins dunkle Grün des Waldes. Sie verzichtete darauf, den Weg zu benutzen, und schlug sich stattdessen querfeldein durchs Dickicht. Sein Verhalten war schon ein wenig sonderbar, nach Dienstreise sah das Ganze jedenfalls nicht aus.

Nach einigen Metern entdeckte Jonna seinen Wagen, sie hatte sich nicht getäuscht. Sie schoss aus gebührender Entfernung ein Foto, damit Ida erst gar nicht auf den Gedanken kam, ihr zu widersprechen, und lief tiefer und tiefer in den Wald hinein. Aber von Thord fehlte jede Spur. Erst als sie mit ihrer Bluse an Dornen hängen blieb und der Stoff riss, gab Jonna die Suche auf und kehrte um. Die Stelle, an der Thords Wagen gestanden hatte, war leer. Sie ärgerte sich, weil sie zu viel Zeit verschwendet hatte, und fuhr auf dem schnellsten Weg zurück.

Es war bereits später Nachmittag, als sie bei Ida ankam.

„Schön, dass du da bist", strahlte Ida und deutete auf den Wagen. „Ich erwarte heute noch eine Lieferung Holz. Könntest du ihn vielleicht auf eurem Grundstück parken?"

„Kein Problem", antwortete Jonna. „Aber vorher räume ich noch mein Gepäck aus dem Kofferraum."

„Vielen Dank."

Jonna stellte den Wagen in der Einfahrt ab und kehrte zu Fuß zu Ida zurück.

„Dann mal hereinspaziert", sagte Ida und schnappte sich die Reisetasche. „Wir werden uns heute einen schönen Abend machen, nicht wahr?"

„Von mir aus gern", erwiderte Jonna.

„Ich habe nämlich schon etwas vorbereitet", lachte Ida und führte Jonna ins Esszimmer. „Ich hoffe, du hast großen Hunger mitgebracht."

„Ich weiß gar nicht, was ich sagen soll", antwortete Jonna

beim Anblick des gedeckten Tisches und drückte Ida das bescheidene Gastgeschenk in die Hand.

„Vielen Dank. Setz dich doch bitte."

Jonna nahm Platz und ließ ihren Blick schweifen, während Ida wieder in der Küche verschwand, um eine Flasche Wein zu holen. Anschließend schenkte sie die Gläser ein und prostete Jonna zu.

„Auf uns."

„Auf uns", erwiderte Jonna.

„Wenn Thord wüsste, was ihm heute entgeht", kicherte Ida und setzte sich zu ihr an den Tisch. „Lang zu, es ist reichlich da."

„Wohin ist er denn unterwegs?", fragte Jonna.

„Nach Östersund, hat er gesagt", antwortete Ida.

„Und was macht er da?"

„Da fragst du mich was", erwiderte Ida schulterzuckend. „Ich habe von diesen Dingen absolut keine Ahnung."

„Das ist seltsam", sagte Jonna.

„Weil ich davon keine Ahnung habe?" Ida musterte sie fragend.

Jonna verneinte. „Ich habe ihn vorhin gesehen."

„Kindchen, das muss eine Verwechslung sein."

„Einen Moment, ich habe sogar ein Foto geschossen." Jonna kramte in ihrer Tasche und holte das Smartphone heraus. „Siehst du, sein Wagen, sein Kennzeichen."

„Das Foto könnte auch von gestern sein", entgegnete Ida und machte deutlich, dass sie darüber nicht sprechen wollte. „Erzähl mir lieber etwas von dir. Was ist mit deinem Mann los?"

Jonna hätte lieber alles für sich behalten, aber irgendwann löste der Wein ihre Zunge und sie berichtete Ida von ihrer Entdeckung.

„Ach, das ist ja ganz furchtbar", sagte sie bedauernd und tätschelte tröstend Jonnas Arm. „Wer hätte gedacht, dass ausgerechnet dein Mann dieses Haus kauft, in dem er …" Sie winkte ab. „Ich werde noch eine Flasche Wein holen, damit lässt sich dieses Übel leichter ertragen."

Der Wein stieg Jonna zu Kopf und obwohl sie all die Dinge nicht hatte sagen wollen, beantwortete sie jede von Idas aufdringlichen Fragen. Mit der Zeit wurde ihre Zunge schwer und der Nebel im Kopf verdichtete sich. Sie bemerkte noch, wie ungelenk und hilflos sie vom Stuhl rutschte und Ida wie ein junges Reh aufsprang, um sie aufzufangen. Verwundert fragte sie sich, warum der Wein Ida nichts anhaben konnte, dann löste sich die Welt im Nichts auf.

KAPITEL DREIUNDDREISSIG

Olof war auf dem Weg zu Ava, um sie persönlich zu befragen. Er konnte nicht begreifen, dass sie all die Jahre geschwiegen hatte. Vielleicht konnte sie ihm all die Fragen beantworten, die ihm seit Jahren auf der Seele brannten.

„Hallo Olof", begrüßte ihn Arne, Avas Mann.

„Ich müsste dringend mit deiner Frau sprechen. Ist sie da?"

„Da werde ich dich enttäuschen müssen, sie ist ohne ein Wort auf und davon", erwiderte Arne.

„Könntest du mir die Adresse geben", bat Olof.

„Tut mir wirklich leid. Sie hat nur einen Zettel hinterlassen, dass sie dringend eine Auszeit braucht. Mehr nicht."

„Aber du musst doch wissen, wo deine Frau steckt", rief Olof aufgebracht.

„Ava hat nicht einmal ihren Eltern anvertraut, wo sie mit Lisa untergetaucht ist."

„Das ist doch verrückt." Olof war zutiefst enttäuscht.

„Ja, das finde ich auch. Alles hat mit dieser Jonna angefangen", brummte Arne wütend. „Ich habe in der Nacht kein Auge zugemacht, das kannst du mir glauben."

„Gib Jonna nicht die Schuld, sie hat endlich einen Stein ins Rollen gebracht", erwiderte Olof. „Eine Frage hätte ich allerdings noch. Hat Ava dir gegenüber je erwähnt, dass sie missbraucht worden ist?"

Arne erblasste.

„Jetzt verstehe ich ...", murmelte er betroffen.

„Hat Ava nie mit dir darüber gesprochen?"

„Nein, das hat sie nicht. Sie war manchmal ungewöhnlich distanziert und lustlos, wenn du verstehst, was ich meine, und ich habe dieses Verhalten nie richtig einordnen können."

„Schade. Ich hatte gehofft, dass du mir vielleicht weiterhelfen könntest."

„Seit Ava Kontakt zu Jonna hat, ist sie wie ausgewechselt und allmählich beginne ich zu begreifen."

„Wie bereits erwähnt, ist diese junge Frau nicht die Schuldige. Falls du irgendetwas von Ava hörst, dann gib mir bitte sofort Bescheid."

„Ich weiß nicht, Olof, ich will unsere Ehe nicht noch mehr belasten", antwortete Arne.

„Wenn du mir nicht hilfst, wird sich Ava ein Leben lang damit auseinandersetzen müssen. Ein Urteilsspruch könnte für Gerechtigkeit und seelischen Frieden sorgen."

„Sobald sich Ava meldet, werde ich mit ihr darüber reden. Mehr kann ich dir nicht versprechen."

„Danke, Arne."

Olof stieg auf sein Rad und wollte zu Jonna fahren, als er auf dem Weg dorthin von Stefan Jonasson angehalten wurde.

Stefan war alleinerziehender Vater einer fünfzehnjährigen Tochter.

„Olof, ich brauche dringend deine Hilfe", rief er aufgewühlt und bot ein Bild des Jammers. Sein Hemd war schief zugeknöpft und das Haar nicht gekämmt.

„Was ist passiert?"

„Sofia ist am Morgen nicht in der Schule erschienen."

„Hat sie geschwänzt?"

„Nein, so eine ist sie nicht", widersprach Stefan. „Sie hat gestern bei einer Freundin übernachtet und sich wie vereinbart gemeldet. Aber heute habe ich noch kein Lebenszeichen von ihr erhalten. Das hat sie noch nie gemacht."

„Hast du Sofias Freundin erreichen können?"

Stefan nickte.

„Sie sagt, dass Sofia mit dem Fahrrad pünktlich zur Schule aufgebrochen ist."

„Warum sind sie nicht zu zweit losgefahren?"

„Weil Malin in die Parallelklasse geht und die ersten drei Stunden ausgefallen sind."

„Bist du schon bei der Polizei gewesen?"

„Natürlich, das war auch mein erster Gedanke. Aber Arwed hat gemeint, dass es für eine Vermisstenanzeige noch viel zu zeitig wäre. Ich solle erst einmal abwarten, ob Sofia nach der Schule nach Hause kommt, weil sie garantiert nur den Unterricht geschwänzt hat."

Stefan fuhr sich mit beiden Händen nervös durchs Haar.

„Olof, ich kann doch spüren, dass etwas nicht stimmt. Warum verschwenden wir so viel kostbare Zeit? Stattdessen wird mit dem Finger auf mich gezeigt, weil ich alleinerziehender Vater bin. Ja, Reibereien könnten schon einmal vorkommen, weil die Mutter fehlt."

Er lachte verbittert auf.

„Sofia ist Klassenbeste und möchte später studieren. Sie weiß ganz genau, was sie will, und ich staune immer wieder, wie gut ich mich auf sie verlassen kann. Warum Olof, nimmt mich niemand ernst? Ich habe doch nur noch mein kleines Mädchen."

Stefan war den Tränen nahe und seine Unterlippe zitterte.

Olof zückte seinen Notizblock, den er immer dabeihatte und begann mit der Befragung von Stefan.

„Wann meldete sich Sofia immer bei dir?"

„Sobald sie in der Schule angekommen ist", antwortete Stefan. „Könnte ja sein, dass sie einen Unfall mit dem Fahrrad hat, und ich will lieber auf Nummer sicher gehen."

„Gut." Olof notierte sich Stefans Aussage und sein Kugelschreiber flitzte über das Papier. „Die Freundin bestätigt also, dass Sofia pünktlich losgefahren ist?"

„Ja. Ich habe bereits sämtliche Krankenhäuser abtelefoniert, man kann schließlich nie wissen. Aber Sofia ist wie vom Erdboden verschluckt."

„Könntest du nochmals die Schule kontaktieren? Nur zur Sicherheit", bat Olof.

Nervös tippte Stefan die Nummer ein und ließ sich mit dem Sekretariat verbinden. Sofia war nach wie vor nicht im Unterricht erschienen.

„Wo kann sie nur stecken? Wird sie das Schicksal von Maya teilen?" Stefan war außer sich. Er hatte schon seine Frau durch eine schwere Krankheit verloren.

„Es macht wenig Sinn, Stefan, wenn wir uns wilden Spekulationen hingeben. Ich werde jetzt zur Behörde fahren und Arwed Feuer unterm Hintern machen", sagte er grimmig. „Wir bleiben in Verbindung, falls es Neuigkeiten gibt."

„Alles klar."

Mit hängenden Schultern kehrte Stefan ins Haus zurück. Olof hingegen trat wie ein Wahnsinniger in die Pedale. Was fiel Arwed ein, Stefans Sorgen nicht ernst zu nehmen? Dabei hatte er doch schon seine Bedenken bezüglich Smillas Enkelin geäußert, deutlicher ging es ja wohl nicht.

Olof stürmte in die Behörde und bevor Kaja ihr Veto einbringen konnte, riss er die Tür zu Arweds Büro auf.

„Raus!“, brüllte Arwed und machte eine unmissverständliche Handbewegung. „Du bist pensioniert und hast hier nichts, absolut gar nichts verloren.“ Seine Halsschlagader pulsierte.

„Ich werde nicht eher gehen, bis Sofias Verschwinden in die Akten aufgenommen wird. Stefan ist krank vor Sorge, während ihr keinen Finger rührt, um nach dem vermissten Mädchen zu suchen.“

„Sie wird die Schule schwänzen, mehr nicht.“

„Woher willst du das so genau wissen?“

Olof war außer sich. Arwed delegierte gern, anstatt sich selbst darum zu kümmern. Und falls etwas schieflief, konnte er die Schuld bequem auf andere abwälzen. Ein Narzisst vom Feinsten.

„Du sitzt doch nur auf meinem Posten, weil du den richtigen Leuten in den Hintern gekrochen bist, mein Lieber. Du bist der Unfähigste von uns allen, das wollte ich dir schon immer einmal gesagt haben.“

Seine Nasenflügel bebten, so redete er sich in Rage.

„Zieh endlich deinen Kopf raus und mach deinen Job. Die Aufklärungsquote unseres Teams hat sich verschlechtert, und daran kann nur einer schuld sein.“

„Verlasse. Sofort. Mein. Büro“, keuchte Arwed, dessen Gesicht eine puterrote Färbung angenommen hatte.

„Nein“, blieb Olof konsequent. „Sofia könnte in Lebensgefahr schweben und ich werde nicht eher Ruhe geben, bis das Team wie eine aufgescheuchte Hühnerschar durch die Flure rennt, um sich an die Arbeit zu machen und nach ihr zu suchen.“

„Dann werde ich jetzt zwei Kollegen rufen, damit sie dich vor die Tür setzen. Ein für alle Mal!“

„Nein, das wirst du nicht.“

Olof ließ sich in den Sessel vor dem Fenster sinken und schlug die Beine übereinander.

„Bist du völlig übergeschnappt?“, brüllte Arwed.

„Erst, wenn du die Fahndung eingeleitet hast, werde ich gehen.“

„Das ist Erpressung und wird dich teuer zu stehen kommen.“

„Die Rechnung zahle ich gern, falls ich damit ein Menschenleben rette.“

Olof blieb standhaft, auch wenn er wusste, dass er von nun an mit einem knallharten Hausverbot zu rechnen hatte. Dann würde er seine ehemaligen Kollegen eben außerhalb ihrer Dienstzeit kontaktieren, es gab schließlich immer einen Weg.

Arwed griff zum Telefon. „Schafft diesen Kerl sofort aus meinem Büro“, bellte er in den Hörer.

Die Betonung lag auf seinem Büro, und wäre die Situation nicht so ernst gewesen, hätte Olof lauthals losgelacht. Zwei Kollegen betraten Arweds Büro und verharrten unschlüssig in der Tür.

„Befördert ihn sofort nach draußen“, befahl Arwed.

„Chef, im Grunde genommen hat er recht“, brach schließlich Holger das Schweigen. „Es macht wenig Sinn, sich aus Trotz der Situation zu verweigern.“

„Wollen Sie auch noch degradiert werden?“ Arwed war außer sich.

„So können Sie nicht mit uns umspringen“, fuhr Holger fort. „Ich habe mir meinen Rang redlich verdient.“

Arwed presste die Lippen zu einem schmalen Strich zusammen, während sein Blick hektisch von einem zum anderen wanderte. Er hatte nicht erwartet, dass seine Mitarbeiter Partei für Olof ergreifen würden.

„Ich werde jetzt die Fahndung nach dem Mädchen einleiten, weil wir es sind, die später mit dieser Schuld leben müssen“, sagte Holger und verließ das Büro.

Olof atmete auf, endlich kam Bewegung in den Fall.

„Ich werde jetzt gehen und euch eure Arbeit machen lassen. Hoffen wir, dass Sofia gefunden wird."

Kaum hatte Olof die Behörde verlassen, spürte er eine grenzenlose Erschöpfung. Die letzten Tage waren eine emotionale Achterbahnfahrt gewesen und die Ereignisse überschlugen sich regelrecht. Er wollte nur noch nach Hause, um einen starken Kaffee zu trinken und eine Kleinigkeit zu sich nehmen.

Klara hatte sich in ein schattiges Eckchen im Garten zurückgezogen und schmökerte in einem Liebesroman. Erst als der Kies unter seinen Füßen leise knirschte, schaute sie auf.

„Olof, das Mittagessen ist wieder kalt geworden", sagte sie vorwurfsvoll.

„Tut mir leid, aber in Svärdsjö ist der Teufel los."

„Wundert dich das?" Sie musterte ihn. „Schließlich stocherst du seit Wochen in einem Wespennest herum."

„Sofia, die Tochter von Stefan, ist nicht zum Unterricht erschienen", sagte er müde.

„Vielleicht schwänzt sie die Schule."

„Himmelherrgott, jeder verdächtigt das Mädchen, dem Unterricht absichtlich fernzubleiben", brauste er auf. „Wenn Stefan sagt, dass er sich auf sie verlassen kann, dann ist das auch so."

„Entschuldige", erwiderte Klara beleidigt.

„Ich habe eine Wahnsinnsangst, dass sich alles wiederholt. Kannst du das nicht verstehen?"

Klara klappte das Buch zu und legte ihre Hand auf seine Schulter.

„Ich werde dir jetzt das Mittagessen aufwärmen, du siehst ziemlich mitgenommen aus."

Olof folgte seiner Frau in die Küche und machte sich kurz darauf wie ein ausgehungerter Löwe über das Essen her. Anschließend lobte er ihre Kochkünste.

„Was wirst du nun tun?“, fragte sie.

„Ich werde wohl oder übel meine Hände in den Schoss legen und darauf vertrauen, dass die Kollegen gute Arbeit machen.“

„Hast du jemanden in Verdacht?“

„Jein“, antwortete er. „Jonna Skarsgård hat ihren Mann in Verdacht. Du weißt schon, das Ehepaar, das das Haus der Berggrens übernommen hat.“

„Aber damals hat er doch noch nicht in Svärdsjö gewohnt.“

„Nein, aber er war im Außendienst beschäftigt gewesen und ist viel herumgereist. Die alten Spesenabrechnungen belegen es.“

„Das ist natürlich bedenklich.“

„Ich werde jetzt zu Jonna Skarsgård fahren, um mit ihr alles Weitere zu besprechen.“

„Pass bitte auf dich auf.“ Klara drückte ihm einen Kuss auf die Wange. „Du bist keine zwanzig mehr.“

„Danke, dass du mich daran erinnerst.“ Er nahm sie in den Arm. „Es ist schön, dass es dich gibt“, raunte er ihr ins Ohr und wurde mit dem schönsten Lächeln der Welt dafür belohnt. „Ich werde den Wagen nehmen, es sieht nach Regen aus.“

„Ja, mach nur“, antwortete Klara und räumte den Tisch ab.

Olof hatte die kurze Strecke in Rekordgeschwindigkeit zurückgelegt. Jonnas Wagen stand in der Einfahrt, sie würde also zu Hause sein. Aber ihm öffnete niemand. In der Annahme, dass Jonna vielleicht im Garten wäre, umrundete er das Haus.

„Jonna, sind Sie da?“, rief er, ohne eine Antwort zu erhalten. Ob sie vielleicht spazieren gegangen war? Er wandte sich ab und steuerte auf Idas Haus zu.

„Hallo Olof. Schön, dich zu sehen“, sagte sie.

„Weißt du zufällig, wo Jonna stecken könnte?“

„Nein, tut mir leid, ich habe sie nicht gesehen."

„Bist du dir sicher?", hakte er nach und hatte das Gefühl, dass Ida nicht aufrichtig zu ihm war. Sonst hatte sie auf all seine Fragen eine Antwort und war wie ein wandelndes Lexikon.

„Sie hat sich seit Tagen zurückgezogen und kaum einen Fuß vor die Tür gesetzt", erklärte Ida.

„Dann will ich nicht länger stören", sagte er und lief zu seinem Wagen.

Er konnte nicht sagen, was genau es war, aber irgendetwas beunruhigte ihn. Wenn Ida behauptete, dass Jonna keinen Fuß vor die Tür gesetzt hatte, dann musste sie da sein. Er umrundete abermals das Haus, um sich im Garten noch einmal genauer umzusehen.

„Jonna? Sind Sie hier?"

Er stieg die Stufen zur Terrasse hinauf und blickte durch die Scheibe ins Innere des Hauses. Dann drehte er den Knauf herum und die Tür ließ sich tatsächlich aufschieben.

„Jonna?"

Stille.

Sein Herz klopfte wie verrückt, als er eintrat. Hausfriedensbruch – wer hätte das gedacht. Auf leisen Sohlen schlich er durch die Räume und fühlte sich alles andere als wohl. Kommissar hin oder her, es war einfach nicht seine Art, auf diese Weise in den Sachen anderer Leute herumzuschnüffeln. Aber sollte Jonnas Mann herausgefunden haben, was seine Frau über ihn wusste, dann … Nein, diesen Gedanken schob er beiseite.

„Was haben Sie hier zu suchen?", dröhnte plötzlich der tiefe Bass des Hausherrn über den Flur und Olof zuckte ertappt zusammen.

Wenn es einmal schlecht lief, dann aber gewaltig.

KAPITEL VIERUNDDREISSIG

Es war mitten in der Nacht, als Maya hörte, wie der Schlüssel im Schloss herumgedreht wurde. Um diese Uhrzeit tauchte John so gut wie nie auf und sie zog die Decke bis zum Kinn.

Nur Sekunden später stand er mitten im Raum, leuchtete ihr ins Gesicht und warf ein verschnürtes Bündel achtlos in die Ecke.

„Starr mich nicht so an“, polterte er und Maya verschränkte schützend die Arme vor dem Oberkörper. „Du kannst schon einmal anfangen, die Minuten zu zählen, die du noch unter den Lebenden weilst“, giftete er.

Maya hatte sich schon unzählige Male gefragt, wie aus einem dermaßen attraktiven Mann so hässliche Worte kommen konnten. John war in ihren Augen das personifizierte Böse. Was hatte sich die Natur nur dabei gedacht, solche Monster in Menschengestalt hervorzubringen? Wie konnten einige Personen mit so viel Empathie ausgestattet sein, dass sie am Leid anderer zugrunde gingen, während andere wie John jedes Fünkchen Menschlichkeit im Keim erstickten?

Die Tür klappte wie ein Sargdeckel zu, was bei Maya eine Panikattacke verursachte. Der Raum verfügte zwar über Licht, fließendes Wasser und eine Heizung, war aber so beengt, dass sie glaubte, ersticken zu müssen, sobald John die Tür hinter sich zuzog. Zwei mal zwei Meter, und das Jahr, für Jahr, für Jahr …

Maya wartete, bis die Attacke verebbte und sich ihr Herzschlag wieder beruhigte. Hatte John etwa einen Kleidersack in der Ecke abgeladen? Einmal im Jahr entsorgte er ihre alten Kleidungsstücke und brachte anschließend neue mit.

Sie wagte nicht, das Licht wieder einzuschalten, und rutschte im Dunklen vom Bett. Behutsam tastete sie sich voran, bis sie das Bündel zu fassen bekam. Die Sohle eines Schuhs, das Hosenbein einer Jeans und ein Oberkörper, der sich mit jedem Atemzug hob und wieder senkte.

„Oh nein …"

Mit einem wimmernden Laut wich sie zurück. Hatte er sich tatsächlich eine neue Frau beschafft und würde Maya austauschen wie diesen alten Kleidersack?

Sie hatte schon so oft in den schlimmsten Stunden ihres Lebens Erlösung herbeigesehnt. Wenn John sie wie einen streunenden Hund verprügelt hatte oder nach stundenlangem Missbrauch. Doch immer war ein Quäntchen Hoffnung zurückgekehrt, das ihre Seele genährt hatte. Aber gegen eine Konkurrentin war sie machtlos.

Erneut näherte sie sich der fremden Frau und ihre Fingerspitzen zeichneten die Konturen des Körpers nach. Sie hatte eine grazile Figur, ihre Haut war straff und die Brüste klein und fest. Ja, daran würde John ganz offensichtlich seine Freude haben. Nie im Leben hätte sich Maya träumen lassen, diese Gedanken auch nur ansatzweise zuzulassen. Sie berührte das feine seidige Haar der Frau, das nach Kokos, Honig und Sommer duftete.

Maya konnte sich nicht beherrschen, beugte sich nach vorn und roch am langen Haar der Fremden. Sie konnte noch eine Nuance von Schweiß und frisch gemähtem Gras wahrnehmen und die Erinnerung an eine andere Welt überrollte sie wie ein Tsunami.

Vor ihrem geistigen Auge tauchte eine Blumenwiese auf, deren hüfthohe Halme sich sanft im Wind wiegten, Schmetterlinge taumelten trunken von einer bunten Blüte zur nächsten und Schwalben schossen pfeilschnell durch die Luft. Inmitten der Wiese lag Lucky, ihr Golden Retriever, und wälzte sich mit wohligen Lauten im Gras.

Schluchzend schlug Maya die Hände vors Gesicht, als die Bilder an eine längst vergangene Zeit wie heißes buttriges Popcorn aufpoppten.

„Ich will leben, einfach nur leben", hauchte sie und ihre Schultern bebten.

Minutenlang hockte sie neben der Fremden auf dem kalten Boden, der weder im Sommer noch Winter seine Temperatur änderte. Ihre Sehnsucht nach der Welt da draußen wurde übermächtig, brannte lichterloh in ihrem Inneren und bahnte sich einen Weg an die Oberfläche. Maya stieß einen animalischen Schrei aus, der dumpf von den Wänden widerhallte. Diese Enge erdrückte sie und nahm ihr die Luft zum Atmen. Während ihrer schlimmsten Panikattacken war sie stundenlang in ihrem winzigen Gefängnis auf und ab gelaufen, bis ihre Füße bluteten. Kaum vorstellbar, aber wahr.

Plötzlich wurden ihre Gedankengänge durchbrochen, weil sie den unregelmäßigen Atemzügen der Fremden lauschte. Ihr Schrei hätte doch Tote aufwecken müssen, warum war sie nicht bei Bewusstsein? Maya umfasste das Handgelenk der Fremden, um den Puls zu fühlen, wie sie es bei einem Praktikum in der Arztpraxis gelernt hatte. Holprig, aber stark. Hatte John diese Frau betäubt, wie er es damals mit ihr getan hatte?

Maya drückte auf den Lichtschalter und betrachtete die Fremde staunend. Wie hübsch sie doch war. Gebräunte, samtige Haut, ein reiner Teint und Kleidungsstücke, die ihre zierliche Figur perfekt zu Geltung brachten. Kein Wunder, dass John sie auserwählt hatte, denn Maya war nur noch ein Schatten ihrer Selbst. Strähniges Haar, ein müder Blick und bleiche Haut, die sich faltig über die Knochen spannte.

Zugleich war es auch sehr beängstigend, diese Frau anzusehen. Seit Jahren war John ihr einziger Kontakt zur Außenwelt und manchmal hatte sie ihren Peiniger sogar herbeigesehnt, weil selbst der Missbrauch die immerwährende Einsamkeit durchbrochen hatte.

Angewidert schüttelte sie sich. Es war kaum in Worte zu fassen, wie sehr die Gefangenschaft sie verändert hatte …

Ein Ruck ging durch ihren Körper, jetzt musste sie rasch handeln. Sie griff nach einem alten zerschlissenen Handtuch, hielt es unter den Wasserhahn und benetzte das Gesicht der Fremden. Doch sie hatte das Bewusstsein noch nicht wiedererlangt und allmählich machte sich Maya Sorgen. Sie umfasste die Arme der Frau und zog sie zum Waschbecken, wo sie ihr einen Becher kaltes Wasser ins Gesicht schüttete. Zu ihrer großen Erleichterung zeigte das endlich Wirkung, die Fremde rührte sich mit einem leisen Stöhnen.

Maya versuchte sie aufzurichten und lehnte ihren Oberkörper an die Wand. Blinzelnd schlug die Fremde die Augen auf.

„Mein Kopf …“, jammerte sie und es verstrichen einige Minuten, bis sie in der Lage war, sich umzuschauen.

„Wo … wo bin ich?“, stammelte sie irritiert.

Maya schluckte. „In der Hölle.“

„Hölle?“ Die Fremde runzelte fragend die Stirn.

„Du bist wahrscheinlich entführt worden“, antwortete Maya.

„Entführt?“, echote sie. „Wo sind wir hier?“

„In irgendeinem umgebauten Kellerraum.“

Die Fremde zuckte wie unter einem Peitschenhieb zusammen.

„Ida … “, murmelte sie.

„Der Name sagt mir absolut nichts.“

„Sie taucht als letzte Person in meinen Erinnerungen auf. Ich weiß noch, dass ich mit ihr zu Abend gegessen habe, danach ist alles verschwommen.“ Die Fremde fasste sich erneut leise stöhnend an den Kopf. „Hättest du vielleicht eine Kopfschmerztablette für mich?“

Maya hätte am liebsten laut gelacht. An schlechten Tagen hatte John sie teils bewusstlos geschlagen.

„Da muss ich dich leider enttäuschen. Ich bekomme gerade so viel zu essen, dass ich nicht verhungere. Sieh mich doch nur einmal an.“

Die Fremde öffnete den Mund und schloss ihn wieder.

„Himmel, hat er dir das angetan?“

„Das und einiges mehr.“ Mayas Stimme war in ein leises Flüstern übergegangen.

„Ich verstehe das alles nicht.“

Maya hätte ihr am liebsten geantwortet, dass sie das auf eine sehr schmerzhafte Art und Weise schon bald erfahren würde.

„Möchtest du vielleicht einen Schluck Wasser?“, fragte sie stattdessen.

„Ja, sehr gern.“

John hatte in all den Jahren Mayas Widerspenstigkeit gebrochen und erwähnte diesen Umstand oft mit Stolz. Ihre Haut war mit Narbengewebe überzogen und sie hatte sich mit der Zeit an diesen Anblick gewöhnt. Selbst an ihre tief liegenden Augen, die jeglichen Glanz verloren hatten.

Die Fremde leerte den Becher und verlangte mehr. Dann wischte sie sich mit dem Handrücken über die Lippen.

„Wie lange bist du schon hier?", fragte sie.

Maya zuckte mit den Schultern.

„Ich habe keinen Kalender, aber es fühlt sich wie eine halbe Ewigkeit an."

„Du siehst sehr mitgenommen aus."

„Es war keine leichte Zeit." Maya versuchte ein schiefes Lächeln.

„Bist du die ganze Zeit über hier?", fragte die Fremde.

Maya nickte.

„Seit er mich hier eingesperrt hat, habe ich den Raum noch nie verlassen. Ich kann den Wechsel der Jahreszeiten nur an der Kälte spüren oder wenn während eines Sturmes das Lüftungsblech unaufhörlich klappert."

„Das tut mir wahnsinnig leid", sagte sie fassungslos. „Wie sieht der Kerl überhaupt aus, der dich gefangen hält?"

„Groß, drahtig und sehr attraktiv", antwortete Maya.

„Kastanienbraunes Haar und blaugraue Augen?", hakte die Fremde nach.

„Ja, woher weißt du das?"

„Dann kann es sich nur um Thord handeln."

„Er nennt sich John."

„Mit Sicherheit benutzt er einen falschen Namen. Wie heißt du eigentlich?"

„Maya."

Die Fremde stieß einen überraschten Schrei aus. „Du bist noch am Leben?"

„Ja", hauchte Maya.

Die Fremde beugte sich nach vorn und umfasste Mayas Schultern. Ihre Augen blitzten.

„Ich habe deine Botschaft gefunden, den Ohrstecker und deinen Schriftzug im Holz."

„Aber warum bist du dann hier? Warum hast du keine

Hilfe geholt?“ Mayas Stimme überschlug sich fast und klang unnatürlich schrill.

„Das habe ich doch versucht. Ich war bei der Polizei, aber die haben mich nicht ernst genommen und wieder weggeschickt. Nur Olof, der pensionierte Kommissar, war bereit, mir zu helfen. Doch bevor die Sache ins Rollen kam, wurde ich ausgeknockt. Anscheinend habe ich den falschen Personen vertraut.“

„Wissen meine Eltern nichts davon?“

„Nein, so weit sind wir mit den Nachforschungen noch nicht gekommen“, erklärte die Fremde.

Maya kämpfte mit Unverständnis und Tränen.

„Ihr hättet sie einweihen müssen“, rief sie vorwurfsvoll.

„Es gab doch keinerlei Beweise, dass du noch am Leben bist“, antwortete die Fremde gereizt. „Außerdem hätte ich niemals damit gerechnet, dass meine Nachbarin in der Sache mit drinsteckt.“

„Wo wohnst du?“, fragte Maya, um sich ein Bild machen zu können.

„Mein Mann und ich haben das Haus der Berggrens gekauft.“

Vor Mayas geistigem Auge reihten sich die Bilder in rascher Abfolge aneinander. Sie kannte die Berggrens nicht und war nie in deren Haus gewesen.

„Bitte erzähle mir, was genau geschehen ist.“

„Das ist eine lange Geschichte“, erwiderte die Fremde und fuhr sich mit beiden Händen müde übers Gesicht. „Ich hatte sogar meinen Mann in Verdacht, die Taten begangen zu haben, und bin kurzfristig bei meiner Nachbarin untergekommen, um nicht mit ihm unter einem Dach wohnen zu müssen.“ Sie stieß einen tiefen Seufzer aus. „Das Letzte, woran ich mich erinnern kann, ist das Abendessen mit zu viel Wein, der dummerweise meine geschwätzige Zunge gelöst hatte. Ich bin dann zur Seite gekippt, weil mir schwindelig geworden ist, und ab diesem Zeitpunkt enden meine Erinnerungen schlagartig."

„Das klingt, als ob dir diese Ida etwas in den Wein getan hätte."

„Das vermute ich auch."

„Wie heißt du eigentlich?", fragte Maya unvermittelt.

„Jonna."

KAPITEL FÜNFUNDDREISSIG

So bitter das auch klingen mag, willkommen in der Hölle, Jonna“, sagte Maya.

„Ich hätte niemals gedacht, dass du noch am Leben bist“, sagte sie.

„Leben würde ich das jetzt nicht unbedingt nennen“, antwortete Maya. „Der Ausdruck dahinvegetieren trifft es wohl besser.“

„Ich bin trotzdem froh, dass es dich noch gibt.“ Jonna lächelte.

„Fragt sich nur, für wie lange noch.“ Maya lehnte sich mit dem Rücken an die Wand. „Ich denke, dass meine Zeit gekommen ist und du als Ersatz für mich dienen wirst.“

„Wie kommst du denn auf solch einen abstrusen Gedanken?“

„Du bist wunderschön und steckst so voller Leben. Ich bin ausgezehrt nach all den Jahren, müde und grenzenlos erschöpft.“

„Maya, so darfst du nicht einmal ansatzweise denken. Wir sind zu zweit, wir sind ihm überlegen.“

„Kräftemäßig kann ich ihm kaum die Stirn bieten. Ein Blatt im Wind, mehr nicht.“

Jonna tippte sich an die Stirn. „Mit Köpfchen kann man den stärksten Gegner besiegen“, sagte sie. „Außerdem hat jeder eine Schwachstelle, und du kennst Thord deutlich länger als ich.“

Maya winkte ab.

„Ich kann meine unzähligen Fluchtversuche schon gar nicht mehr aufzählen. Er hat mich anschließend verprügelt und tagelang hungern lassen, ich musste für jeden einzelnen Versuch bitter bezahlen.“

„Dein Schicksal macht mich sprachlos und ich bin wahnsinnig enttäuscht, dass meine Bedenken nicht auf fruchtbaren Boden gefallen sind“, antwortete Jonna mit tiefem Bedauern. „Aber ich denke nicht daran, klein beizugeben.“

„Das wirst du früher oder später müssen. Dieser Mann ist ein Monster in Menschengestalt, gewissenlos und brutal. Er quält, weil es ihm Freude bereitet, andere zu demütigen und zu beherrschen. Und glaube mir, er war mehr als einmal kurz davor, mich zu töten.“

Maya machte eine kurze Pause, dann fuhr sie fort.

„Hin und wieder habe ich mir sogar gewünscht, dass er endlich seine Beherrschung verliert, um meine Qual zu beenden. Aber schließlich hat dann doch die Hoffnung gesiegt und der unbändige Wunsch, diese Welt dort draußen noch einmal wiederzusehen.“

„Ach Maya ...“

Jonna erhob sich und taumelte in Mayas Richtung, um sie

tröstend in den Arm zu nehmen. Sie hatte schon damit gerechnet, dass die junge Frau sie wegstoßen könnte, weil körperliche Nähe ihr verhasst war. Aber Maya ließ die Berührungen tatsächlich zu. Jonna strich ihr sanft über den Rücken und konnte dabei die einzelnen Knochenwirbel spüren, die sich spitz unter der mageren Haut abzeichneten. In diesem Moment war sie geradezu beseelt davon, Maya ihren Eltern zurückzubringen.

„Trotz aller Widrigkeiten habe ich eine Lawine ins Rollen gebracht", flüsterte sie. „Mein Mann und Olof werden nach mir suchen und mich mit etwas Glück auch finden. Wir dürfen die Hoffnung niemals aufgeben."

„Ich würde deine Gedanken so gern teilen", entgegnete Maya abgeklärt. „Ich habe jede Chance genutzt, um fliehen zu können. Aber alle Pläne sind gnadenlos gescheitert."

„Es gibt immer einen Weg, auch wenn ich momentan nicht klar denken kann. Wer aufgibt, hat schon verloren", beschwor Jonna sie.

„Ich fürchte mich davor, wieder zu scheitern. Wenn John mich nochmals verprügelt und hungern lässt, würde das unweigerlich das Ende für mich bedeuten, weil ich ihm kaum etwas entgegenzusetzen habe."

Jonna musste Maya zustimmen, die junge Frau war nur noch ein Hauch ihrer selbst – ausgezehrt von Johns jahrelanger Tyrannei.

„Wir werden eine Lösung finden", versicherte sie. „Er mag stark und brutal sein, aber mit einer gewissen Schläue können wir ihm seine Grenzen aufzeigen. Uns fällt mit Sicherheit etwas ein."

Das glaubst du doch selbst nicht, echote eine Stimme in ihrem Kopf. Thord hat dich hinters Licht geführt, genauso wie seine heimtückische Mutter, die von dem Treiben ihres Sohnes gewusst haben musste.

Bittere Galle schoss Jonna in den Rachenraum und sie

schaffte es gerade noch in letzter Sekunde, den Klodeckel anzuheben und sich zu übergeben.

„Ja, ich sehe uns schon die Keulen schwingen", kommentierte Maya trocken Jonnas körperliche Schwäche.

„Wer zuletzt lacht …", raunte Jonna und spülte sich den Mund mit Wasser aus. „Ich mache den Typen fertig, aber so was von fertig", keuchte sie und ließ sich erschöpft auf den Boden sinken.

„Genau, wir zwei werden das rocken", ergänzte Maya lakonisch.

„Deinen Zynismus kannst du dir sparen."

„Das tut wahnsinnig gut, ist regelrecht befreiend. Kann ich nur wärmstens empfehlen."

Über Jonnas Gesicht huschte ein Lächeln.

„Ich bewundere dich, wirklich. Keine Ahnung, ob ich nach all den Jahren noch zu Humor fähig wäre."

Jetzt war es Maya, die einen Schritt auf sie zumachte, um sie zu umarmen.

„Ich bin so dankbar, endlich mit jemand anderem sprechen zu dürfen."

„Nicht dafür, Maya, wir sind noch lange nicht am Ziel", entgegnete Jonna. „Wir müssen zusammenhalten, um Thord in die Knie zu zwingen."

„Das hattest du bereits erwähnt."

Jonna ließ ihren Blick wiederholt durch die winzige Zelle schweifen. Dieser kranke Mistkerl hatte alles festgeschraubt – die Toilette am Boden, das Waschbecken an der Wand genauso wie das Bettgestell.

„Maya, könntest du die Matratze vom Bett entfernen. Ich fühle mich noch zu schwach", bat Jonna.

„Glaube mir, ich habe schon alles versucht."

„Mach es trotzdem, bitte."

Maya zerrte die Matratze zur Seite und das geschweißte Gestell aus Rohren und Metallresten kam zum Vorschein.

Jonna zog sich daran hoch und klopfte es mit den Handknöcheln ab.

„Was machst du da?", fragte Maya.

„Ich will das Gestell auf Schwachstellen absuchen. Leider ist mir schwindelig und ich habe das Gefühl, mich auf einem schwankenden Dampfer zu befinden."

„Keine Sorge, das läuft uns nicht weg."

„So kann man es auch sehen. Sag mal, wann zu welcher Tageszeit taucht John überhaupt auf?"

„Von meinem Zeitgefühl her müsste er schon längst da gewesen sein."

„Und nun?"

„Keine Ahnung."

Wie auf Kommando gab Mayas Magen gluckernde Geräusche von sich. Sie hatte Hunger und Jonna schmerzte der Anblick dieser ausgezehrten jungen Frau. Sie war hübsch, doch der grenzenlose Schmerz in ihren Augen beraubte sie ihrer Schönheit. Thord hatte ein psychisches und physisches Wrack aus ihr gemacht.

Maya stand auf und füllte den Becher erneut mit Leitungswasser, um ihn Jonna zu reichen.

„Du musst viel trinken, damit das Zeug aus deinem Körper gespült wird. Dann wird es dir bald bessergehen."

Jonna kippte das Wasser hinunter und schloss die Augen. „Nur noch ein paar Minuten Ruhe", murmelte sie.

„Alles klar."

Jonna döste tatsächlich noch einmal ein und schreckte kurz darauf aus dem Schlaf.

„Tut mir leid", entschuldigte sie sich, „ich habe noch mächtig zu kämpfen."

„Fühlst du dich besser?", erkundigte sich Maya.

„Ein wenig", antwortete Jonna und sah sich die einzelnen Schweißnähte genauer an. „Hier war ganz sicher kein Profi am Werk", stellte sie fest. „Kannst du die feinen Risse in den Nähten erkennen?"

Maya nickte. „Woher kennst du dich so gut damit aus?"

„Ein Freund von mir ist Künstler und hat aus Schrott Skulpturen geschweißt. Ich habe ihm oft dabei zugesehen."

Jonna konzentrierte sich wieder auf die Verstrebungen. Ein Metallrohr saß ziemlich locker und sie wollte genau dort ansetzen. Sie kroch unter das Bettgestell und begann, mit dem Fuß gegen diese Strebe zu treten. Maya beobachtete sie eine Weile und bat darum, sie abzulösen.

„Bist du dir sicher?", fragte Jonna besorgt.

„Absolut", verkündete Maya. „Ich will auch meinen Teil dazu beitragen."

Immer wieder wechselten sich Jonna und Maya ab und die Risse an der Schweißnaht vergrößerten sich. Das kräftezehrende Prozedere verlangte ihnen einiges ab und am Ende mussten sie immer wieder eine Pause einlegen. Aber sie wurden für ihren Fleiß belohnt, als sich ein Ende der Strebe endlich löste. Jonna bog die Strebe auf und ab, bis auch die andere Schweißnaht nachgab.

„Wir haben es tatsächlich geschafft", freute sie sich.

„Jetzt müssen wir nur noch warten, bis John auftaucht", sagte Maya.

Sie spielten mehrere Szenarien durch und waren sich am Ende einig, dass Jonna sich hinter der Tür postieren sollte. Auf diese Weise konnten sie ihn am ehesten überwältigen. Dann löschte Maya das Licht, damit er den Raum nicht sofort überblicken konnte. Die Zeit verstrich quälend langsam und sie warteten vergebens auf ihn. Sie hatten die Hoffnung bereits aufgegeben, als der Schlüssel im Schloss herumgedreht wurde.

„Bist du bereit?", wisperte Jonna und hob die Stange über ihren Kopf.

„Ja", hauchte Maya.

Kaum hatte John den Raum betreten, sauste auch schon die Eisenstrebe auf ihn nieder.

KAPITEL SECHSUNDDREISSIG

Ich hatte gefragt, was Sie in meinem Haus zu suchen haben?" Markus fixierte Olof mit starrem Blick.

„Entschuldigen Sie, ich habe mir Sorgen um Jonna gemacht", antwortete er.

„Warum?" Markus machte demonstrativ einen Schritt auf ihn zu.

„Weil ihr Wagen in der Einfahrt steht und ich sie nicht angetroffen habe."

„Das gibt Ihnen noch lange nicht das Recht, sich auf unerlaubterweise Zugang zu verschaffen."

„Ich bin durch die Terrassentür hereingekommen, die übrigens nicht verriegelt war,", erklärte Olof. „Wenn Jonna unterwegs wäre, würde sie doch sicher abschließen."

„Vielleicht ist sie nur kurz zum See hinuntergegangen. Aber das ist trotzdem kein Grund, einfach so in unser Haus zu marschieren." Die Wut von Markus schien zu verrauchen. „Allerdings hat sie sich seit gestern nicht mehr gemeldet, was auch daran liegen könnte, dass ich über Nacht weggeblieben bin."

Olof nahm seine Aussage erstaunt zur Kenntnis. Jetzt musste er am Ball bleiben, die Chancen standen gut.

„Sie sind viel unterwegs, nicht wahr?"

„Das dürfte Sie wohl kaum interessieren?"

Das Misstrauen von Markus flackerte wieder auf und Olof reichte ihm rasch die Hand.

„Ich bin Olof Tomasson, ehemaliger Kommissar aus Svärdsjö", stellte er sich vor.

„Oh, ja, angenehm."

Olof sah, wie es hinter der Stirn von Markus arbeitete.

„Steckt Jonna in Schwierigkeiten?", fragte er besorgt.

„Das wollte ich Sie gerade fragen. Sie sind schließlich mit ihr verheiratet", erwiderte Olof.

„Ich habe nicht die geringste Ahnung", erwiderte Markus schulterzuckend.

„Sind die Sachen Ihrer Frau noch da?", fragte Olof geistesgegenwärtig, obwohl er sich nicht vorstellen konnte, dass Jonna ohne ihren Wagen Markus verlassen haben könnte.

„Warum fragen Sie?"

„Schauen Sie bitte nach", bat Olof erneut.

Markus lief ins Schlafzimmer und öffnete die Schranktüren.

„Auf den ersten Blick ...", er stockte. „Moment, ich glaube, zwei Sommerkleider fehlen." Aufmerksam kontrollierte er die Kleidungsstücke. „Da fehlt einiges."

„Rufen Sie Ihre Frau an", drängte Olof. „Ich muss wissen, wo sie steckt."

„Das habe ich schon versucht, aber es springt nur die Mailbox an", erwiderte Markus.

„Das sieht Ihrer Frau gar nicht ähnlich. Wenn sie sich bis zum Abend nicht gemeldet hat, dann kontaktieren Sie mich umgehend." Olof reichte Markus seine Visitenkarte.

„Das werde ich machen", versprach Markus.

Olof verabschiedete sich und verließ das Haus. Nachdem er wieder in seinen Wagen eingestiegen war, hinterließ er Jonna eine Nachricht. Er war irritiert von ihrem Verhalten und ahnte, dass etwas passiert sein musste.

Genau in diesem Moment trat Bengt aus dem Haus und Olof fuhr die Seitenscheibe herunter.

„Grüß dich, Bengt. So spät erst zur Schule?", fragte er den jungen Lehrer.

„Ja, dafür habe ich fast den gesamten Nachmittag Unterricht", erwiderte er.

„Sag mal, hast du vielleicht eine Ahnung, wo deine neue Nachbarin unterwegs sein könnte?"

„Jonna?"

Olof nickte.

„Sie ist mit einem Koffer und einer Reisetasche rüber zu Ida."

„Ist sie noch bei ihr?" Olof spürte, wie ihm allmählich mulmig wurde.

„Ja, wahrscheinlich schon", antwortete Bengt.

„Ich danke dir."

Olof stieß die Fahrertür auf und sprang aus dem Wagen. Er ließ den verwunderten Bengt einfach stehen und eilte zu Idas Haus. Dort drückte er so lange auf den Klingelknopf, bis Ida ihm öffnete.

„Was ist denn nun schon wieder los", fragte sie.

Doch Olof blieb ihr eine Antwort schuldig und drängte sich an ihr vorbei ins Innere. Als er den Koffer am Ende des Flurs stehen sah, drehte er sich zu ihr um.

„Jonnas Gepäck?"

„Nein, natürlich nicht", widersprach Ida. „Olof, was soll das überhaupt?"

„Wir sprechen uns noch", sagte er, eilte nach draußen und stieg wieder in seinen Wagen. Dann bog er in eine Nebenstraße, wo er sich auf die Lauer legte. Er musste nicht allzu lange warten, bis Thord bei seiner Mutter vorfuhr. Nur wenige Minuten später verließ er wieder das Haus und Olof hängte sich unauffällig an seine Stoßstange. Nie im Leben wäre er auf den Gedanken gekommen, dass Ida mit ihrem Sohn unter einer Decke stecken könnte, dass die zwei überhaupt etwas mit dem Mord und den Entführungen zu schaffen hatten. Ida, die nette und beliebte Nachbarin und ihr intelligenter, gut aussehender Sohn, dem die Frauen reihenweise zu Füßen lagen. Wie hatte er nur so blind sein können?

Thord ließ Svärdsjö hinter sich und fuhr in Richtung Sandviken, wo er wohnte. Olof kannte die Adresse, bezweifelte aber, dass Thord Jonna dorthin verschleppt haben könnte. Von unterwegs aus rief er in der Behörde an und aktivierte die Freisprechanlage.

„Holger, gut, dass ich dich erreiche. Jonna ist ebenfalls verschwunden, ihr Koffer steht bei Ida. Ich verfolge Thord, um herauszufinden, wo er sie hingebracht haben könnte."

„Olof, hör sofort damit auf und lass uns unsere Arbeit machen", entgegnete Holger mit einer gewissen Schärfe in seiner Stimme. „Du wirst noch in Teufels Küche kommen, wenn du so weitermachst."

„Verdammt Holger, willst du den Ernst der Lage nicht begreifen? Thord ist wahrscheinlich der gesuchte Mörder, und Ida weiß davon."

„Unsere Ida?"

„Ja, ich bin auch wie vor den Kopf gestoßen. Aber Jonnas Koffer steht bei ihr."

„Vielleicht hat sie ihn nur untergestellt", erwiderte Holger nüchtern.

„Jetzt hör mir mal zu", wurde Olof laut. „Schick sofort zwei Männer zu Ida, die sie befragen und nach dem Gepäck sehen. Bengt hat gesehen, wie Jonna zu Ida gegangen ist. Und bevor du weiter gegensteuerst, erinnere dich, was für ein gutes Team wir gewesen sind."

Holger zögerte einen Moment, bevor er zustimmte.

„Einverstanden, du hast mein Wort. Arwed ist gerade zu einem fünftägigen Lehrgang aufgebrochen, also werde ich die Entscheidung allein treffen."

„Wunderbar, besser könnte es nicht laufen. Rufe mich bitte umgehend an, sobald du Neuigkeiten hast. Ich bleibe an Thord dran und gebe euch die Koordinaten durch, falls er mich zu Jonna und Stefans Tochter Sofia führt."

Olof beendete das Gespräch und konzentrierte sich wieder auf den Verkehr. Gleich würden sie Sandviken erreicht haben und erste Zweifel kamen bei ihm auf, ob Thord ihn tatsächlich zu Sofia und Jonna führen würde. Jetzt setzte Thord den Blinker und fuhr hinunter zum Storsjön, einem ruhigen Fleckchen, wo das Wasser besonders tief war. Olof war gezwungen, den Wagen versteckt abzustellen und Thord zu Fuß zu folgen.

Er sah gerade noch, wie Thord etwas aus dem geöffneten Kofferraum holte und ins Wasser warf. Er machte hastig ein Foto und lief zurück, um rechtzeitig seinen Wagen zu erreichen. Kaum war er eingestiegen, fuhr Thord bereits an ihm vorbei. Olof hatte seine liebe Not, an ihm dranzubleiben, besonders, als sie Sandviken durchquerten. Er leitete die Koordinaten an Holger weiter und bat ihn, jemanden zum Storsjön rauszuschicken, um nach Jonnas Gepäck zu suchen. Anschließend rief er Klara an, um die Wogen zu glätten und damit sie sich keine Sorgen machte.

„Schatz, ich bin noch unterwegs", sagte er.

„Wo steckst du nun schon wieder?", fragte sie in einem verärgerten Tonfall.

„Ich werde dir alles erklären, sobald ich nach Hause gekommen bin. Es könnte sehr spät werden, bitte verzeih mir."

„Olof …“, wollte Klara aufbegehren, doch er hatte das Gespräch bereits beendet. Er musste sich auf die Straße konzentrieren, um Thords Wagen nicht aus den Augen zu verlieren.

Inzwischen hatten sie Sandviken hinter sich gelassen und Thord war auf eine Nebenstraße abgebogen, die durch ein dichtes Waldgebiet führte.

„Wo zum Teufel willst du hin?“, murmelt Olof, der Thord in gebührendem Abstand folgte. Die Straße wurde kaum noch von Fahrzeugen frequentiert und er war gezwungen, sich weit zurückfallen zu lassen. Nach einer Kurve bemerkte er, dass Thord irgendwo abgebogen sein musste. Fluchend schlug er mit der flachen Hand auf das Lenkrad, wendete und fuhr zurück.

Aber egal wie oft er die Straße auf und ab fuhr, er konnte Thords Wagen nicht entdecken. Erst als er die Geschwindigkeit drosselte und jeden Waldweg einer genauen Musterung unterzog, sah er in der Ferne das Glas einer Heckscheibe blitzten. Das musste Thords Wagen sein, denn ihm war kein weiteres Fahrzeug entgegengekommen.

Olof parkte abseits und hastete durch den Wald. Bloß gut, dass das Fahrradfahren seine Muskeln stärkte und Klara die Mahlzeiten stets mit gesunden Lebensmitteln zubereitete. Das zahlte sich aus und ihm ging trotz seines Alters nicht so schnell die Puste aus. Behände bahnte er sich einen Weg durch das dichte Unterholz und achtete peinlichst genau darauf, auf keinen vertrockneten Ast zu treten. Dann hatte er das Fahrzeug erreicht und schaute sich um. Wohin könnte Thord verschwunden sein? Überall fuhrten schmale Pfade ins Dickicht, die genauso gut von Tieren hätten stammen können.

Unschlüssig drehte sich Olof um die eigene Achse, als er sich nähernde Schritte vernahm. Er duckte sich und drückte vorsichtig die Zweige auseinander. Thord perlte Blut von der Schläfe und er taumelte den Waldweg entlang zu seinem Wagen. Nur Sekunden später heulte der Motor auf und das Fahrzeug entfernte sich. Olof befürchtete, den Vorsprung nicht aufholen zu können, und sprintete zu seinem Wagen.

Mit durchdrehenden Reifen fuhr er los und hoffte, intuitiv die richtige Richtung eingeschlagen zu haben. Mit überhöhter Geschwindigkeit raste er die Straße entlang und unterrichtete Holger.

„Ich werde die Kollegen aus Sandviken informieren, damit sie das Waldstück durchsuchen", antwortete sein ehemaliger Kollege. „Wir sind mit allen Leuten im Einsatz, ich verfüge über keine Kapazitäten mehr."

„Ich danke dir", erwiderte Olof und trat das Gaspedal durch. Wo immer Thord auch gewesen war, es musste ein Kampf stattgefunden haben.

Endlich tauchte der Wagen wieder vor ihm auf, das Glück schien auf seiner Seite zu sein. Die Fahrt währte allerdings nur kurz, denn Thord bog auf einen holprigen Feldweg ab, der im Nirgendwo endete. Auf einer kleinen Anhöhe befand sich ein heruntergekommener Bungalow, auf den Thord geradewegs zulief. Olof verbarg sich hinter einem Baum und wählte erneut Holgers Nummer.

„Was ist denn nun schon wieder?", raunte Holger genervt. „Wir stecken mitten in Idas Befragung."

„Thord ist auf dem Weg zu einem leer stehenden Bungalow, du musst unbedingt Verstärkung aus Sandviken anfordern."

„Verdammt Olof, ich weiß gerade nicht, wo mir der Kopf steht. Gib mir die Daten einfach durch."

Nachdem Olof die Koordinaten an Holger weitergeleitet hatte, umrundete er in einem großen Bogen den Bungalow, um sich der Hinterseite des Hauses zu nähern. Sein Herz hämmerte gegen die Rippen und es fiel ihm schwer, seine Nervosität im Zaum zu halten. Immer wieder fragte er sich, ob er auch wirklich das Richtige tat. Nicht auszudenken, wenn er Himmel und Hölle in Bewegung setzte und sich sein Verdacht später als falsch herausstellen würde.

Er bahnte sich einen Weg durch dichtes Gestrüpp, das ihm genügend Deckung bot. Das Grundstück war komplett verwildert, hier wohnte schon lange niemand mehr. Der Bungalow sah ähnlich verwahrlost aus. Die falunrote Farbe löste sich von der Holzfassade und das Gebäude war ein Anblick des Jammers.

Olof lehnte sich mit dem Rücken an die Außenwand und hörte es im Inneren des Bungalows rumoren. Der dumpfe Knall einer Falltür ertönte, dann schlug eine Tür zu und er vernahm das leise Klimpern eines Schlüsselbundes. Nur wenige Minuten später sprang Thords Wagen an. Olof rang mit sich, was er nun tun sollte. Thord verfolgen oder nachschauen, was er hier gewollt hatte?

Er entschied sich für Letzteres und wählte nochmals Holgers Nummer.

„Ich entschuldige mich für die Störung, aber Thord ist soeben weggefahren. Ich werde jetzt nachschauen, warum er hier gewesen ist und mich wieder melden. In der Zwischenzeit könnt ihr ihn zur Fahndung ausschreiben."

„Olof, erstens bist du nicht der Chef, und zweitens liegen uns nicht genügend Beweise vor, um das zu tun."

„Dann eben nicht", brummte Olof und hob einen Stein auf, um die Scheibe zu zertrümmern. Das Glas ging zu Bruch und er entfernte die restlichen Splitter aus dem Rahmen, um sich daran hochzuziehen. Er keuchte und ächzte und merkte schließlich doch, dass er nicht mehr der Jüngste war. Immerhin, er war im Haus.

Muffiger Geruch schlug ihm entgegen, als er den Flur durchquerte. Er durchsuchte die Räume nach einer Luke und wurde in der Küche fündig. Er schob Tisch und Stühle zur Seite, rollte den Teppich zusammen und die Falltür kam zum Vorschein. Er zog am Griff und leuchtete mit seinem Smartphone in den dunklen Schlund.

„Hallo? Jemand hier?“

Er glaubte, ein dumpfes Geräusch gehört zu haben, war sich aber nicht sicher und stieg hinunter, um nachzusehen. Der Lichtstrahl huschte über die Steinwände und blieb an einer stabilen Tür hängen. Olof hämmerte mit seiner freien Hand gegen das Holz.

„Hallo? Sofia? Jonna?“

Er konnte ganz dumpf ein paar Wortfetzen vernehmen, die er nicht verstand. Für den Bruchteil einer Sekunde dachte er darüber nach, Hilfe anzufordern, verwarf den Gedanken aber wieder. Stattdessen machte er sich im Keller auf die Suche nach einem Brecheisen. In Eile durchforstete er die Räume, weil er befürchtete, dass Thord zurückkehren könnte.

Das Einzige, was er auftreiben konnte, war ein rostiger Vorschlaghammer. Besser als nichts. Er holte Schwung und schlug mit dem schweren Hammer gegen die Tür. Womit er nicht gerechnet hatte, war der starke Rückprall und er wurde vom Vorschlaghammer an der Schulter getroffen. Mit einem Schmerzlaut knickte Olof ein. Verdammt, tut das gut, wenn der Schmerz nachlässt, dachte er mit zusammengekniffenen Lippen.

Nun hatte er auf schmerzhafte Weise erfahren, wie er mit dem Hammer umzugehen hatte, und die Tür erbebte unter seinen Schlägen. Er hatte es mittlerweile auf das Schloss abgesehen, die größte Schwachstelle der Tür. Wieder und wieder schlug er zu und der Schweiß rann ihm am Rücken herab.

„Nur zwanzig Jahre jünger und das Ganze wäre ein Kinderspiel“, keuchte er und holte abermals Schwung. Ein lautes Knacken ertönte und die Tür hing schief in den Angeln. Immerhin, er war auf einem guten Weg. Nach zehn weiteren harten Schlägen schwang die Tür unerwartet auf und das Schloss landete klackernd auf dem Boden. Sofia hockte tränenüberströmt auf einer Matratze und wiegte sich katatonisch vor und zurück.

„Komm zu mir", flüsterte Olof mit sanfter Stimme und reichte dem Mädchen die Hand. Aber Sofia rührte sich nicht. Also hockte er sich neben sie und legte behutsam seinen Arm um ihre Schultern. „Du musst jetzt mit mir kommen, dein Vater wartet schon sehnsüchtig auf dich", sagte er leise.

Die Zeit drängte, aber Sofia zeigte noch immer keinerlei Regung. Obwohl sich Olof völlig verausgabt hatte, schob er seine Arme unter Sofia und hob sie kurzerhand hoch. Sie wehrte sich glücklicherweise nicht und schien in einer Art Schockstarre zu verharren. Er stieg die schmale Kellertreppe nach oben und als er nach draußen trat, schloss Sofia geblendet die Augen. In Eile umrundete er das Haus und setzte das Mädchen schließlich ab.

„Tut mir leid, ich muss kurz verschnaufen", keuchte er und stützte die Hände auf die Knie, um durchzuatmen.

Dann hob er Sofia wieder hoch und bahnte sich einen Weg zurück durchs dichte Gestrüpp. Dornen zerkratzten ihnen Arme und Beine, aber darauf konnte Olof keine Rücksicht nehmen. Er musste Sofia in Sicherheit bringen, koste es, was es wolle. Jetzt hatte er die Gelegenheit dazu, seine Versäumnisse aufzuholen, und er würde sogar sein Leben geben, um alles wieder ins Lot zu bringen.

Als er den Wagen erreicht hatte, war er auch am Ende seiner Kräfte angelangt. Er setzte Sofia auf den Beifahrersitz, zurrte den Gurt fest und wischte sich mit dem Handrücken den Schweiß von der Stirn. Dann stieg er ein, startete den Motor und fuhr los. Die Zeit drängte. Nachdem er die Hauptstraße erreicht hatte, aktivierte er die Freisprechanlage und wählte die Nummer von Sofias Vater.

„Hallo Stefan, Olof hier", meldete er sich.

„Gibt es Neuigkeiten?" Stefans Stimme vibrierte leicht.

„Ich bin mit deiner Tochter auf dem Weg ins Krankenhaus von Sandviken. Wäre schön, wenn du kommen könntest."

„Geht es Sofia gut?", rief Stefan aufgewühlt.

„Ja."

„Alles klar, ich werde sofort losfahren."

Sofia neigte ihren Kopf zur Seite, als sie die Stimme ihres Vaters hörte.

„Alles wird gut", sagte Olof tröstend und nickte ihr lächelnd zu. Dann wählte er die Nummer von Holger.

„Ich habe Sofia bei mir und fahre auf direktem Wege nach Sandviken. Jetzt kannst du Thord endlich auf die Fahndungsliste setzen", sagte er.

„Sofia ist bei dir? Ich werde mich sofort um alles kümmern", versprach Holger.

„Mach das. Ist Jonna schon aufgetaucht?"

Holger verneinte.

„Die Kriminaltechniker untersuchen gerade den Kellerraum eines leer stehenden Hauses, das mit deinen Koordinaten übereinstimmt. Noch kann ich nicht sagen, was es damit auf sich hat."

„Danke, und halte mich bitte auf dem Laufenden."

„Werde ich machen."

Allmählich fiel die Anspannung von Olof ab. Sofia starrte apathisch in die Ferne und nahm kaum etwas um sich herum wahr. Die Ärzte würden sicher wissen, was zu tun ist, und Stefan war schließlich auch noch da.

Inzwischen hatte Olof Sandviken erreicht. Er war so aufgeregt, dass er versehentlich einem Lieferwagen die Vorfahrt nahm, der daraufhin ein Hupkonzert veranstaltete. Die Ereignisse überschlugen sich gerade und Olof wäre gern an allen Orten gleichzeitig gewesen. Als er endlich das Krankenhaus erreicht hatte, schickte er ein stilles Stoßgebet zum Himmel. Er trug Sofia zur Anmeldung, wo das Mädchen von einer Ärztin übernommen und sofort zur Notfallambulanz begleitet wurde. Olof forderte umgehend psychologischen Beistand an, weil Sofia gesondert untersucht werden musste.

Dann schritt er nervös auf und ab. Seine Knie waren weich wie Butter und für einen starken Kaffee hätte er sein letztes Hemd gegeben.

„Olof!“ Stefans Stimme hallte über den Flur. „Wo ist meine Tochter?“

„Sie wird gerade untersucht“, antwortete Olof.

„Ich will sofort zu ihr“, drängte Stefan.

„Gedulde dich einen Moment, es wird sicher nicht mehr lange dauern. Ein Psychologe ist bei ihr und kümmert sich um sie.“

„Wo hast du sie gefunden?“, fragte Stefan.

„In einem Bungalow. Jemand muss sie dort eingesperrt haben.“

Stefan machte einen Schritt auf Olof zu und packte ihn am Kragen.

„Wer zur Hölle hat mein Kind angefasst?“, zischte er.

„Stefan, bitte beruhige dich“, bat Olof. „Ich habe den Täter nicht gesehen, du wirst seine Identität noch früh genug erfahren.“

„Raus mit der Sprache. Wer ist dieser Mistkerl?“ Stefans Augen funkelten zornig.

Olof konnte ihm unmöglich die Wahrheit sagen, das war die Sache des Ermittlerteams. Genau in diesem Moment verließ Sofia den Untersuchungsraum und Stefan schloss sie in die Arme.

„Ich bin so froh, dass du wieder da bist.“ Die Umarmung ihres Vaters löste Sofias Schockstarre und sie brach in Tränen aus. Stefan strich seiner Tochter liebevoll durchs Haar. „Es wird alles wieder gut, jetzt bist du bei mir“, raunte er.

Olof trat unterdessen an die Ärztin heran.

„Ist sie …?“ Er ließ die Frage unausgesprochen, aber die Ärztin verstand auch so.

„Glücklicherweise nicht. Das Mädchen ist unversehrt."

Olof war so unendlich erleichtert. „Vielen Dank."

Anschließend verabschiedete er sich von Stefan und Sofia. Auf dem Weg zu seinem Wagen begegnete er Holger.

„Olof, du hast großartige Arbeit geleistet", lobte Holger und klopfte ihm kameradschaftlich auf die Schulter.

„Danke. Habt ihr Jonna schon gefunden?"

„Tut mir leid, von ihr fehlt weiterhin jede Spur", antwortete Holger.

„Und Thord?"

„Ist noch nicht gefasst worden. Sobald wir Sofia befragt haben, werden wir die landesweite Fahndung nach ihm einleiten. Er wird sicher nicht weit kommen." Holger zeigte ihm einige Fotos auf seinem Smartphone. „Das ist der Raum, von dem ich gesprochen habe. Das Team der Kriminaltechniker hat jede Menge verwertbare Spuren gefunden."

„Wen er dort wohl festgehalten hat?", fragte Olof.

„Das werden wir schon bald herausfinden, die Ermittlungen laufen auf Hochtouren."

„Wenn ich euch helfen kann …"

„Olof, ich danke dir für alles, aber jetzt solltest du nach Hause fahren und dich ausruhen", unterbrach Holger ihn.

Olof lag eine bissige Bemerkung auf der Zunge, die er tapfer hinunterschluckte. Es fühlte sich so an, als wenn man ihm ein wichtiges Körperteil amputiert hätte. Dabei wollte er doch nur gebraucht werden.

„Grüß Klara von mir", rief Holger ihm nach. „Sie hat einen Top-Ermittler geheiratet."

Olof winkte resigniert ab. Als er wieder in seinem Wagen saß, lehnte er die Stirn gegen das Lenkrad. Erst jetzt spürte er die grenzenlose Erschöpfung, die ihm seine körperlichen Grenzen aufzeigte.

„Auf zu Klara", murmelte er und fuhr vom Parkplatz. Wie in Trance legte er die Strecke zurück und es fiel ihm schwer, mental wieder herunterzufahren. Als er endlich sein

Zuhause erreicht hatte, fühlte er sich keinen Deut besser. Anstatt zu triumphieren, fiel er in ein tiefes schwarzes Loch.

Klara kam aus dem Haus gelaufen.

„Meine Güte, Olof", sagte sie und musterte ihn. „Wo zum Teufel bist du nur gewesen? Du siehst ja ganz furchtbar aus."

„Einmal Hölle und wieder zurück", antwortete er.

„Komm rein, und dann erzählst du mir alles."

Olof folgte Klara ins Haus und setzte sich an den Küchentisch.

„Ein starker Kaffee wäre gut", raunte er.

„Kommt sofort."

Klara stellte umgehend die Kaffeemaschine an und wärmte das Mittagessen auf, dann setzte sie sich zu ihm.

„Und jetzt erzählst du mir ausführlich, was passiert ist."

Olof trank einen kräftigen Schluck, dann brach der gesamte aufgestaute Schmerz der letzten Jahre aus ihm heraus.

KAPITEL SIEBENUNDDREISSIG

Mayas Herz flatterte wie ein verschrecktes Vögelchen in ihrem Brustkorb. Hatte Jonna ihn getroffen? Eine warme Hand griff nach ihrer und riss sie mit sich.

„Nun mach schon“, drängte Jonna und Maya stolperte über John, der direkt vor der Tür lag. Sie waren gerade dabei, sich durch den schmalen Spalt nach draußen zu zwängen, als Maya plötzlich am Knöchel gepackt wurde.

„Er hält meinen Fuß fest“, schrie sie hysterisch und versuchte, sich aus Johns Klammergriff zu befreien.

Jonna zerrte an Mayas Arm, doch John ließ einfach nicht los. Hektisch trat sie mit dem Absatz nach seiner Hand, bis er einen Schmerzlaut ausstieß und Maya endlich ihr Bein freibekam.

„Los, los, los, wir müssen hier raus", drängte Jonna, ergriff Mayas Handgelenk und zog sie hinter sich her.

Aber Maya hatte Probleme, Jonna zu folgen. Ihre Gelenke hatten sich versteift, sie war seit Jahren keine großen Strecken mehr gelaufen. Ungelenk stolperte sie die Treppe hinauf und folgte Jonna nach draußen. Sie hatten wirklich großes Glück, dass John die Eingangstür nicht abgeschlossen hatte.

„Wo wollen wir hin?", rief Maya völlig außer Atem.

„Im Wald Schutz suchen."

Jonna umfasste wieder Mayas Handgelenk und rannte einfach drauflos. Nach nur wenigen Metern wurden sie im grünen Dickicht unsichtbar.

„Duck dich", raunte Jonna und drückte Maya nach unten.

Sie sahen, wie John in der Tür auftauchte und sich suchend umschaute. Er schirmte mit der Hand die Augen ab, um besser sehen zu können, und Maya wagte kaum zu atmen. Sollten sie es tatsächlich geschafft haben?

Sie machte sich ganz klein und schloss die Augen in der Hoffnung, auf diese Weise unsichtbar zu werden. Erst als der Motor eines Fahrzeuges aufheulte, öffnete sie die Lider.

„Er fährt weg, er fährt tatsächlich weg", wisperte Jonna.

„Und was machen wir nun?", fragte Maya, am ganzen Leib zitternd. Jonna zog sie zu sich heran, um sie tröstend zu umarmen.

„Uns wird schon etwas einfallen", antwortete sie. „Wir haben es bis hierher geschafft, wir schaffen auch den Rest."

„Ich kann kaum laufen", jammerte Maya.

„Mach dir darüber keine Gedanken, Kleines", erwiderte Jonna und strich ihr über die Wange. „Wir haben alle Zeit der Welt, um Hilfe zu holen."

„Vielleicht wäre es besser, wenn du allein gehen würdest?" Maya musterte sie fragend. Jonna war trotz der kurzen Zeitspanne wie eine große Schwester für sie.

„Ich werde dich auf gar keinen Fall zurücklassen, das

kommt nicht infrage", widersprach sie und griff ihr unter die Arme, um sie hochzuziehen. Mühsam kämpften sie sich durchs Unterholz und kamen nur im Schneckentempo voran.

„Wohin gehen wir?", fragte Maya.

„In Richtung Straße", antwortete Jonna.

„Und was machen wir, falls John zurückkommt?"

„Das Risiko müssen wir eingehen, immerhin stehen die Chancen fifty-fifty."

Maya war voller Angst. Die Außenwelt prasselte wie ein Trommelfeuer auf sie nieder. Geräusche, Farben und Gerüche. Sie fühlte sich schwach und konnte durch das grelle Sonnenlicht kaum etwas erkennen. Ihre Augen mussten sich erst wieder an die Helligkeit gewöhnen. Noch immer konnte sie nicht fassen, aus diesem Verlies entkommen zu sein, und die Furcht schnürte ihr die Kehle zu. Jeden Moment rechnete sie damit, dass John hinter einem Baumstamm hervorspringen würde, um sie zurück in die Dunkelheit zu zerren. Mit einem Keuchen griff sie sich an die Brust und rang verzweifelt nach Luft.

„Maya? Alles in Ordnung?" Jonna betrachtete sie besorgt.

„Nur eine Panikattacke, das geht wieder vorüber", presste Maya hervor. „Seit ich eingesperrt worden bin, habe ich damit zu kämpfen."

Jonna umarmte sie tröstend. Maya konnte erneut ihren Herzschlag spüren, der beruhigend auf sie wirkte. Obwohl die Zeit drängte, behandelte Jonna sie wie ein rohes Ei.

„Geht es wieder?"

„Ja."

„Schade, dass er mir das Smartphone abgenommen hat. Dann hätte ich Hilfe anfordern können."

„Die Straße ist nicht mehr so weit entfernt, ich kann schon den Verkehr rauschen hören", sagte Maya.

„Das ist gut, je mehr Fahrzeuge, desto besser", stimmte Jonna ihr zu.

Die restliche Strecke zog sich quälend in die Länge und Maya konnte sich kaum noch auf den Beinen halten. Immer wieder strauchelte sie und musste von Jonna gestützt werden. Doch dann hatten sie die Straße erreicht.

„Und jetzt? Weißt du überhaupt, wo wir sind?", fragte Maya.

„Ich habe nicht die geringste Ahnung", erwiderte Jonna. „Setz dich auf den Seitenstreifen und ruh dich aus, während ich versuche, ein Auto anzuhalten."

Etliche Fahrzeuge rauschten an ihnen vorüber, bis endlich ein alter klappriger Volvo neben ihnen hielt. Surrend fuhr die Seitenscheibe herunter und eine junge Frau steckte den Kopf aus dem Seitenfenster.

„Wollt ihr nach Sandviken? Ihr seht ziemlich abgekämpft aus."

„Ja, wollen wir. Kannst du uns mitnehmen?"

„Na klar, steigt ein."

Jonna half Maya auf die Beine und öffnete die Autotür, um sie hinten einsteigen zu lassen. Dann ließ sie sich auf den Beifahrersitz fallen.

„Ist sie krank?", fragte die Fahrerin und deutete mit einem Kopfnicken in Mayas Richtung.

„Ja, wir müssen dringend in ein Krankenhaus."

„Kein Problem, ich kann einen Umweg fahren und euch dort absetzen."

„Danke. Könntest du mir dein Smartphone leihen? ", fragte Jonna geistesgegenwärtig. „Ich muss dringend die Polizei verständigen."

„Selbstverständlich, meine Tasche steht im Fußraum. Wenn du das Handy rausholst, ich kann es entsperren."

Maya war unendlich dankbar, dass ausgerechnet diese hilfsbereite junge Frau angehalten und sie mitgenommen hatte. Alles schien im Fluss, leicht und unkompliziert, aber ihr Herzschlag beruhigte sich nicht, weil sie sich noch mit jeder Faser ihres Körpers im Panikmodus befand. Sie konnte einfach nicht abschalten, weil die Freiheit so unfassbar fremd für sie war.

Jonna telefonierte währenddessen mit der Polizei und nur einzelne Wortfetzen drangen zu Maya vor. Im Krankenhaus würde alles für ihre Ankunft vorbereitet sein und ein Team von Ärzten bereitstehen. Maya fühlte sich wie in Trance und als der Wagen auf den Krankenhausparkplatz fuhr, klammerte sie sich am Griff der Seitentür fest.

„Vielen Dank für deine Hilfe, du hast uns gerettet", sagte Jonna. „Dürfte ich deine Telefonnummer haben, damit ich später Kontakt zu dir aufnehmen und mich bedanken kann?"

Die junge Frau reichte Jonna mit einem Lächeln ihre Visitenkarte. „Alles Gute für euch."

Jonna stieg aus und versuchte, die Autotür zu öffnen, aber Maya klammerte sich daran fest.

„Ich will hier nicht raus", rief sie mit tränenerstickter Stimme. Im Fahrzeug hatte sie sich sicher gefühlt, weil sie jederzeit die Flucht nach vorn antreten konnte.

„Maya, du musst dich beruhigen. Die Polizei ist bereits im Krankenhaus, du bist jetzt in Sicherheit."

Ihre Schultern bebten, als sich ihre Hand wie von selbst vom Türgriff löste. „Ich habe solche Angst ..."

„Das musst du nicht, ich werde bei dir bleiben", versprach Jonna und Maya bemerkte erst jetzt, dass auch sie mit der Situation zu kämpfen hatte.

Trotz Jonnas Beistand würde es ein großer Schritt für sie sein, das Krankenhaus zu betreten. Sie fürchtete sich vor all den fremden Menschen, die sie vielleicht für den Missbrauch verurteilen könnten, obwohl sie nicht die Schuldige war. Eigentlich hätte sie jubeln müssen, aber der berauschende Gedanke, endlich in Freiheit zu sein, drang nicht zu ihr durch.

Zwei Krankenschwestern kamen mit wehenden Kitteln auf sie zu und Maya musste sich in einen Rollstuhl setzen. Sie staunte über die Kleidung der Menschen und das medizinische Equipment. Die Welt hatte sich in den zehn Jahren rasant verändert und aus dem einstigen Teenager war eine junge Frau geworden. Doch Maya fühlte sich noch immer wie ein Kind, weil sie nicht hatte reifen können und ihre Seele all die Jahre weggesperrt worden war.

Zwei Polizisten traten an Sie heran, um die Personalien aufzunehmen. Nachdem Maya ihren Namen und ihr Geburtsdatum angegeben hatte, wurde sie einen langen Flur entlang in das Behandlungszimmer geschoben. Als sich die Tür hinter ihr schloss, reagierte sie verstört.

„Ohne Jonna gehe ich nirgendwohin", schrie sie panisch.

„Bitte beruhigen Sie sich", sagte eine der Schwestern, doch Maya zitterte am ganzen Leib. Erst als die Ärztin den Raum betrat, wurde Jonna hereingebeten, um Maya die Hand zu halten.

„Maya, wir müssen Sie jetzt genau untersuchen, um ihre Verletzungen und ihren gesundheitlichen Zustand zu dokumentieren, damit Anklage erhoben werden kann. Fühlen Sie sich dazu bereit?"

Jonna drückte sachte ihre Hand und beugte sich zu ihr herunter.

„Du bist stark, du schaffst das. Zeig diesem Mistkerl, dass er dich nicht kleingekriegt hat."

Es war für Maya eine Tortur, sich vom Krankenhauspersonal wie auf einer Hundeausstellung begutachten zu lassen. Es wurden Fotos von ihren Verletzungen gemacht, gynäkologische Untersuchungen durchgeführt und Abstriche genommen. Die gesamte Zeit über wich Jonna ihr nicht von der Seite und Maya war dankbar, weil sie das allein niemals hätte durchstehen können. Die Menschen waren ihr so fremd und die Scham so groß. Nach einer halben Ewigkeit war es schließlich vorbei und Maya und Jonna wurden in ein Krankenzimmer gebracht.

Zitternd und frierend kroch Maya unter die Decke.

„Ich bewundere dich, wie tapfer du gewesen bist", sagte

Jonna und setzte sich auf die Bettkante. „Wir haben es geschafft, wir haben es tatsächlich geschafft."

„Ich habe trotzdem Angst, dass John mich holen könnte", hauchte Maya und zog die Bettdecke bis zum Kinn.

„Keine Sorge, ich werde dir so lange nicht von der Seite weichen, bis du die Nase gestrichen voll von mir hast", munterte Jonna sie auf.

Eine Schwester trat ein und forderte Jonna auf, sich hinzulegen. Auch ihr wurde Blut abgenommen und ein Venentropf gelegt. Nur wenige Minuten später klopfte es an die Tür.

„Oh mein Gott, Maya …"

Eine grauhaarige Frau stürzte ins Zimmer und umarmte Maya schluchzend.

„Mama?"

Sie hätte ihre Mutter beinahe nicht mehr wiedererkannt, so verhärmt wie sie aussah. Die einst so volle blonde Lockenpracht war einer Kurzhaarfrisur gewichen. Aber auch ihrem Vater stand der jahrelange Schmerz über den Verlust seiner Tochter ins Gesicht geschrieben.

Mette bedeckte das Gesicht ihrer Tochter mit Küssen. „Ich konnte bis zu diesem Moment nicht glauben, dass du es bist, und ich bin dem Schicksal so unendlich dankbar, dich wieder in die Arme schließen zu können", sagte sie unter Tränen und herzte ihre Tochter.

„Ich fühle mich wie in einem Traum und ich habe große Angst, aufzuwachen", murmelte Maya.

„Mir ergeht es ähnlich", stimmte Mayas Vater ihr zu. „Alles ist so unwirklich, so surreal und ich kann unser Glück kaum in Worte fassen."

Abwechselnd umarmten sie ihre Tochter, um zu spüren, dass sie wieder bei ihnen war. Leider währte das Wiedersehen nur kurz, weil es von zwei Männern in Anzügen unterbrochen wurde. Der Ältere von beiden reichte ihnen zur Begrüßung die Hand.

„Ich bin Kriminalkommissar Holger Nilsson und leite die Ermittlungen. Um den Täter so schnell wie möglich zu fassen, müssen wir Ihre Tochter befragen. Wäre das möglich?"

„Aber nur in unserem Beisein", erwiderte ihr Vater.

„Das werden wir respektieren."

Obwohl Maya mittlerweile sechsundzwanzig Jahre alt geworden war und als volljährig galt, wies niemand darauf hin. Während der Befragung hielt ihre Mutter ihr die Hand, weil sie noch einmal diese Hölle durchleben musste.

Nach einer Nacht im Krankenhaus war für Mayas Eltern klar, dass sie ihre Tochter mitnehmen würden, und sie verhandelten mit den Ärzten. Nach einigem Hin und Her konnte Maya tatsächlich entlassen werden und sie freute sich schon sehr darauf, nach Hause zurückzukehren. Der Abschied von Jonna gestaltete sich tränenreich. Maya wusste, dass sie dieser Frau ihre Rettung zu verdanken hatte.

„Danke Jonna, für alles", sagte sie und umarmte sie innig.

„Das musst du nicht. Ich freue mich für dich und wir werden in Verbindung bleiben."

„Auf jeden Fall", versicherte Maya. „Alles Gute, Jonna."

„Alles, alles Gute auch für dich."

Ihre Eltern nahmen sie in die Mitte und verließen mit den Entlassungspapieren das Krankenhaus. Die behandelnde Ärztin hatte ihnen noch einen Traumatherapeuten empfohlen, der Maya bei der Aufarbeitung unterstützen sollte. Auf dem Parkplatz stiegen sie in einen anthrazitfarbenen Volvo.

„Der ist neu", sagte ihre Mutter entschuldigend. „Der alte hat nach fünfzehn Jahren seinen Geist aufgegeben."

„Das macht doch nichts", antwortete Maya. Sie hatte noch immer mit dem Anblick ihrer Eltern zu kämpfen, die wie in einem Zeitraffer um Jahre gealtert waren. Zumindest kam es ihr so vor. Während der Fahrt schlief sie ein und wurde erst wach, als der Wagen vor der Haustür parkte.

„Es ist schön, wieder hier zu sein", murmelte sie.

Ihr Vater schloss die Haustür auf und ließ Maya eintreten.

„Tut uns leid, dass wir nichts vorbereitet haben", sagte er bedauernd.

Maya staunte, hier schien sich nichts verändert zu haben. Bis auf Lucky, der ihr zur Begrüßung nicht entgegengelaufen kam. Aber das hatte sie schon vermutet, und bei diesem traurigen Gedanken wurde ihr schwer ums Herz.

„Geh schon mal ins Wohnzimmer und ruhe dich aus. Ich komme gleich nach", sagte ihre Mutter und drückte Maya einen Kuss auf die Wange.

Maya betrat das Wohnzimmer und setzte sich auf die Couch. Obwohl sie wieder zu Hause war, fühlte sie sich so entsetzlich verloren. Ein leises Rascheln weckte ihre Aufmerksamkeit. Maya drehte sich in die Richtung, aus der das Geräusch gekommen war, und ihr stockte der Atem.

Lucky, der tief und fest geschlafen hatte, reckte seine Nase – die inzwischen grau geworden war – in die Höhe und schnupperte aufgeregt.

„Er hört nicht mehr ganz so gut", erklärte ihr Vater Birger lächelnd.

Beim Anblick von Lucky blühte Mayas Herz auf. Der Golden Retriever erhob und schüttelte sich und kam schwerfällig zu ihr herübergelaufen. Maya rutschte auf die Knie, umarmte ihren geliebten Lucky, dessen Rute wie ein Propeller wirbelte. Schluchzend verbarg sie ihr Gesicht in seinem weichen Fell. Ein nicht endender Strom von Tränen löste sich und sie konnte nicht aufhören, zu weinen. Es war fast ein Wunder, dass er noch lebte, und sie hätte nie daran geglaubt, ihn jemals wiederzusehen.

Sie weinte und weinte, bis sie keinen Tränen mehr hatte, und Lucky stieß leise fiepende Geräusche aus.

„Ich bin frei, ich bin wirklich frei", brach es aus ihr heraus und endlich begriff sie, dass ihre Qual ein Ende hatte.

Ihre Mutter betrat mit einem Tablett das Wohnzimmer und der Anblick ihrer Tochter zerriss ihr das Herz. Sie ging ebenfalls auf die Knie und umarmte Maya und Birger tat es ihr gleich. Die Zeit schien stillzustehen, bis sie sich wieder voneinander lösten. Tränenüberströmt, aber so unendlich glücklich.

„Darf ich mein Zimmer sehen?", fragte Maya schüchtern.

„Selbstverständlich", antwortete Birger. „Wir haben alles so gelassen, wie es war, weil wir die Hoffnung nie aufgegeben haben, dich eines Tages wiederzusehen."

Maya stieg die Stufen nach oben, während Lucky am Fuße der Treppe leise fiepend auf sie wartete.

„Er schafft die Stufen nicht mehr hinauf", sagte ihre Mutter, die unten bei Lucky blieb und ihn liebevoll zwischen den Ohren kraulte.

Maya drückte behutsam die Klinke herunter und öffnete die Tür. Das Zimmer sah tatsächlich noch so wie früher aus, nur die Tapeten waren vergilbt und die Poster verblasst. Es war wie eine Zeitreise, die Maya unvermittelt zurück in die Vergangenheit katapultierte. Auf der einen Seite war es schön, das Zimmer unverändert vorzufinden, aber auf der anderen einfach unerträglich.

„Wenn du magst, können wir dein Zimmer neu einrichten, das ist gar kein Problem. Wir sind seitdem nicht mehr in den Urlaub gefahren und haben ein wenig Geld zusammenspart. Das würden wir gern für dich ausgeben."

Maya schlang die Arme um den Hals ihres Vaters und spürte sein kratziges Kinn an ihrer Wange. Der herbe Duft seines Aftershaves kitzelte angenehm in ihrer Nase, so wie früher, als sie noch ein kleines Mädchen gewesen war.

„Danke, Papa."

Birger drückte seine Tochter an sich. „Ach Kind", seufzte er. „Wie dünn du geworden bist."

Sie spürte, dass seine Schultern erneut bebten. Sie hatte ihn noch nie zuvor weinen sehen.

„Ich bin so froh, wieder bei euch zu sein."

„Und wir sind überglücklich, dich wiederzuhaben."

Der Tag verging wie im Flug und sie genossen das Wiedersehen in vollen Zügen. Maya wurde von ihren Eltern verwöhnt, die ihr jeden Wunsch von den Augen ablasen, während Lucky leise schnarchend zu ihren Füßen ruhte. Sie war sich bewusst, dass ein langer und steiniger Weg vor ihr lag. Aber sie würde diese schwere Zeit nicht allein durchstehen müssen. Ihre Mutter hatte versprochen, die erste Zeit mit im Zimmer zu schlafen, und Birger hatte bereits das alte Klappbett aufgestellt.

„Ich werde Lucky jeden Abend hochtragen, damit er so wie früher an deinem Fußende schlafen kann", sagte er.

„Danke Papa."

Maya umarmte ihn erneut. Es war so wunderbar, die Fürsorge, Wärme und Liebe ihrer Eltern zu spüren, und es kam einem Wunder gleich, das alles wieder erleben zu dürfen. Ihre Zukunft stand in den Sternen, aber sie schwor sich, das Beste daraus zu machen. Solange es Menschen gab, die sie bedingungslos liebten, war alles möglich.

KAPITEL ACHTUNDDREISSIG

Markus stand verloren im Krankenzimmer und fand keine Worte, um sich angemessen zu entschuldigen.

„Es tut mir ausgesprochen leid", brachte er mühsam hervor und senkte beschämt seinen Blick.

„Könntest du mich jetzt zum Haus fahren?", fragte Jonna kühl und löste das Pflaster in ihrer Armbeuge.

„Ja. Dein Koffer und deine Reisetasche sind übrigens von der Polizei freigegeben worden, ich habe die Sachen zum Trocknen aufgehängt."

„Danke."

Schweigend liefen sie nach draußen und stiegen in den Wagen. Erst als Markus losgefahren war, hob Jonna ihre Stimme.

„Ich glaube, du bist mir eine Erklärung schuldig“, sagte sie.

„Was genau meinst du?“, er warf ihr einen fragenden Seitenblick zu. „Ich kann gar nicht oft genug betonen, wie leid es mir tut, dich nicht ernst genommen zu haben.“

„Nein, darum geht es nicht.“

„Worum dann?“

„Um deine Beziehung zu diesem jungen Ding, sie dürfte gerade einmal sechzehn Jahre alt sein. Wenn überhaupt. Ich habe dich mit ihr auf der Terrasse in Sandviken gesehen.“

„Oh …“

„Mehr hast du dazu nicht zu sagen? Wie lange geht das schon mit euch und wann hast du sie überhaupt kennengelernt?“

Er atmete tief durch, bevor er antwortete.

„Ich bin nicht mit dem Mädchen, sondern mit ihrer Mutter zusammen“, erklärte er. „Hanna ist eine Kollegin von mir und sehr jung Mutter geworden. Als du uns gesehen hast, muss Hanna gerade auf der Toilette gewesen sein.“

„Du wolltest also den fürsorglichen Stiefvater mimen, während du mich alleingelassen hast?“, rief Jonna fassungslos. „Verdammt, ich bin aus Stockholm weggezogen, weil du angeblich eine Familie gründen wolltest.“ Sie schnappte empört nach Luft. „Na ja, wenn man es recht bedenkt, dann hast du eine Familie gegründet, halt nur nicht mit mir. Entschuldige, falls mein Zynismus die Oberhand gewinnt.“

„Jonna, ich …“

„Jonna, ich …“, äffte sie ihn nach. „Ich habe unsere Wohnung und das Leben in Stockholm geliebt. Das Pulsieren der Stadt, meine Clique, meinen Job – all das habe ich nur dir zuliebe aufgegeben und du hast mich einfach sitzen lassen. Nicht nur mit den Problemen, nein, du konntest ja gar nicht aufhören, mich für verrückt zu erklären. Wenn du denn einmal anwesend gewesen bist.“

Jonna redete sich in Rage, so wütend war sie auf ihn. Er hatte sie aus ihrem vertrauten Leben gerissen, verraten und verkauft, für ein Haus, an dem er nicht mehr interessiert war.

Aber mit einem Mal hielt sie inne und ihre Gedanken wanderten zu Maya. Wenn man es recht bedachte, dann ergab das alles einen Sinn. Wäre Markus nicht zum treulosen Ehegatten mutiert, dann hätte sie wahrscheinlich keine Nachforschungen angestellt und den Stein nicht ins Rollen gebracht. Nicht nur Maya würde ein neues Leben beginnen, auch sie war wieder frei und konnte nach Stockholm zurückkehren.

Ihr Puls beruhigte sich und sie atmete tief durch. Markus bemerkte ihre Verwandlung.

„Was ist los?", fragte er irritiert.

„Eigentlich müsste ich dir dankbar sein, weil der Kauf dieses Hauses zu Mayas Rettung beigetragen hat."

Markus erwiderte nichts. Aber sie sah ihm an, wie schlecht er sich fühlte.

„Ich habe beschlossen, wieder nach Stockholm zu ziehen, und möchte dich bitten, mir bei der Scheidung keine Steine in den Weg zu legen. Wir verkaufen das Haus, machen fifty-fifty und gehen anschließend getrennte Wege."

„Ich will dich aber nicht verlieren", brach es plötzlich aus ihm heraus und sie konnte den Schmerz in seiner Stimme hören.

„Tut mir leid, aber du hast schon vor langer Zeit deine Entscheidung getroffen."

„Ich bereue es zutiefst", antwortete er.

„Dafür ist es jetzt zu spät."

Markus versuchte, seine Emotionen unter Kontrolle zu bringen, und sagte kein einziges Wort mehr, bis sie am Haus angekommen waren.

Jonna begann sofort damit, ihre restlichen Sachen zusammenzupacken, obwohl sie sich noch sehr schwach auf den Beinen fühlte. Sie verspürte das dringende Bedürfnis, einen schnellen Schlussstrich zu ziehen, und machte sich am Abend auf den Weg in eine Pension, wo sie sich ein Zimmer gemietet hatte. Markus hatte ihr die Hälfte seines Gehaltes überlassen, doch sie hasste es, von ihm abhängig zu sein. Also wählte sie die Nummer einer ehemaligen Kollegin, in der Hoffnung auf einen neuen Job.

„Hallo Astrid, Jonna hier", meldete sie sich.

„Hey, schön, dich zu hören. Wie geht es dir?"

„Ich werde nach Stockholm zurückkehren", verkündete sie.

„Wow, das sind überraschende Neuigkeiten", antwortete Astrid. „Was ist mit Markus?"

„Wir werden uns scheiden lassen."

„Oh, das tut mir wirklich leid für dich."

„Es ist das Beste so", versicherte Jonna. „Unsere Beziehung hatte schon vorher tiefe Risse."

„Übrigens, du fehlst uns im Team",

„Ist meine alte Stelle noch nicht besetzt worden?", fragte Jonna.

„Doch, aber Tanja hat gekündigt und wir finden keinen Ersatz."

„Genau das habe ich hören wollen, ich würde so gern wieder bei euch anfangen."

Jonna musste nicht lange überlegen und bat Astrid darum, bei ihrem ehemaligen Chef ganz vorsichtig die Fühler auszustrecken.

„Ich würde mich freuen, dich schon bald wieder in unserem Team begrüßen zu dürfen."

„Und ich erst, Astrid. Danke für deine Unterstützung", verabschiedete sich Jonna.

Der erste Schritt in die richtige Richtung war getan.

. . .

Mit einem strahlenden Lächeln öffnete Mayas Mutter Jonna die Tür und umarmte sie.

„Herzlich willkommen. Ich möchte Ihnen nochmals danken, dass Sie uns unsere Tochter zurückgebracht haben", sagte sie und führte Jonna in den Garten, wo Tische und Bänke aufgestellt waren. „Bitte, setzen Sie sich doch."

Mayas Eltern hatten halb Svärdsjö eingeladen, um sich bei allen zu bedanken, die sich an der Suche nach ihrer Tochter beteiligt hatten. Auch Ava war unter ihnen und winkte Jonna zu.

„Hallo Ava, schön dich zu sehen."

Die Freundinnen umarmten einander.

„Hast du deine Aussage schon gemacht?", fragte Jonna.

„Ja, es war furchtbar, alles noch einmal durchleben zu müssen", antwortete Ava.

„Du bist stark, du schaffst das", sagte Jonna aufmunternd.

Ava beugte sich zu ihr herüber.

„Übrigens hat Thord den Ohrring absichtlich in diesem Raum hinterlassen, um Sven Berggren die Sache anzuhängen. Du ahnst nicht, wie froh ich bin, dass Thord auf seiner Flucht rechtzeitig gestoppt und verhaftet werden konnte. Diesmal hat die Polizei ganze Arbeit geleistet."

„Ich bin auch froh, dass es vorbei ist", erwiderte Jonna.

„Schade, dass du nach Stockholm zurückkehren wirst", bedauerte Ava. „Ich werde dich vermissen."

„Ich dich auch. Aber ich habe Maya versprochen, sie so oft wie möglich zu besuchen, und falls du dann Zeit für einen Kaffee hast …"

„Aber immer", versicherte Ava. „Du kannst gern in unserem Gästezimmer übernachten."

„Dieses Angebot kann ich unmöglich ausschlagen", erwiderte Jonna lachend.

Maya kam aus dem Haus und steuerte direkt auf sie zu. Ihr Gesicht war fülliger geworden und auch ihre Augen hatten den einstigen Glanz zurück. Lucky trabte ihr gehorsam hinterher und schien sie keine Sekunde aus den Augen zu lassen.

„Hej, hej, schön, dass du da bist", begrüßte Maya sie.

„Gut schaust du aus", sagte Jonna.

„Danke, meine Mutter verwöhnt mich nach Strich und Faden."

„So muss das auch sein", lachte Jonna.

„Ich erhalte viel Zuspruch von meinen Freundinnen und auch die Therapie zeigt erste Fortschritte", erklärte Maya.

Jonna ergriff ihre Hände. „Ich bin stolz, wie du das alles meisterst. Irgendwann wirst du richtig durchstarten und dir das Leben zurückerobern."

Maya nickte zustimmend. „Ja, das werde ich."

Genau in diesem Moment tauchte Olof mit seiner Frau Klara auf, die sich bei ihm untergehakt hatte. Er sah ungemein zufrieden aus, als er zu ihnen an den Tisch trat.

„Hallo, wie geht es euch?", fragte er, nachdem er sie begrüßt hatte.

„Gut", antworteten Jonna, Ava und Maya beinahe zeitgleich.

„Das freut mich. Übrigens, ich habe gute Nachrichten für euch, sowohl Ida als auch Thord haben gestanden. Und die Beweisaufnahme war ein voller Erfolg."

Jonna sah ihm an, wie glücklich er darüber war, seinen persönlichsten Fall endlich aufgeklärt zu haben. Es wurde ein wundervoller Abend, den sie in allen Zügen genossen. Denn schon morgen würde sie aufbrechen, um nach Stockholm zurückzukehren.

~

Das Vorstellungsgespräch war reibungslos verlaufen. Jonna hatte den Job bekommen und würde schon in zwei Tagen wieder in ihrer alten Firma anfangen. Zwar mit einem geringeren Gehalt, aber das nahm sie gerne in Kauf. Hauptsache, sie konnte ihr Leben wieder unabhängig bestreiten.

Markus hatte den Hausverkauf einem Makler anvertraut und entgegen ihrer Bedenken hatten bereits einige Interessenten einer Besichtigung zugesagt. Er plante inzwischen, zu Hanna und ihrer Tochter nach Sandviken zu ziehen. Sein Verhalten schmerzte noch immer, aber bekanntlich heilte die Zeit alle Wunden.

Jonna war gerade dabei, in einem preiswerten Hotel einzuchecken, als sie eine Nachricht von Sven Berggren erhielt.

Hallo Jonna,

würde ich mich freuen, wenn du dich mit mir in Verbindung setzen könntest. Es ist dringend!

Sven

Er war in ein vertrauliches Du übergegangen, aber das störte Jonna nicht im Geringsten. Sie überlegte nicht lange und wählte umgehend seine Nummer.

„Schön, dass du gleich zurückrufst", meldete er sich.

„Was gibt es denn so Dringendes?", fragte sie.

„Gehe ich recht in der Annahme, dass du wieder in Stockholm bist?"

„Ja."

„Dann habe ich eine Überraschung für dich, wobei ich hoffe, damit nicht zu weit zu gehen. Es wäre toll, wenn du sofort kommen könntest."

„Okay, ich bin schon unterwegs."

Sie war ein wenig skeptisch, um was für eine Überraschung es sich handeln könnte, machte sich trotzdem auf den Weg. Sven wartete schon vor dem Haus, um sie zu begrüßen.

„Und nun?", fragte sie verunsichert.

„Komm mit", forderte er sie auf und betrat das Nachbarhaus. Sie stiegen die Treppe bis zur zweiten Etage hinauf und Sven drückte auf den Klingelknopf. Eine junge Frau öffnete ihnen.

„Super, dass es so schnell geklappt hat", sagte sie und lotste die beiden ins Innere. „Klein, aber fein", sagte sie.

„Ich verstehe nicht ganz?" Jonna zuckte ratlos mit den Schultern.

„Emily zieht mit ihrem Freund zusammen in eine größere Wohnung. Bevor sie inseriert, wollte ich dir unbedingt das Apartment zeigen."

Jonna war sprachlos.

„Ich weiß, dass du dein altes Viertel sehr liebst, und deshalb dachte ich …"

„Ich bin sprachlos, und das kommt wirklich selten vor", erwiderte Jonna und besichtigte die einzelnen Zimmer. Die Wohnung war nicht so großzügig geschnitten wie die, in der sie mit Markus gelebt hatte, aber für den Anfang würde es reichen. Immer einen Schritt nach dem anderen.

„Und? Muss ich inserieren?", fragte Emily.

„Auf gar keinen Fall, ich nehme die Wohnung."

Dass es so unkompliziert werden würde, hatte sie nicht vermutet. Sie verabschiedete sich von Emily und eilte leichtfüßig die Stufen wieder nach unten.

„Danke, das war wirklich eine gelungene Überraschung", wandte sie sich an Sven. „Dass ich so schnell in Stockholm wieder Fuß fassen würde, hätte ich mir nicht träumen lassen", sagte sie. „Dürfte ich dich zum Dankeschön auf einen Kaffee einladen?"

„Selbstverständlich. Außerdem habe ich noch unendlich viele Fragen an dich, was Svärdsjö betrifft."

„Kein Problem, ich werde alle beantworten."

„Dann willkommen in der Nachbarschaft."

„Danke, ich freue mich wirklich", erwiderte Jonna.

Sie machten sich zu zweit auf den Weg in ein Café und Jonna genoss die Anwesenheit von Sven. Sie war bereit für einen Neuanfang und konnte die Vergangenheit hinter sich lassen. Die Welt beziehungsweise Stockholm lag ihr zu Füßen, und sie musste nur danach greifen.

KAPITEL NEUNUNDDREISSIG

Olof ließ mit Klara den Abend bei einem Glas Wein auf der Terrasse ausklingen. Zum ersten Mal seit langer Zeit spürte er eine tiefe innere Zufriedenheit. Loszulassen hatte auch etwas Befreiendes an sich.

„Was gibt es Neues?“, fragte Klara. „Wir hatten kaum eine ruhige Minute, um darüber zu reden.“

„Stimmt“, antwortete Olof und setzte das Glas ab. „Ich bin immer noch erstaunt darüber, wie die Zahnräder ineinandergegriffen haben.“

„Wie ist Thords Verhaftung eigentlich abgelaufen?“

„Da gibt es nicht viel zu erzählen. Nachdem er die Straßensperren großzügig umfahren hat, musste er irgendwann tanken. Ein aufmerksamer Mitarbeiter hat sich sein Fahndungsfoto eingeprägt, ihn wiedererkannt und die Polizei informiert. Nach einer mehr oder weniger wilden Verfolgungsjagd hat Thord die Kontrolle über seinen Wagen verloren und ist im Straßengraben gelandet. Der Rest war für die Kollegen nur noch ein Kinderspiel. Ida hat Sven Berggren absichtlich beschuldigt, ihre Katzen getötet zu haben. Sie hatte schon lange gewusst, dass mit ihrem Sohn etwas nicht stimmt, und wollte davon ablenken. Nun wird sie wegen Beihilfe angeklagt."

„Warum ist aus Thord überhaupt ein Verbrecher geworden?"

„Bei einer ärztlichen Untersuchung ist eine Fehlentwicklung seines Gehirns diagnostiziert worden. Psychopathen werden mit diesem Makel geboren, sie suchen es sich nicht aus."

„Das ist sehr bedauerlich, besonders für das getötete Mädchen", antwortete Klara mitfühlend.

„Das stimmt. Trotz allem steckt eine gewisse Kaltschnäuzigkeit hinter seinen Taten", fuhr Olof fort.

„Inwiefern?"

„Svens Vater war an jenem Tag am Svärdsjön angeln, als die Sache mit Lasse passiert ist. Er ist unfreiwillig Zeuge geworden, wie Thord versucht hat, den Jungen zu ertränken. Als er einschreiten wollte, hat Thord Svens Vater niedergeschlagen und anschließend den Badeunfall inszeniert."

„Meine Güte, das ist ja schrecklich." Klara war fassungslos. „Aber warum wollte er Lasse umbringen?"

„Weil auch der Junge Zeuge von Mayas Entführung und Avas Vergewaltigung geworden ist. Lasse hat Thord nach diesen Vorfällen beobachtet, was ihm letztlich zum Verhängnis geworden ist."

„Und Svens Vater?", fragte Klara.

„Thord hat den Wagen zu einem abschüssigen Hang gefahren und den bewusstlosen Mann auf den Fahrersitz gehievt …"

„Ich ahne schon, was jetzt kommen wird", unterbrach Klara ihn. „Thord ist aus dem fahrenden Wagen gesprungen und Svens Vater tödlich verunglückt."

„Genauso ist es. Ich werde Sven noch einmal bitten, nach Svärdsjö zu kommen, um in Ruhe mit ihm darüber zu reden."

„Das wird wohl das Beste sein", stimmte Klara ihm zu.

„Thord hat in leer stehenden Häusern die Kellerräume ausgebaut, um sie für seine Zwecke zu nutzen. Nachdem sich die Schlinge immer weiter zugezogen hat, hatte er wohl geplant, Jonna und Maya gleichzeitig zu beseitigen. Sofia sollte ihm als neues Spielzeug dienen."

„Ich weiß gar nicht, was ich sagen soll." Klara war fassungslos. „Wir werden eine Menge aufzuarbeiten haben und ich bin so unendlich dankbar, dass du trotz meines Vetos an dem Fall drangeblieben ist", sagte sie voller Stolz. „Aber von nun an genießen wir unseren Ruhestand, versprichst du mir das?"

„Ich verspreche es", antwortete Olof diesmal, ohne seine Finger zu kreuzen.

Nach der Gerichtsverhandlung wollte er mit Klara eine Reise in den Süden antreten und freute sich schon darauf. Aber noch war es nicht so weit und er telefonierte beinahe täglich mit Holger, der ihn über den Stand der Ermittlungen auf dem Laufenden hielt. Das war sein ehemaliger Kollege ihm schuldig.

Er lehnte sich entspannt zurück, griff nach seinem Weinglas und genehmigte sich einen großen Schluck. Ruhestand hin oder her – er hatte es als Ermittler immer noch drauf.

WEITERE BÜCHER DER AUTORIN

- Sommer voller Angst – Teil I
- Sommer voller Angst – Teil II
- Das Böse in mir
- Kaltes Herz
- Soulless Places
- Vermächtnis der Schuld
- Verborgene Sünden
- Ich heirate keinen Millionär
- Winterschatten
- Zwillingsschmerz
- Zwillingszorn
- Verschollen in den Bergen
- Tödliche Amnesie
- So still ruht der See
- Sündenkinder
- Die Kälte im Herzen
- Tränenherz
- Opferkinder
- Dunkle Schatten auf deiner Seele
- Todeswispern
- Todespuls

- Todesgischt
- Falsche Spur
- Todessünden
- Todesflucht
- Eisige Schuld

Erfahren Sie mehr über Ana Dee unter: www.anadee.jimdo.com

IMPRESSUM

Autorin: Ana Dee/Elin Svensson
Titel: Hinter dicken Mauern

Korrektorat/Lektorat: Heidemarie Rabe
autorinanadee@aol.com
Ana Dee
Finkenstraße 22,
33102 Paderborn

FSC
www.fsc.org
MIX
Papier | Fördert
gute Waldnutzung
FSC® C083411